MARGARET JARDAS
Der Mann aus Israel

Buch

Die Archäologin Dr. Elisabeth Tobler, Mitte vierzig und verheiratet mit einem konservativen Schweizer Juristen, bricht regelmäßig aus der luxuriösen Enge ihres Alltags aus: Sie arbeitet mehrmals im Jahr als engagierte Reiseleiterin in ihrem geliebten Israel. Als sie wieder einmal mit einer – reichlich anstrengenden – Reisegruppe dort eintrifft, muß sie, wie üblich und vorgeschrieben, die Begleitung eines einheimischen Reiseleiters akzeptieren. Sie schwört sich, dieses Mal sofort das Kommando zu übernehmen und sich nicht, wie früher so oft, von einem israelischen Macho die Programmplanung aus der Hand reißen zu lassen. So ist es kein Wunder, daß sie den ihr zur Seite gestellten Raffael Kidon von der ersten Sekunde an hochnäsig und schroff findet – aber leider auch ziemlich attraktiv und fachlich kompetent. Die Tatsache, daß er sechs Söhne von drei verschiedenen Frauen hat und Oberst in der Armee war, kann Elisabeth ja noch verdauen. Kein Verständnis hat sie jedoch dafür, daß er Wrackteile eines Jagdbombers zu Hause im Bücherregal aufbewahrt.
Schließlich lernt sie Raffaels alten Vater, einen hochgebildeten und humorvollen Mann, kennen und ist restlos begeistert – und ebenso erschüttert von seiner Lebensgeschichte. Doch selbst dessen Warnungen können Elisabeth nicht mehr von ihrer Leidenschaft für seinen Sohn abbringen: Sie geht mit Raffael eine stürmische Beziehung ein. Während Elisabeth voller Seligkeit schon erwägt, für immer in Israel zu bleiben, wird Yitzhak Rabin ermordet. Und diese Katastrophe zieht weitere – sehr persönliche – nach sich ...

Autorin

Die Kunsthistorikerin Margaret Jardas verbringt beruflich einen großen Teil des Jahres in Nahost. Ansonsten lebt sie mit ihrer Familie im Süden Deutschlands und schreibt an einem neuen Roman.

MARGARET JARDAS

Der Mann aus Israel

Roman

BLANVALET

Eventuelle Übereinstimmungen und Ähnlichkeiten
mit verstorbenen oder lebenden Personen
sind zufällig und von der Autorin unbeabsichtigt.

Umwelthinweis:
Alle bedruckten Materialien dieses Taschenbuches
sind chlorfrei und umweltschonend.
Das Papier enthält Recycling-Anteile.

Blanvalet Taschenbücher erscheinen
im Goldmann Verlag,
einem Unternehmen der Verlagsgruppe Bertelsmann

Originalausgabe November 1999
© 1999 by Wilhelm Goldmann Verlag, München,
in der Verlagsgruppe Bertelsmann GmbH
Umschlaggestaltung: Design Team München
Umschlagfoto: G + J Fotoservice/Wartenberg
Satz: deutsch-türkischer fotosatz, Berlin
Druck: Elsnerdruck, Berlin
Verlagsnummer: 35179
Lektorat: Silvia Kuttny
Redaktion: Petra Zimmermann
Herstellung: Katharina Storz/HN
Made in Germany
ISBN 3-442-35179-0

1 3 5 7 9 10 8 6 4 2

*Für
Harry und Sunci*

Und der dritte behaglich schlief
Und sein Cimbal am Baum hing.
Über die Saiten der Windhauch lief,
Über sein Herz ein Traum ging.

Nikolaus Lenau

Erster Tag

Breitbeinig steht er vor mir. Eine körperliche Präsenz geht von ihm aus, die mich ein bißchen erschreckt. Er wirkt stämmig, beinahe brutal, machtvoll, so als sei er es gewohnt, alles um sich herum in Besitz zu nehmen. Mit hellen und kalten Augen blickt er mich an, und noch bevor er den Mund auftut, ist mir klar, daß ich diesen Mann nicht leiden kann.

Ich blicke auf seinen Hosengurt, an dem das wohlbekannte Ausweisschildchen baumelt, lese schnell den Namen und weiß, daß ich mich nicht geirrt habe. Er ist der Mann, mit dem ich die nächsten sechs Tage verbringen werde.

Verdammt, das wird hart.

»Ich bin die Reiseleiterin und heiße Elisabeth«, sage ich süßlich.

»*Schalom.*« Er mustert mich mit unfreundlichem Gesicht. »Ich bin Raffael. Seit eineinhalb Stunden warte ich schon auf euch«, sagt er wenig höflich. »Konntest du dich nicht beeilen oder mir wenigstens Bescheid geben?«

»Nein, das konnte ich nicht«, antworte ich knapp und ziehe meine Augenbrauen hoch. Wenn du meinst, du kannst mir gleich so kommen, hast du dich geirrt, mein Lieber, denke ich wütend. Ich schaue ihn von oben bis unten an, verweile für eine Sekunde auf seinen breiten Schenkeln. »Du siehst nicht so aus, als würde dich eine Stunde Warten umbringen.«

Der Israeli antwortet nicht. Er schaut mich an. Nein, er schaut vielmehr durch mich hindurch. Uninteressiert. Eine eigenartige Augenfarbe hat dieser Mann, wie dunkler Honig. Oder ist sie grün?

Ich spüre den Blick aus den metallisch schimmernden Augen wie einen Grenzstein. *Bis hierher und nicht weiter* steht, messerscharf eingeritzt, darauf geschrieben.

Ich atme tief durch. Mir steht eine unangenehme Woche bevor, das ist sicher. Aber wenn dieser arrogante Kerl es auf Gegnerschaft angelegt hat, soll er seinen Kampf haben. Ich werde nicht kneifen. Ekelhaft kann auch ich sein, denke ich aggressiv. Das wirst du schon noch zu spüren bekommen, du bulliges Mannsbild. Und außerdem bin ich der Boß, ob es dir nun paßt oder nicht.

Meine Gedanken waren heute morgen beim Aufstehen schon vorgeflogen, hierher an die Allenby-Brücke, hatten dunkle Bilder von dem Moment in meinem Kopf vorgezeichnet, in dem der Israeli auf der Bildfläche erscheinen würde, der Reiseleiter, der meine Gruppe für die kommenden Tage übernehmen sollte. *Treffpunkt mit Reiseleiter Raffael Kidon, Zollgebäude an der Allenby-Brücke, israelische Seite, 10.00 Uhr* hatte auf dem Fax der Agentur gestanden. Als ich die Zeilen gelesen hatte, packte mich sofort eine Abneigung gegen diesen unbekannten Mann, eine unbeschreibliche Wut, die mir das Rückgrat hinaufzuckte. Dieses Mal lasse ich mich nicht überrollen, hatte ich gedacht. Es wird mir kein zweites Mal passieren, daß ich eine Woche auf die Hinterbank gesetzt werde und der Israeli das Alleinkommando übernimmt. So wie es Mosche, dieses glatzköpfige Ekel, auf der letzten Reise praktiziert hatte. Ich werde es nicht noch einmal erlauben, daß einer von denen so mit mir umspringt.

Wenn ich an die Tage mit Mosche zurückdenke, wird mir spontan übel vor Zorn. Kein einziges Mal hatte er auch nur im entferntesten angedeutet, daß ihm an einer Zusammenarbeit mit mir gelegen sei. Er sperrte mich aus, ließ mich völlig uninformiert im dunkeln tappen, entschied den Ablauf der Tage über meinen Kopf hinweg. Mosche war Alleinherrscher in unserem Reisebus, über Abfahrtszeiten, Dauer der Rundgänge, Hotelankunft, Auswahl der Fotostops, sogar die Restaurants entschied er. Wenn ich mich fügte, war er penetrant höflich und nachsichtig zu mir, wie zu einer beschränkten Küchenmagd. Wenn ich mich gegen seine diktatorische Überheblichkeit wehrte, schnauzte er mich an. »Was willst du?« fragte er mich schnippisch. »Du bist keine Israelin. Du hast hier nichts zu sagen.« In mir dampfte dann die Wut, und ich wäre ihm gerne an die Gurgel gesprungen. »Setz dich still in den Bus«, wies er mich an, »und laß dir von mir das Land richtig erklären. Es ist mein Land.«

Und dann redete Mosche ununterbrochen, von früh bis spät, schwatzte von seinem hochgepriesenen Israel, bis ihm der Schaum in den Mundwinkeln stand. Urbarmachung, Straßenbau, Kampf gegen Sumpf, Mücken und feindliche Araber. Israel. Israel. Israel. Mir hingen seine Lobeshymnen bald zum Hals heraus. Wenn Israel nicht gerade sein Hauptthema war, überschüttete er die Gruppe mit Heldengeschichten aus dem Warschauer Ghetto oder den Greueln des Holocaust. Es gelang ihm schnell, jegliches Mitgefühl in den Herzen der Reisenden zu ersticken. Noch im nachhinein wird mir heiß vor Abneigung, wenn ich an Mosche denke.

Dieses Mal werde *ich* von Anfang an bestimmen, wie diese Reise abläuft, koste es, was es wolle. Ich muß mich gegen diesen einsilbigen Raffael, diesen uncharmanten Klotz durchsetzen.

Ich werfe ihm einen eisigen Blick zu und beginne, meine einstudierte Rede vorzutragen. Meine Worte, die ich wohl durchdacht und genauestens vorformuliert habe, sollen ihm von Anfang an klarmachen, wer hier der Boß ist.

»Ich wünsche jeden Tag eine detaillierte Absprache über

das Programm.« Meine Stimme klingt nicht hart genug, trotzdem ich mich bemühe, ihr einen akzentuierten und scharfen Ton zu geben. »Wenn du etwa in einen eurer kitschigen Verkaufsläden gehen möchtest, um dir nebenher etwas zu verdienen, will ich das wissen.« Ich spüre, daß ich nicht den gewünschten Eindruck mache. Der Erzengel sagt kein Wort, steht ungerührt vor mir, die Hände in die Seiten gestützt. Auf dem Kopf trägt er einen Strohhut Marke *Indiana Jones*. Zwischen seinen Augenbrauen entdecke ich eine scharfe Falte. Ich komme mir albern und kindisch vor. Am liebsten würde ich ihm die Zunge herausstrecken.

Wie werde ich das wohl aushalten, denke ich verzweifelt, sechs lange Tage mit diesem Mann an meiner Seite?

Die Erinnerung an die lächelnden Jordanier mit ihren warmen, dunklen Augen, an ihre herzlichen Gesten des Willkommens schleicht sich in mein Herz. Keiner meiner arabischen Kollegen hätte auch nur im Traum daran gedacht, mich mit einem Vorwurf zu begrüßen. Ganz im Gegenteil. Der kleine Riad etwa, mit dem ich so oft schon durch seine Heimat Jordanien gereist bin, lächelte auch dann noch sanft und herzlich, wenn ich ihm, nachdem er stundenlang in der heißen Sonne auf mich gewartet hatte, endlich die Hand zum Gruß reichen konnte. Was kann ich schließlich dafür, wenn die Grenzformalitäten sinnlos verzögert abliefen? »*Ahlan vesahlan,* herzlich willkommen«, freute Riad sich, wenn er mich sah, und hielt mir einen Strauß roter Nelken hin, deren Köpfchen schlapp nach vorne gefallen waren. Sie hatten den Kampf gegen die Hitze verloren.

Die verstehen halt etwas von Liebenswürdigkeit, denke ich wehmütig. Ich werde Raffael Kidon gelegentlich davon erzählen, wie galant seine arabischen Nachbarn ausländische Kollegen empfangen. Zugleich spüre ich wieder diffusen Zorn in mir aufsteigen.

Wieso benimmt sich dieser Raffael so rüpelhaft mir gegenüber? Was bildet er sich ein? Er sollte lieber mein Gepäck tragen, mir eine Erfrischung anbieten oder – wenigstens – lächeln.

Ich drehe mich um und gehe zurück in die Abfertigungshalle. Laß dir nur nichts anmerken, rede ich auf mich ein, es geht alles vorüber. Tief Luft holen, Elisabeth, tief Luft holen.

Da sehe ich die Touristen meiner Gruppe hilfesuchend nach mir in der Halle Ausschau halten. Mein Gott, wieso haben sie immer solche Mühe, irgendeine Entscheidung selbst zu treffen? Und wenn es nur darum geht, einfach aus der Zollhalle hinaus ins Freie zu gehen. Ich muß sie wohl sehr verwöhnt haben. Na, denke ich bissig, der Israeli wird es ihnen abgewöhnen. Das könnte meine Chance sein! Bei diesem Gedanken muß ich grinsen. Wenn es eine Chance gibt, werde ich sie nutzen. Ich setze das Lächeln auf, das mir von jeher half, meine Ziele zu erreichen: die Augen ein wenig erstaunt und naiv aufgerissen, die Grübchen in den Mundwinkeln nach oben gezogen. Mit dieser Waffe im Gesicht gehe ich zum Autobus, beruhigt und eine Spur selbstbewußter. Mag er sich doch noch so ekelhaft gebärden, *ich* werde lächeln und freundlich sein. Die Faust behalte ich versteckt in der Tasche.

Ich verfrachte die Gäste in den Mini-Bus, wir sind eine kleine Gruppe. Ich lege meinen Arm ganz zutraulich um Raffael und erkläre meinen neun Mitreisenden, welch außerordentliche Freude es mir bereite, ihnen hiermit den versierten, hervorragend Deutsch sprechenden israelischen Reiseleiter vorzustellen, der ab sofort die Leitung übernimmt. »Ja, so ist das in Israel«, sage ich. »Hier haben wir nichts zu sagen, die Reisen werden ausschließlich von Einheimischen geführt. Wir deutschen Reiseführer müssen zurück ins zweite Glied.«

Die Gäste schauen ihn nicht nur deshalb äußerst skeptisch an. Es ist für alle auch der erste Jude, der erste Israeli, den sie

treffen. Das bereitet ihnen Unbehagen. Sie wissen nicht so
recht, wie sie sich verhalten sollen.

Und – er lächelt nicht. Sie aber sind meine gute Laune gewöhnt. Und dann erst seine Stimme! Wie Attacken klingen
seine Erklärungen, wie Erschießungsbefehle. »Drehen Sie
den Kopf nach links!« »Die nächsten Toiletten gibt es erst in
Bet-Shean.« »Zigaretten rauchen ist im Autobus verboten.«
»Unsere Geschichte ist kompliziert, aber wenn Sie sich konzentrieren, werden Sie sie verstehen.« Er zitiert den ehemaligen Verteidigungsminister Ariel Scharon, der nach dem
Sechstagekrieg 1967 zum damaligen Staatschef Menachem
Begin gesagt haben soll: »Leg ein jüdisches Hufeisen um die
Araber.« »Wasser gibt es beim Fahrer. Fünf Schekel die Fla-
sche. Bier gibt es selbstverständlich nicht.«

Olàlà, denke ich, dicke Luft im Mini-Bus.

Ich drücke mich ganz fest an meinen Fensterplatz. Nur
nicht zu ihm hinüberschauen ... Ich tue es aber doch. Er hat
wunderschöne Hände, so schmal und feingliedrig. Leicht
und elegant hält er damit das Mikrofon. Wieso irritiert mich
das? Wir fahren in Richtung Jericho.

»Natürlich ist es unmöglich, hineinzufahren. Es könnten
Steine fliegen«, sagt er. »Die Palästinenser sind der Autonomie halt noch nicht gewachsen.« Wieder dieser hochnäsige
Israeli-Ton. Könnte er sich nicht auf objektive Informationen
beschränken, anstatt uns seine höchstpersönliche Meinung
aufzudrängen?

Ich setze meine Sonnenbrille auf, damit niemand meinen
Zorn sehen kann. Was mache ich nur mit dem Kerl? Wir fahren nach Bet-Shean, einem Ruinenfeld aus der Römerzeit.
Vielleicht hat er ja keine Ahnung von Archäologie, dann
könnte ich ihm gleich ins Wort fallen. Dann würde er merken,
daß ich nicht irgendeine doofe Kuh aus Deutschland bin.
Doch er ist einfach brillant. Völlig unliebenswürdig knallt er

den Leuten einwandfreie Informationen hin. Statt Vespasian sagt er allerdings dauernd Aspasian. Das klingt aber irgendwie ganz lustig. Mehr Fehler kann ich nicht finden, obwohl ich buchstäblich danach suche. Er verwechselt kein Jahrhundert, kennt die Funktionen der antiken Gebäude, setzt alles in den richtigen Zusammenhang. Na, tröste ich mich, wenigstens ist er fachlich Spitze. Aber es ärgert mich auch gleichzeitig.

Außerdem wurmt es mich, daß er die Gruppe sofort unter eiserner Kontrolle hat. Bei mir sind die meisten immer zum Fotografieren verschwunden, wenn ich mit meinen wissenschaftlichen Erklärungen beginnen wollte. Oder noch schlimmer, sie unterhielten sich über irgendwelche Familiengeschichten oder Berufsprobleme. Nicht so bei Erzengel Raffael. Ganz brav stehen sie um ihn herum, schauen in die von ihm vorbestimmte Richtung, nicken und tun so, als würden sie aufmerksam zuhören.

Es ist Mittag und sehr heiß. Er schlägt eine Mittagspause vor. »Wir fahren nach Hamat Gader am Fuße des Golan«, sagt er. »Dort gibt es wunderbaren Petrusfisch, eine Krokodilfarm, heiße Quellen, antike Thermen und einen schönen Park.«

Den Preis, den er nennt, finde ich viel zu hoch. Im übrigen, ich will gar nicht nach Hamat Gader, ich fühle mich übertölpelt. Er läßt einem ja nicht die Spur einer Wahl. Alles Zwang bei diesem bulligen Feldwebel. Wahrscheinlich kann er dort richtig absahnen, in die eigene Tasche wirtschaften, deshalb müssen wir jetzt um den ganzen Süd-Golan fahren. Und diesen trockenen Petrusfisch kann ich schon überhaupt nicht leiden. Keiner der Gäste wagt es zu widersprechen. Ich halte mich zurück. Ich muß mir erst eine Strategie überlegen. Was kann ich tun? Ich könnte mich natürlich mit ihm streiten. Dann allerdings würden es ausgesprochen unangenehme

Tage werden. Denn gewachsen bin ich ihm nicht. Er ist sehr schlagfertig und angriffslustig, selbstsicher und stark. Darüber hinaus hat er Heimvorteil.

Ich denke an all die schwierigen Momente in Jordanien. Als keine Zimmer für uns reserviert waren, als der Bus nicht da war, als das Zimmer eines Gastes direkt neben dem Hauptgenerator lag. »*No problem, my dear, it only will take five minutes*«, hörte ich dann. Manchmal haben die fünf Minuten eine Ewigkeit gedauert. Aber gekoppelt mit einem Blick aus meinen blauen Augen und einem netten Lächeln, habe ich dann doch jedes Mal erreicht, daß ich all das bekam, was fehlte.

Vielleicht sollte ich diesen Weg auch bei Raffael versuchen? Irgendwie ist es mir aber unangenehm. Er sieht so männlich aus, so erfahren. Ob der sich von mir blitzen läßt? Ich bezweifle es sehr. Außerdem ignoriert er mich nach wie vor. Kein Blick, kein Wort, keine Erklärung. Also werde ich zuerst versuchen, mit ihm zu flirten. Wenn er nicht reagiert, weil ich nicht seinem Geschmack entspreche, gehe ich über zu freundschaftlich schwesterlicher Kumpanei. Fast hoffe ich, daß ich diesem Ekel nicht gefalle. Ihm gefallen sicher billige, blonde Dummerchen, die gleich mit ins Zimmer gehen.

Wir fahren am Yarmuk-Fluß entlang, sehen die Straße – keine 200 Meter weit weg –, auf der wir noch gestern in Jordanien fuhren und immer auf den besetzten Golan hinüberstarrten, fasziniert vom Stacheldraht und den Wachtürmen. Grauenhaft, hatten wir gedacht. Auf diesen Patrouillenstraßen dürfen sicher nur Panzer fahren, schwerbewaffnete Soldaten als Passagiere. Jetzt sitzen wir in einem israelischen Touristenbus und werden auf dieser sandigen Piste zum Mittagessen gekarrt. Von Heckenschützen keine Spur.

Besonders romantisch ist diese Anlage von Hamat Gader nicht. Von oben aus, vom antiken Gadara auf der jordani-

schen Seite, hatte die Anlage ausgesehen w[...]
schene Oase. Einst hatten die Stadt oben auf [...]
der Badeort unten an den heißen Quellen zus[...]
Jetzt ist die Ruinenstadt jordanisch, die Quell[...]
lisch annektiertes, syrisches Territorium.

In dem Riesenspeisesaal sitzen Hunderte von and[...]
risten. Draußen ist es angenehm warm, wir aber müsse[...]
nen sitzen, im Anorak. Der Airconditioner läuft auf M[...]
malbetrieb.

Raffael hat seinen Hut in den Nacken geschoben. Jetzt
sieht er aus wie einer, der in Australien den Urwald rodet. Er
kommandiert die Kellner herum. Wir können essen. Der Petrusfisch ist – natürlich – trocken, schmeckt nach gar nichts.
Raffael sitzt mir gegenüber, ich versuche ein Gespräch. Er
will einfach nicht. Kaum hat er seinen Fisch hinunterge-
schlungen, steht er auf.

»Wir treffen uns um halb fünf am Bus«, sagt er. Es ist halb
drei. Jetzt muß ich schnell reagieren, sonst legt er sich
womöglich unter eine Palme und macht ein Mittagsschläfchen. Ich bitte ihn um einen kleinen Spaziergang mit mir.

»Wir haben doch so viel zu besprechen«, versuche ich mein
Glück. Er schaut mich an, als brächte ich ihn um seine wohl-
verdiente Ruhepause, quetscht aber dann tatsächlich so etwas
wie ein Zustimmungsgemurmel heraus. »Wie du willst.« Damit äußert er seinen Widerwillen recht deutlich.

Wir gehen. Die meisten aus der Gruppe schließen sich uns
höchst erfreut an. Wie hätten sie sich auch zwei Stunden ohne
uns zurechtfinden können. Der Park ist eingezäunt, jede Se-
henswürdigkeit eindeutig gekennzeichnet, aber sie traben
vergnügt hinter uns her. Wir betrachten kleine und große
Krokodile. Ein Riesenkrokodil-Paar liegt am Ufer und liebt
sich im Zeitlupentempo. Ich habe ein komisches Gefühl dabei im Bauch. Wir besuchen die antiken Thermen, ganz in

arzem Basalt gebaut. Dann gehen wir zum großen Pool, es nach Schwefel stinkt und eine Techno-Band ohren-äubenden Lärm macht. Unsere Gruppe sucht das Weite.

Raffael und ich setzen uns ins Gras. Er erzählt mir von seinen sechs Söhnen von drei verschiedenen Frauen, erzählt von seinen Eltern. Sein Vater hat es in den dreißiger Jahren auf abenteuerlichen Wegen geschafft, Berlin zu verlassen. Der Rest der Familie nicht. Sie starben alle in Buchenwald. Großeltern, Onkel, Tanten, Cousins. Die Frau, die später seine Mutter wurde, mußte den Umweg über Shanghai nehmen. Sie ist eine der wenigen Überlebenden ihrer großen Danziger Familie. Ich weiß nicht, was ich sagen soll. Ich umarme ihn einfach. Er schaut mich sehr überrascht an. Die honigfarbenen Augen sind plötzlich weich und unendlich tief.

Ich erzähle ihm von der Gruppe. Wie unkompliziert und kameradschaftlich sie sind, wenn sie nur nicht gezwungen werden, zusätzliches Geld auszugeben. »Weißt du, sie stopfen sich am Morgen so voll, daß es bis abends reicht«, erkläre ich ihm. »Am Abend türmen sie dann wieder die nahöstlichen Köstlichkeiten auf ihre Teller. Es ist ja alles im Preis inbegriffen.«

Raffael nickt und sagt, er werde es sich merken. Die nächsten Tage wird er um die Mittagszeit den Bus an Highways halten lassen. Im Gänsemarsch werden wir in häßliche Selbstbedienungslokale gehen. Er wird mich angrinsen und sagen: »Na, Elisabeth, habe ich meine Lektion gelernt?« Die Gruppe wird sehr zufrieden sein, nur ich könnte ihm den Hals dafür umdrehen. Für ihn gibt's immer nur schwarz oder weiß. Kompromißlos.

Auf dem Weg von Hamat Gader zum Kibbuz Nof Ginossar, diesem Paradiesgarten am See Genezaret, wo wir zwei Nächte verbringen werden, machen wir kurz halt am Jordan. Eine armenische Pilgertruppe läßt sich gerade im heiligen

Fluß taufen. Vollkommen angezogen steigen die frommen Erwachsenen in das Wasser, lassen sich von einem Priester den Kopf unter die Fluten tauchen. Wie nasse Ratten kommen sie wieder nach oben. Raffael sagt, sie sähen richtig verzackt aus. Verzackt? Keiner von uns versteht, was er meint. Er schaut mich an. »Entschuldige, Elisabeth, aber mir fällt kein anderes Beispiel ein. Wenn ein Mann mit einer Frau schläft und sie sehr glücklich macht, dann ist sie verzackt.«

Dabei schaut er mir in die Augen. Ich spüre ein Ziehen in der Magengegend und kann seinem Blick nicht standhalten. Gott sei Dank lachen die anderen aus vollem Hals. »Verzückt, verzückt, heißt das, Raffael«, jubeln sie. Es ist das erste Mal an diesem Tag, daß wir laut und fröhlich lachen. Wie befreit. Immer, wenn uns etwas besonders gut gefallen wird, werden wir Raffael zurufen, wie verzackt wir von seinem Land sind.

Nach der Dusche im Hotel stehe ich nackt vor dem Spiegel. Ich inspiziere mich von allen Seiten und finde mich ziemlich schön. Die weiten Hänger kann ich eigentlich in den Wäschesack werfen, denke ich. Heute werde ich Fleisch zeigen. Viel Enges und Ausgeschnittenes habe ich nicht dabei. Normalerweise geniere ich mich schon maßlos bei dem Gedanken, daß jemand meinen Busen zu sehen bekommt. Aber heute muß es sein. Ich helfe noch ein wenig nach, schiebe die Brüste in die Mitte. Jetzt schauen wirklich zwei pralle, feste Kugeln aus der engen Bluse heraus. Die Hosen sind knapp, ich ziehe ein wenig den Bauch ein. Ich schaue in den Spiegel und sehe ein Glitzern in meinen Augen. Knallblau sind sie wie selten. Meine kleine Hexe mit den Perserkatzen-Augen, sagt mein Mann manchmal zu mir, sehr manchmal. Wieso denke ich jetzt an ihn? Und weshalb mit diesem Anflug von schlechtem Gewissen? Ich blende das Bild schnell aus und konzentriere mich auf mein Aussehen. Schon lange, sehr lange ist

mir nicht mehr passiert, daß ich meinem Spiegelbild zuläch-
le und ihm sage, wie schön es sei. Ich pfeife vor mich hin und
gehe zum Essen. In bester Laune. Dem werde ich es zeigen.
Ich werde ihn anglitzern wie Ava Gardner und ihm den Kopf
verdrehen. Ich freue mich höllisch darauf.

Aber dieser furchtbare Kerl taucht überhaupt nicht auf.
Die blaue Schmiere auf meinen Augenlidern ist umsonst. Ich
koche vor Wut. Ich gehe mit der Gruppe nach dem Essen in
einen Dia-Vortrag über die Geschichte und das System der
Kibuzzim. Was soll ich auch sonst tun? Ich höre zum zigsten
Mal die heroischen Stories der frühen Kibuzzniks. Langweilig. Außerdem bin ich empört, komme mir vor wie sitzenge-
lassen, wie bestellt und nicht abgeholt. Wieso erscheint der
einfach nicht zum Abendessen? Ich schmiede Rachepläne für
den nächsten Tag. Da legt jemand im Dunkel des Vortrags-
saales seine Hand auf meine Schulter. »Elisabeth, wenn du
dich von dem Vortrag trennen könntest, wäre ich froh. Ich
möchte mit dir das Programm von morgen besprechen«, sagt
eine Stimme sanft und weich. Einschmeichelnd fast. Was ist
das für ein Chamäleon!

Drei Minuten später stehe ich neben ihm an der Bar. Der
Herr trinkt Kaffee. Alkohol nie. Zigarettenrauchen findet er
grauenhaft. Ich zünde mir eine nach der anderen an. Ich hätte Lust, ihm ans Schienbein zu treten. Ich tu's und sage ihm,
wie furchtbar unsympathisch ich ihn finde. Wie einen Junker
aus Ostpreußen, fehlen nur die Nazi-Stiefel. Er schießt mir einen Blick zu aus Augen wie kalter Bernstein. Dann lacht er
und sagt: »Komm, ich zeig dir den Mond. Den liebt ihr Deutschen doch so«, und zitiert das Eichendorff-Gedicht vom lieben Mond.

»Ganz mit Mondschein bedecket, da träumet sie von mir«,
sekundiere ich ihm.

»Das ist nicht ganz richtig, Elisabeth. Das ist *Aus dem Le-*

ben eines *Taugenichts*«, sagt er, ohne besondere Betonung, emotionslos. Beinahe bescheiden. Ich bin erstaunt. Was ist denn das für ein Mensch? Er sieht aus wie ein Panzerfahrer, benimmt sich wie ein Flegel und kennt unseren Eichendorff besser als ich. Blabla, denke ich gleichzeitig. Wahrscheinlich stimmt es gar nicht, was er sagt. Wenn ich mir schon nicht sicher bin, was kann er dann schon wissen?

»Alle Achtung, Herr Major«, sage ich und hoffe, das sitzt. Wahrscheinlich ist er über den Rang eines Gefreiten nie hinausgekommen. Er reizt mich bis aufs Blut, ich will ihn unbedingt beleidigen. »Oberst, Elisabeth, Oberst, nicht Major«, korrigiert er mich. Die Stimme duldet keinen Widerspruch. Das kann doch wohl nicht wahr sein, denke ich. Was macht er dann hier? Oberst im israelischen Militär, das ist, als würde der Dirigent der Wiener Staatsoper als Reiseleiter arbeiten.

Es wird sich herausstellen, daß es stimmt, alles stimmt, was er erzählt. Oberst Raffael Kidon. Eine Seite des Buches Raffael, eine nur, eine sehr verwundete.

Wir sitzen am Ufer des Sees, der Mond braucht noch ein paar Tage zu seiner vollen Rundung. Er wirft sein Glitzerlicht auf den See. Wir sind allein. Ich erzähle ihm von meiner ständigen Sehnsucht zu reisen, von meinen beiden Söhnen. Und ich erzähle ihm von meiner Liebe zu seinem Land. »Es ist das einzige Land auf dieser Erde, wo ich sofort Wurzeln schlage, sobald ich es betrete. Und es tut so weh, wenn ich sie beim Abschied wieder ausreißen muß.«

Raffael erzählt nichts und fragt nicht viel. Aber das, was er wissen will, ist präzise. »Wie alt sind deine Söhne? Weshalb kannst du Hebräisch? Hast du farbige Kontaktlinsen an?«

Er liegt neben mir im Gras, entspannt. Es ist beinahe gemütlich. Er macht nicht die kleinsten Anstalten, mich zu umarmen, zu küssen. Er liegt einfach da und summt vor sich hin. Ich fange an, mich wieder zu ärgern. Wieso versucht er nicht, mich zu verführen? Kein Mensch ist weit und breit zu sehen, es herrscht sichere Dunkelheit. Ich würde mich so gerne wehren, ihm sagen, wie eklig und unattraktiv ich ihn finde. Ihm eine Beleidigung nach der anderen an den Kopf werfen, als Sieger das Ufer verlassen. Er aber bleibt stumm. Ist er eingeschlafen? Ich schaue ihn an. Sein Gesicht ist ernst, zwischen den Augenbrauen sehe ich wieder diese scharfe Falte. Der denkt überhaupt nicht an die Frau an seiner Seite! An was denn dann? Und ich Dummkopf frage ihn: »An was denkst du, Raffael?«

Die Stimme, die mir antwortet, kommt von ganz weit weg. So als spräche er mehr zu sich selbst als zu mir. »Weißt du, ich denke daran, wie schön es hier ist. Israel ist der Garten Eden. Ich möchte ihn nicht verlassen. Und doch versuchen sie alles, uns von hier zu vertreiben. Ich liebe dieses Land, Elisabeth. Du verstehst das nicht. Du bist eine Fremde hier.« Ich könnte ihn erwürgen.

»Wer sind *sie*?« keife ich. »Meinst du die bösen Araber oder meinst du alle Menschen – außer euch, natürlich. Und überhaupt, was soll dieses blöde Pathos? Meinst du, ich bin zu doof, um zu wissen, was es heißt, ein Land zu lieben?«

Ich fühle mich ausgesperrt, darf an seinen Gefühlen nicht teilhaben. Den anderen ausgrenzen, dieses widerliche Spiel beherrscht der Erzengel medaillenreif. Er bestimmt, wer sein Territorium betreten darf, sein inneres und sein äußeres. Er ist mein Gegner. Mondenschein und Wellenrauschen hatten mich das für eine schwache Sekunde vergessen lassen.

»Am besten, ihr baut einen Stacheldraht um euer geheiligtes Zion. Dann könnt ihr unter euch bleiben. Und dann müßtest du nicht mit einem Trottel von Nicht-Juden am Strand sitzen.« Ich bin so elend wütend. Es läuft alles anders, als ich es mir zurechtgelegt hatte.

»Komm, laß uns das Programm von morgen festlegen.«

Seine Stimme ist jetzt wieder sanft wie ein tropischer Windhauch. Ich verstehe diesen Mann nicht.

Es stellt sich heraus, daß er kein Reiseprogramm erhalten hat. Nur ich. Und meines ist in meinem Zimmer.

»Dann laß uns dorthin gehen«, sagt er. Aha, denke ich, also doch. Ich nehme ihn mit in mein Zimmer. Noch nie habe ich das getan. Nie hat ein fremder Mann mein Zimmer betreten. Was ist nur mit mir los? Er ist so groß und stark, so aggressiv. Ich würde mich nicht gegen ihn wehren können.

Ich spüre, wie mir plötzlich der Schweiß die Achselhöhlen verklebt. Wir gehen tatsächlich in mein Zimmer. Nummer 125, neonbeleuchtet, karg, das gesamte Zimmer in Eisblau gehalten. Ungemütlich, unsinnlich, weiß Gott kein Liebesnest.

»Willst du etwas trinken?« frage ich ihn. »Ich habe aber nur Cognac. Das ist nichts für Herrn Saubermann.«

»Gib schon her«, grinst er, nippt an seinem Glas und schaut mir in die Augen. Er liegt auf meinem Bett, hat sich mit dem rechten Arm aufgestützt. Die Beine läßt er über dem Bettrand baumeln. Er hat braune Wildlederstiefel an. Wie seine Hände sind augenscheinlich auch seine Füße elegant und langgliedrig, wenn sie in diese schmalen Stiefeletten passen. Ansonsten bemerke ich nicht viel von seinem Äußeren an diesem ersten Abend. Ich sehe, daß er ziemlich stämmig ist, sein Hemd spannt um den Bauch. Ich registriere es, aber es stört mich nicht. Ich bin nur neugierig, wie es weitergeht.

Sein Blick wandert über meinen Hals, über meinen Ausschnitt zu dem kleinen Schlitz, wo sich die zusammengepreßten Brüste treffen. An diesem Punkt verweilt er einen Moment. Ich spüre, wie sich meine Brustwarzen versteifen. Ich halte den Atem an. Verdammt, denke ich, ihn soll es prickeln, nicht mich. Mein Szenario sieht jetzt vor, daß er seine feuchten, ekligen Lippen auf meine pressen wird. Dann werde ich ihm zeigen, daß bei mir nicht das mindeste läuft. Ich werde ihm eine kräftige Ohrfeige verpassen. Schon spüre ich die Hitze meines Schlages auf den Innenflächen meiner Hände. Er wird verdattert dastehen, ungläubig. »Hinaus!« werde ich schreien. »Mach, daß du rauskommst.«

Aber der Erzengel macht nicht, was ich will. Er wendet schnell seinen Blick von meinem Dekolleté und schaut mir in die Augen, mit einem nichtssagenden Ausdruck, beinahe geschäftlich. Ich scheine ihm nicht zu gefallen. Zu viele Falten am Brustansatz? Zu dick? Zu alt?

»Ich denke«, sagt er wie beiläufig, »wir sollten morgen als erstes auf den Berg der Seligpreisungen fahren. Wenn wir um acht Uhr fünfzehn dort ankommen, werden wir die Anlage für uns haben.« Er erzählt mir haarklein, wie er den Tag zu verbringen gedenkt. Ich komme gar nicht vor in seiner Programmgestaltung.

»*Leila tov,* Frau Doktor, gute Nacht und schlafe wohl«, sagt er nach einer Weile und schließt die Tür hinter sich. Ich knipse sofort das Licht aus. Ich will mich nicht mehr sehen, ziehe mich im Dunkeln aus. Mich in meiner ganzen Lächerlichkeit jetzt auch noch neonbeleuchtet im Spiegelbild ansehen zu müssen, halte ich nicht aus.

Zweiter Tag

So arrogant ich kann, nicke ich dem Erzengel am nächsten Morgen ein kurzes *Schalom* zu.

Er sitzt natürlich nicht mit uns am Frühstückstisch, sondern zusammen mit israelischen Kollegen. Sie palavern lauthals. Im ganzen Land wird soviel und laut und unentwegt geredet und diskutiert, als müßten sie die Jahrhunderte des Schweigens aufholen. Vereinzelt höre ich Worte, die ich verstehe. Sie reden über Autos und darüber, welche Fußballmannschaft am Tag zuvor gut oder weniger gut gespielt hat.

Was sind die doch primitiv, denke ich, und wende mich meinen Gästen zu. Nur ich scheine zu wissen, was sich gehört, sitze selbstverständlich schon früh am Morgen hautnah bei den mir anvertrauten Landsleuten und höre ihnen zu.

Heute früh habe ich nicht, wie sonst allmorgendlich, aufgepaßt, zu wem ich mich geselle, und nun sitze ich, bestraft für die Unkonzentriertheit von Sekunden, dem Ehepaar Matthäus gegenüber. Keine Fluchtmöglichkeit, ich muß ihnen zuhören. Die Folter beginnt schon vor der ersten Tasse Kaffee. Ich erfahre Wichtiges. So hat Herr Matthäus gestern abend noch einen der beiden Sessel in seinem Zimmer auf den Korridor stellen müssen, um Platz für seinen Koffer in der engen Behausung zu machen. Dabei schaut er mich vorwurfsvoll an.

Habe ich etwa das Hotel gebaut? Mach doch mit deinem Krempel, was du willst, denke ich wütend. Mein Gott, bin ich aggressiv heute morgen.

Ich antworte aber statt dessen wohlerzogen, wie bedauerlich sein Mißgeschick sei. Auch der Blick seiner Ehefrau hinter dicken Brillengläsern ist nicht frei von Schuldzuweisung. Sie sieht furchterregend aus an diesem Morgen. Die Nase dick geschwollen, die Wunde darauf verkrustet, die Brille mit Hansaplast notdürftig geflickt. Ganz unschuldig fühle ich mich allerdings nicht an ihrer Pein. Sie hatte mich die ersten Tage der Reise von früh bis spät mit ihrem ununterbrochenen Redeschwall und dem belanglosen Inhalt derartig gequält, daß ich mir sehnlichst wünschte, es möge doch endlich etwas passieren, was dieser schwäbelnden Omi den Mund stopfen würde. Kaum war ich beispielsweise fertig mit meinen Ausführungen zu der Bautätigkeit der spät-severischen Herrscher und ihrem Sinn für die Wiederverwendung von klassischen Kapitellmotiven oder erörterte das Problem der monophysitischen Strömungen innerhalb des frühen Christentums im südsyrischen Raum, übernahm Frau Matthäus unaufgefordert und erzählte von den ersten Krabbelversuchen ihres dritten Enkelkindes. In ihrer Begeisterung darüber sah sie fast selbst aus wie ein gealterter Säugling. Und dann geschah es!

Auf dem Weg hinauf zum Tempel Ed Deir im Tal von Petra stürzte Frau Matthäus plappernd über ihre eigenen Füße. Blutüberströmt lag sie da. Ein Brillenhenkel hatte sich in die Nasenwand gebohrt. Beim Sturz war sie als erstes auf den kleinen Finger gefallen. In Sekundenschnelle schwoll er zu einem dunkelroten Fleischklumpen an. Ich sah mich schon im Krankenhaus mit ihr, umgeben von aufgeregten arabischen Ärzten und Pflegern, die alle durcheinanderschrien und sich nicht einigen konnten, was der Frau nun eigentlich fehle und was zu geschehen habe. Aber weit gefehlt. Frau Matthäus, vom Blute gereinigt, stieg tapfer weiter, ein Tempotaschentuch auf die Nase gepreßt, den kleinen Finger in eine Wasserflasche zum Kühlen getaucht. Kein zehn Pferde würden sie zu einem arabischen Arzt bringen, sagte sie. Eher noch zu einem Juden, wenn wir in Israel wären.

Ich schluckte den Ärger über diese Bemerkung hinunter und lehnte jede Verantwortung für ihre Entscheidung ab. Sie reiste weiter mit, klaglos und von da an sehr schweigsam.

Heute morgen, sechs Tage nach ihrem Fall, sitze ich ihr nun beim Frühstück gegenüber und sehe über den Rand meiner Kaffeetasse, wie riesengroß das Veilchen, dieses unwillkommene Souvenir aus Jordanien, in phantasievoller Verästelung ihr armes, geschwollenes Gesicht in allen Farben des Regenbogens aquarelliert. Was kann ich dafür, wenn du zu dusselig bist zum Treppensteigen, denke ich trotzdem gereizt. »Sodele, jetzterle«, sagt sie friedfertig in meine aggressiven Gedanken hinein und legt artig ihre Serviette beiseite. Ich habe sofort ein schlechtes Gewissen – was ist denn nur mit mir? – und lächle so brav ich kann zurück.

Als ich zum Bus komme, lehnt der Erzengel lässig an der Tür. Er grinst und sieht mich von unten bis oben und zurück an und pfeift dann leise anerkennend durch die Zähne. Ich komme mir vor wie ein Mastschwein, das zum Verkauf steht.

»Würdest du bitte den Eingang zum Bus frei machen. An dir Fettwanst kommt ja keiner vorbei«, schnauze ich ihn an. Oh, denke ich, das war unter der Gürtellinie; was Blöderes hätte dir nicht einfallen können. Ich wollte ihn unbedingt einschüchtern, ihm klarmachen, daß ich der Boß bin und nicht er. Aber das hätte natürlich auf einem mir angemessenen Niveau ablaufen sollen. Schon wieder schäme ich mich. Noch nicht einmal acht Uhr morgens, und schon habe ich zweimal meine Fassung verloren. Wie soll das nur weitergehen?

Ich verkrieche mich hinter den Bus, hole tief Atem. Jetzt noch einmal ganz von vorne, Elisabeth, rede ich auf mich ein, bis drei zählen, und dann lächelst du ihn entwaffnend an.

Als ich in den Bus steige, sitzt Raffael schon auf meinem

Platz. Er wippt mit dem Fuß, das Mikrofon hängt ihm über die Hand. Eine neue Welle heißer Wut steigt in mir auf.

»*Boker tov, boker tov, Elisabeth, at jaffa meod meod*«, ruft da Khalil, der Busfahrer, mein Schutzengel wider den Erzengel. Jedes Mal, wenn er mich sieht, ruft er voller Begeisterung, wie schön ich sei. *Jaffa* heißt in Hebräisch schön, so wie die weltberühmte Orange. Auf dem zweiten *a* betont und in der weiblichen Form. Schön wie eine Rose, schön wie der Morgentau, schön wie ein leuchtender Stern am Himmel sei ich. Manchmal ist es lästig, wenn Khalil mich mit seinen Glutaugen berührt. Aber heute ist sein Wortschwall willkommen. Meinetwegen kann er mich in Gegenwart des Erzengels ständig anschmachten. Irgend etwas muß dieses Walroß doch berühren. »*Sabach el cher, sabach el ward*«, erwidere ich Khalils Morgengruß. Auf arabisch. Das bringt ihn vollends aus der Fassung, und ich habe einen neuen Freund. Khalil ist nämlich kein Israeli. Oder halt, doch doch, er ist Israeli, aber ein arabischer, ein muslimischer. Nichts Besonderes in Israel. Dieses Los teilt eine Million Palästinenser mit Khalil. Araber, ob muslimisch oder christlich, die nach 1948 im Lande geblieben waren und sich mit den neuen Herren arrangierten: als Belohnung gab es den israelischen Paß.

Die Sonne scheint, es ist herrlich warm, meine Hose ist heute bequem weit im Bund, nichts zwickt. Ich sitze neben Raffael. Auf der Fahrt zum Berg der Seligpreisungen, dem Ort der Bergpredigt Jesu Christi, erzählt Raffael von der Bewässerung Israels.

Mit Argusaugen schauten die Israelis alljährlich im Frühling auf den Wasserspiegel des *Kinneret*, des Sees Genezaret, sagt er. Das Überleben des gesamten Landes hänge vom Wasser des *Kinneret* ab. Regne es nicht genügend im Winter, bestünde die Gefahr von Wassermangel, was drastische Einschränkungen im Verbrauch zur Folge hätte. Eine Bedrohung, vor der jeder Israeli zittere. Eine Bedrohung von vielen. Eine andere sei der Wasserneid der Nachbarstaaten. Anschläge habe es schon viele gegeben. Deshalb sei die große Pumpanlage zur Wasserverteilung am nördlichen Ende des Sees auch atombombensicher gebaut. Er nennt Zahlen, die ich mit denen, die ich im Kopf habe, vergleiche. Es stimmt alles, was er sagt.

Aber der Unterton in der Stimme macht mich rasend. So als sei Widerspruch schon von vornherein zwecklos. Wieso eigentlich haben die hier die Weisheit gefressen?

»Wir lieben unseren See sehr«, sagt Raffael. »Er ist schließlich der einzige, den wir im ganzen Land haben.« Ja und, denke ich, immerhin habt ihr einen. Die Jordanier nebenan haben gar nichts. Den mickrigen Yarmuk und noch ein winziges Rinnsal. Das ist alles.

»Kann ich vielleicht auch mal was sagen, lieber Raffael?« flöte ich und versuche, meiner Stimme einen balsamischen Ton zu geben.

»Du kannst oben die Kirche und die Bergpredigt erklären. Dann kann ich draußen warten. Ich gehe nicht gern in Stätten anderer Religionen«, gibt er mir zur Antwort.

Den Knochen frißt du selbst, denke ich. »Nein, nein, mein Lieber«, säusele ich. »Das mußt schon du erledigen. Ich kenne mich da oben nicht so gut aus. Und übrigens, wenn du nichts dagegen hast, suche ich mir die Themen, zu denen ich mich äußern will, selbst aus.«

»Aber natürlich, meine Rose«, sagt er und lacht aus vollem Hals. »Du bist die Prinzessin, ich dein Knecht.« Er sieht unverschämt gut aus, wenn er lacht. Die Bernstein-Augen glitzern. Sein Lachen breitet sich über das gesamte Gesicht aus, am Ohransatz bilden sich kleine Fältchen. Sie sind sicher ganz weich. Blitzweiß die Zähne, dental-hygienisch gepflegt, wie bei vielen Israelis. Sein Gebiß sieht aus, als hätte er Lust, zuzubeißen, Lust, etwas zu zerfleischen. Er wirkt überhaupt wie ein Löwe. Kraftstrotzend und satt, scheinbar entspannt und wohlig faul, aber immer zum Angriff parat.

»*Buon giorno, cara mia*«, begrüßt mich die alte Benediktiner-Nonne, die im Schatten der herrlichen Bäume der Anlage um den Ort der Bergpredigt ihr Alter absitzen darf. Man hat ihr erlaubt, in der Nähe der Wirkungsstätten ihres Herrn Jesu zu bleiben, anstatt heim in den Vatikan kehren zu müssen wie die anderen Dienerinnen Gottes, wenn sie zu alt für *labora* werden und nur noch für *ora* taugen.

»*Ti benedico*«, sagt sie liebevoll zu mir und legt mir die faltige Hand auf den Kopf. O ja, segne mich, denke ich, du, die du über alle Wut erhaben scheinst, gib mir ein wenig deiner Ruhe, bitte, bitte. Ich bin auf eine so unangenehm bittere Weise zornig, daß ich mich konzentrieren muß, diesem meinem Lieblingsort hoch über dem See Genezaret seinen üblichen Zauber abzugewinnen. Ich setze mich auf die Brüstung neben dem Eingang zur Kirche, lasse meine Blicke über den silbernen See streifen, hinüber zu den Hügeln des Golan. Einen Blick, der mehr Frieden verströmt, kenne ich nicht. Der wolkenlose, herbstlichblaue Himmel spannt sich über die braun-grünen Kuppen des Golan. Der See schmiegt sich elegant in diese Komposition. Wie ein Gemälde aus der Romantik. Und ich sitze mittendrin. Hier möchte ich ein Haus. Hier müßte es doch möglich sein, Ruhe zu finden. Die innere, die unbestechliche, die sokratische. Dann könnte ich anmutig sein und sanft, hätte weiche Bewegungen und nicht diese zusammengekniffenen Lippen und nicht das leichte Kopfweh hinter der angespannten Haut meiner Stirn.

Raffael hat die Gruppe unter einem Magnolienbaum versammelt. Erwartungsvoll sitzen alle neun im Rund um den Meister, keiner schwätzt oder nestelt an seiner Kamera herum. Wie Schulkinder lassen die sich von dem da maßregeln, denke ich. Ich geselle mich dazu, lehne mich an den Baumstamm, wippe nun meinerseits provozierend mit dem Fuß. Immerhin zählt das frühe Christentum zu einem meiner Spezialgebiete. Jetzt werde ich fündig werden, ihn unterbrechen und korrigieren können. Der Wunsch danach vergeht mir aber sofort. Raffael spricht mit enormem Respekt von Jesus Christus und seiner Lehre, mit einer Kenntnis, die mich über alle Maßen erstaunt. Er erzählt von der Vielfältigkeit der Bevölkerung und den ebenso vielfältigen religiösen Vorstellungen zur Zeit Jesu Christi im alten Palästina.

»Die alten semitischen Wetter-, Fruchtbarkeits- und Astralgötter und ihre Kulte lebten weiter unter der Oberfläche der *interpretatio graeca* des offiziellen hellenistisch-römischen Staatskultes. Die Menschen, vorab die Juden, neigten eher zum Synkretismus mit jeweils recht bodenständigen Ideen und Bräuchen«, umreißt er die damaligen religiösen Umstände. »Über dieses Gemisch legte sich die Decke einer allgemeinen mittelplatonischen Weltanschauung, was insgesamt einen fruchtbaren Nährboden für allerlei religionsphilosophische Spekulationen bildet.«

Er erzählt von der Schwierigkeit, die Person Jesu Christi historisch zu erfassen, von der Unmöglichkeit, eine exakte Biographie nachzuzeichnen. »Man weiß eigentümlich wenig über den Mann, der später so unvergeßlich werden sollte wie keine andere Figur der Geschichte. Vor allem außerchristliche, zeitgenössische Quellen fehlen. Und die christlichen setzen erst mit dem Markus-Evangelium, vierzig Jahre nach dem Tod Jesu, ein.« Ich könnte es nicht besser machen. »Jesus radikalisierte die Heiligkeit der alten Gesetze. Damit zog er die Feindschaft der Juden auf sich. Gerade die Bergpredigt mit ihren ethischen Forderungen markiert die radikale Veränderung in seinen religiösen Verkündigungen.«

Zur Feier des Ortes hat Raffael den Hut abgenommen,

auch die alberne verspiegelte Brille. Die Haare sind, wie seine Augen, von einer changierenden Helligkeit. Mit einem Mal kommt mir das Bild in Erinnerung, wie ein ebenso hellhäutiger Blonder schwerbewaffnet und in Uniform zu uns in den Bus stieg, als sich gestern hinter der Allenby-Brücke der Schlagbaum zum Heiligen Land öffnete.

»Welcome to Israel. Your passports, please«, sagte der israelische Soldat.

Da hörte ich hinten im Bus Frau Vogel aus dem bayrischen Rosenheim ganz laut zu ihrem Mann sagen: »Du, Schorsch, der schaut ja gar net aus wia a Jud.«

Mir wurde eisigkalt vor Scham. Und auch vor Wut. Ich hatte die sechzig Kilometer von Amman zur israelischen Grenze genutzt, um meine Mitreisenden auf Israel einzustimmen. Auf das Völkergemisch, das sich dort seit ein paar Jahrzehnten abmüht, sich zu einer homogenen Gesellschaft zu entwickeln. Juden aus aller Welt, die aber auch gar nichts mit dem langnasigen Jud Süss der nationalsozialistischen Propaganda zu tun haben. Psychisch nicht und äußerlich schon gar nicht. Darauf angesprochen, können Israelis sehr bitter werden. Und mit einem Mal ist es dann aus mit der levantinischen Gelassenheit und der humorvollen Großzügigkeit.

Doch der junge Soldat reagierte nicht. Er schien kein Deutsch zu verstehen. Gott sei Dank.

Das geht mir durch den Kopf, während ich Raffael zuhöre. Was denkt er über uns, grüble ich, eigentlich müßte er uns doch hassen. Wie bringt es er fertig, es nicht zu tun? Vor allem meine Mitreisenden. Die meisten haben den Zweiten Weltkrieg noch erlebt. Mich muß er ja nicht unbedingt mit dem Morden des Dritten Reiches in Verbindung bringen. Dafür bin ich zu jung. Wir beide werden etwa gleich alt sein. Nachkriegskinder in jedem Fall, obwohl es schwierig ist, das Alter der Israelis zu schätzen. Die Hitze läßt sie früher altern,

30

auch die ständige Spannung, in der sie leben, die vielen Kriege der letzten Jahrzehnte. Wenn er etwa zur Zeit der Staatsgründung geboren wurde, muß er in den drei großen Auseinandersetzungen mit den Arabern gekämpft haben, dem Sechstagekrieg, dem Yom-Kippur-Krieg und der Invasion in den Libanon. Das muß doch einen Menschen prägen. Ich komme mir neben ihm wie ein dummer, verwöhnter Backfisch vor, wie ein anmaßender Nichtsnutz, dessen oberstes Prinzip stets nur das eigene Wohlergehen ist, der keine Ahnung von existentiellen Nöten hat. Ein Nachkriegskind aus Deutschland.

Bei uns stand der Mercedes schon 1948 wieder in der Garage. Da war Israel gerade geboren, fantasiere ich weiter. Während ich im Spitzenhäubchen in der Familienwiege lag und vom Dienstmädchen aus dem Böhmerwald die Flasche gereicht bekam, jagten die Kugeln des Unabhängigkeitskrieges um Raffaels kleines blondes Köpfchen. Ob er je einen Kinderwagen hatte? Seine Eltern müssen wohl Deutsch mit ihm gesprochen haben, sonst könnte er es nicht so gut. Wo er wohl aufgewachsen ist? Was mag sein Vater von Beruf sein? Meine Gedanken jagen mir ungeordnet durch das Hirn. Immer nur Raffael, Raffael. Weshalb denke ich ständig über diesen Mann nach, seit ich ihn gestern getroffen habe? Dieses Schauern, das er bei mir bewirkt, ist keinesfalls angenehm, und dennoch kann ich ihm nicht widerstehen. Ich denke weiter über ihn nach.

Wir haben beide den gleichen Ursprung irgendwie, die gleiche Kultur im Rucksack, und eine gemeinsame Sprache, die uns vereint. Und könnten einander doch nicht fremder sein. Eigentlich müßte ich bereit sein, ihm einiges nachzusehen. Ja, beschließe ich, ich werde ab sofort großzügiger sein. Schließlich ist er ja nur ein armer Tropf.

»Elisabeth«, höre ich plötzlich seine Stimme. Ich zucke zusammen. Seine Stimme trifft mich wie ein giftiger Pfeil. Er spricht meinen Namen hart aus, die letzte Silbe betont. Das klingt so herrisch. »Möchtest du noch etwas hinzufügen?« fragt er mich. Was? Hinzufügen? Wozu? denke ich und fühle mich ertappt. Ich habe nur mit einem Ohr zugehört, einzelne Worte, aber nicht den Zusammenhang mitbekommen. Ich war total versunken, meinen eigenen Gedanken gefolgt, habe den Erzengel mit den Augen abgetastet, anstatt seinen Worten zu folgen. Das hat er gemerkt, dieser Mistkerl. Ich sollte aufhören, über ihn nachzugrübeln. Er ist es überhaupt nicht wert. Wie ich dieses überhebliche Grinsen satt habe.

Wir absolvieren die heiligen Stätten am See Genezaret. Raffael hat das Kommando fest in der Hand. Er läuft voraus, ich hintendrein. Ich warte die ganze Zeit auf eine Möglichkeit zu brillieren, mein Wissen auszubreiten, aber er gibt mir keine. »Wie ein Lamm läuft unsere Elisabeth hinter Raffael her«, amüsiert sich Herr Rütimeier, der Bierbrauer, der lieber Opernsänger geworden wäre, hinter meinem Rücken. Die Gruppe lacht. Ich ignoriere den Spaß. Dich Witzbold könnte ich auch reinlegen, denke ich. Ich bräuchte bloß an deine verwackelten Versuche, das hohe C zu treffen, zu erinnern, dann hätte ich die Lacher auf meiner Seite. In jedem antiken Theater mußte unser pensionierter Gruppen-Pavarotti eine Arie schmettern, man brauchte ihn dazu gar nicht erst ermuntern.

Mir ist so bissig zumute, daß ich mich nicht erinnern mag, wie unendlich stimmungsvoll es war, als Herr Rütimeier in der Abendsonne im Rund des Theaters von Petra »O dolce Adia« sang. Gewiß, die hohen Töne traf er nur ungefähr, aber die Inbrunst, mit der er sang, berührte uns doch gewaltig. Oder als er im kleinen Theater von Gadara in der Orchestra stand und Bajazzos Schluchzer-Arie vortrug. Das Theater war voller junger Leute, Schulausflügler. Gebannt lauschten die jungen Jordanier diesen ungewohnten Geräuschen. Als Herr Rütimeier dann zum Endspurt der Heularie mit den vielen Seufzern ansetzte, lachten sie aus tausend Kehlen. Schallend und vergnügt, wie es nur Araber können. Sie hielten das Lied für etwas sehr Lustiges. Kulturunterschiede. Als Dankeschön für so viel Amüsement sangen und tanzten sie für uns dann ihre Lieder, begleitet vom Tamtam der Trommeln, die sie dabeihatten. Immer bereit, zu feiern, zu singen, zu tanzen. Ganz ohne Hemmungen. Daran will ich im Moment aber nicht denken, weil ich sauer bin, daß Herr Rütimeier meine Schwäche dem Erzengel gegenüber erkannt hat. Ich zünde mir eine Zigarette an. Es ist sicher schon die zehnte an diesem Vormittag.

Raffael scheint die Situation zu gefallen. Gut gelaunt erzählt er Khalil, daß wir auf speziellen Wunsch der Prinzessin aus Deutschland in einem *sherut azmi*, einem Self-Service Restaurant, zu Mittag essen werden. Die beiden beraten. Raffael spricht so schnell hebräisch, daß ich kaum ein Wort verstehe. Absichtlich, da bin ich ganz sicher. Khalil, mit seiner gutmütigen arabischen Seele, spricht sehr viel prononzierter. Für ihn ist Hebräisch nicht die Muttersprache, außerdem ist er viel zu höflich, um mich komplett auszuschließen. Raffael beschließt, daß wir Gadot i:.1 Hula-Tal ansteuern. Direkt an der Brücke über den Jordan, an der großen Bushaltestelle, einem Verteiler-Zentrum für Soldaten, die auf dem Golan stationiert sind, gibt es einen Schnell-Imbiß. Dort wollen wir hin.

Wir fahren an Rosch Pina vorbei, der ersten jüdischen Siedlung überhaupt im Hula-Tal. In den Achtzigern des letzten Jahrhunderts war es, als die ersten europäischen Siedler beschlossen, dem versumpften Hula-Tal den Kampf anzusagen. Sie waren die Pogrome in Osteuropa leid und versuchten, im Land der Bibel, dem Land ihrer Urväter, Fuß zu fassen. Dazu brauchten sie Land. Die arabischen Großgrundbesitzer witterten ein gutes Geschäft und verkauften den Juden ihr miesestes Land, versumpft und steinig. Sie rechneten wohl damit, daß diese Europäer bald aufgäben und wieder abzögen. Aber beseelt von der Kraft einer Vision, krempelten die Siedler die Ärmel hoch und machten das Land urbar. Bis zu den Knien im Sumpf, den Malaria-Mücken ausgesetzt und der unerträglichen, ungewohnten Hitze, ließen sie nicht locker. Und sie schafften es. Nach einem Jahr Schinderei konnten sie zum ersten Mal Saatkörner auf ihren eigenen Boden streuen. Ihre dörfliche Siedlung nannten sie Rosch Pina, den Grundstein, denn sie waren überzeugt davon, daß Rosch Pina nur die erste von vielen Siedlungen war, die das Hula-Tal in einen blühenden Garten Eden verwandeln würden. Sie sollten recht behalten. Doch das ist alles lange her. Die Nachkommen der Siedler der ersten Stunde bilden heute so etwas wie die Aristokratie des Landes. Ein wenig verstaubt sind sie allerdings, puristisch und altmodisch, mit einem sehr deutlich ausgesprochenen, fast gezierten Hebräisch, mit dem sie sich von der schlampigen Umgangssprache von heute deutlich unterscheiden. In Rosch Pina haben sie höchstens noch ihr Wochenendhaus oder ihren Alterssitz. Sie lieben ihren Beethoven und Schubert sehr, ihre Landsleute aus den orientalischen Ländern weniger.

In Gadot herrscht Hochbetrieb. Wie die Ameisen wuseln die unzähligen Soldaten in ihren braunen Uniformen auf dem Gelände herum. Ob Mädchen, ob Mann, den meisten baumelt ein Maschinengewehr um die Schultern. Wie bei einem internationalen Jugendtreffen sieht es hier aus, so unterschiedlich ist das Äußere der jungen Israelis. Hochgewachsene Blondinen mit langem Engelshaar, Rothaarige, Schwarzgelockte, Hellhäutige, Bronzefarbene, ein Meer von Schönheiten. Auch bei den jungen Männern reicht das Spektrum vom sportlichen kalifornischen Beachboy zum Südaraber mit langbewimperten Glutaugen und Augenbrauen, die aussehen wie nachgemalt. Der große Sozialisierungsfaktor des Landes, das Militär, bringt die aus allen Himmelsrichtungen Stammenden unter einen Hut. Gleiche Uniform, gleiche Sprache, Wurzeln der Identität.

Alle scheinen gleichzeitig zu reden, zu rufen, zu singen. Sie sitzen auf ihren Gepäcksäcken oder lehnen in den billigen, weißen Plastikstühlen, die Füße in den schweren Militärstiefeln weit von sich gestreckt oder auf die Sitze leerer Stühle gelegt. Völlig ungeniert sitzen die Pärchen einander auf dem Schoß, küssen sich und stöhnen dabei. Ein lässiges Durcheinander. Wo gibt es denn so etwas, denke ich, Hunderte von Soldaten, bis unter die Zähne bewaffnet, die keinerlei Bedrohung ausstrahlen. Ganz im Gegenteil, es wirkt alles sehr vergnüglich und entspannt.

Ich steige fröhlich aus dem Bus. Was für ein Land! Neben dem Bus, an einer kleinen Mauer, lehnen einige total schwarzhäutige Soldaten. Die müssen äthiopischen Ursprungs sein, denke ich. Wieso stehen sie abseits? Ausgegrenzt? Ich hoffe, daß ich mich täusche.

Meine Gruppe klettert aus dem Bus. Der Ort scheint ihnen den Appetit verschlagen zu haben. Sie stehen wie angewurzelt da und gaffen die jungen Leute an. »Da ist ja ein richtig Schwarzer«, höre ich die verblüffte Stimme von Frau Vogel, unserer diskreten Bavaria. Sie deutet auf einen der Äthiopier. »Ja, was ist denn das? Ein Judenkapperl hat er auch noch auf dem Kopf.« Ich hole tief Luft, um ihr scharf ins Wort zu fallen. Aber Raffael gibt mir einen kleinen Stoß und flüstert mir zu: »Laß doch, Elisabeth. Es hat keinen Sinn.« Hoppla, denke ich, das klingt ja beinahe freundschaftlich. Bin ich etwa in die Heiligen Hallen aufgenommen? Würdig, ein innerjüdisches Problem zu teilen? »Okay«, sage ich dankbar, »ich halte den Mund.«

Es bleibt uns nichts anderes übrig, wir müssen uns unter die Soldaten mischen. Wir reihen uns in die lange Schlange an der Essensausgabe ein. Die jungen Leute stoßen und schubsen, greifen über die Tabletts der anderen, öffnen die Cola-Flaschen mit den Zähne und spucken die Deckel auf den Boden.

»Na, sehr diszipliniert ist die israelische Armee aber nicht«, flüstert mir Herr Rütimeier ins Ohr. Ich halte mich an Raffaels Redeverbot und lache blöd. Warte nur, denke ich, bis wir in Jerusalem sind. Da wirst du diese Youngsters knallhart und eisern im Dienst erleben. Das wird dir dann auch wieder nicht gefallen.

Stumm stehen die Reisenden aus Deutschland in der Reihe. Sie benehmen sich völlig defensiv. Die Augen wandern gespannt hin und her, aber keiner versucht, ein Wort mit den Soldaten zu wechseln oder ein Lachen auszutauschen. Diese Situation fasziniert und erschreckt sie anscheinend gleichermaßen. Ich verstehe es nicht ganz. Die meisten meiner Landsleute, die mit mir reisen, haben Kinder in ähnlichem Alter. Mit denen müssen sie sich doch wohl auch ab und zu unterhalten. Woher kommt also dieser stumme Schrecken? Es wird doch nicht der hautnahe Kontakt mit so vielen Juden sein, der ihnen unbehaglich ist?

Ich erinnere mich, als wir uns in Petra auf dem Hohen Opferplatz die Aussicht mit vielen anderen Touristen teilten, unter anderem auch mit Israelis, kam Frau Köhler, die mit ihrem komplizierten Lebensgefährten namens Nerwenka reist, eine sehr introvertierte, denkfähige Mitreisende, beim Abstieg an meine Seite, um mir zu berichten, daß eine der israelischen Frauen oben auf dem Gipfel sich mit ihr unterhalten habe. »Ja und«, hatte ich ihr geantwortet, »warum sollte sie nicht?«

»Aber ich bin doch eine Deutsche«, war ihre ernste Antwort gewesen. Daran muß ich jetzt denken.

Ich lande an einem Tisch mit Raffael und Khalil. Raffael sorgt für sich selbst, Khalil sorgt zuerst für mich. Er schleppt Vorspeisen heran, läßt das Brot zurückgehen, weil es nicht warm genug für mich sei, legt mir eine Papierserviette hin, die er vorher zu einer Blume gefaltet hat. Er schenkt mir Wasser ein, bringt Salz und Pfeffer und, natürlich, Zahnstocher. »*Beteavon*, Elisabeth«, sagt er, »guten Appetit. Du mußt essen, viel essen.«

Über uns dreht sich ein Ventilator. Ich spüre die kalte Luft auf der Kopfhaut. Das ist unangenehm. »Du hast einen saudummen Platz ausgesucht«, sage ich zu Raffael und lege mir den Schal um den Kopf. Er geht nicht im mindesten auf meine Bemerkung ein.

»Jetzt machen wir noch die Bootsfahrt. Um zwei Uhr wartet das Schiff in Capernaum. Das bringt uns direkt an die Anlegestelle beim Hotel. Wir werden um drei Uhr dort sein. Damit ist die Arbeit für heute getan«, freut er sich statt dessen.

»O nein, mein Bester«, entgegne ich schon wieder schärfer als gewollt, »wir haben Zeit genug, die Leute noch auf den Golan zu bringen. Sie müssen das unbedingt sehen. Das ist wichtig. Jeder, der Israel zum ersten Mal besucht, muß auf den Golan.« Ich ereifere mich. Raffael sagt kein Wort, er sieht mich nur zornig an. »Sie werden euch eventuell besser verstehen, wenn sie einmal oben waren und mit eigenen Augen sehen, was für eine Bedrohung die Rückgabe des Golan an die Syrer für euch bedeuten würde.«

»Einen Dreck werden sie verstehen. Du kannst erzählen, was du willst«, sagt er hart. »Sie verstehen nichts. Nichts.«

Ich fauche zurück. »Dann fahre ich eben allein mit Khalil. Wir brauchen dich nicht dazu. Es ist sowieso immer ein Reiseleiter zuviel. Du kannst hier unten in der Zwischenzeit ein Nickerchen machen.« Ich werde schon wieder so unvernünftig wütend auf ihn. »Was bildet sich der Herr Oberst eigentlich ein? Meinst du, du kannst mich rumkommandieren wie deine Rekruten? Wir sind hier nicht auf dem Kasernenhof. Und du«, meine Stimme überschlägt sich fast, »du bist hier nichts Besonderes, nur ein Reiseleiter. Und der hat gefälligst seinen Job zu tun. Um halb zwei fahren wir«, sage ich auf englisch zu Khalil, der mich total verblüfft anschaut und nickt. Ich schaue Raffael gerade in die Augen und bin selbst erstaunt, was ich mir da herausnehme. Ich, die ständig gefallen möchte und sehr darauf achtet, immer im besten Licht zu erscheinen, lasse mich derartig hinreißen. Ich knalle das Besteck auf den Tisch und gehe schnell hinaus an die frische Luft. Ich zünde mir eine Zigarette an. Mir ist schwindlig.

Um halb zwei sitzen alle im Bus. Auch Raffael. Wie ein Stier belagert er seinen Sitz, schwer und bedrohlich. Mein Gott, denke ich, was macht er denn für ein Theater wegen zwei Stunden Arbeit. Warum sieht er nicht ein, daß ich es gut meine? Ich möchte die Gelegenheit wahrnehmen, den deutschen Touristen die Bilder, die ihnen bruchstückartig verzerrt und in Sekundenschnelle in den Fernsehnachrichten präsentiert werden, in Realität zu zeigen. Einmal langsam den Golan hinauffahren, das ist doch eine Chance. Die Weite erahnen, ein Gefühl dafür entwickeln, wie gefährdet das Hula-Tal mit seinen vielen tausend Feldern und Plantagen ist, wie ausgesetzt der See Genezaret den Angriffen der Syrer war, solange die Hügel den Syrern gehörten. Über fünfhundert Angriffe hat man von 1948 bis 1967 gezählt, bei denen viele Menschen umkamen, die Ernten beschädigt oder vernichtet wurden. Erst seit dem Sechstagekrieg ist Ruhe hier oben. Ein gewaltiger landwirtschaftlicher Aufschwung ist die Folge. Ich muß den Leuten sagen, daß sie unbedingt den Golan-Wein probieren müssen, denke ich, heute abend auf der Terrasse des Hotels. Tausend Sachen fallen mir ein, die ich erzählen möchte. Die Geschichte mit den Kühen, die die Israelis nach der Eroberung über die Felder trieben, um Verminungen zu orten. Seither gibt es so viele dreibeinige Kühe auf dem Golan. Oder den tollkühnen Trick des israelischen Agenten Eli, der den Syrern weismachte, sie müßten über jeden Unterstand auf dem Golan einen Baum pflanzen, weil die armen Soldaten sonst in der Hitze umkämen. Die Syrer glaubten ihm. Die syrischen Posten waren danach mit einem Bäumchen versehen, eine leicht erkennbare Zielscheibe für das israelische Militär. Sie wurden alle ausgehoben. Der Spion zahlte den Dienst an seinem Vaterland mit dem Leben. Er wurde auf dem öffentlichen Hinrichtungsplatz in Damaskus aufgehängt.

»Jetzt sag endlich mal etwas! Erzähl! Mensch, hier oben gibt es doch jede Menge zu erzählen«, fordere ich Raffael auf. Er schaut geradeaus, der weiche Mund ist nur noch ein dünner Strich.

»Ich bin doch da. Was willst du noch mehr?« zischt er mich an. Ich kann es nicht fassen. Hier oben schweigen, das kommt nicht in Frage. Hier lassen sich die Traumata der Israelis erklären, ihre Sturheit und ihr Sicherheitswahn begründen. Wenn nicht hier, wo dann kann Verständnis für sie und ihre harte Haltung geweckt werden? Ich kann mich vor missionarischem Eifer kaum noch halten. Ich stoße Raffael in die Rippen und sage: »Also gut, dann gib mir das Mikrofon.«

Aber das will dieser Büffel nun auch wieder nicht. Einer Fremden ein so heikles Thema wie die Besatzungspolitik zu überlassen, kommt überhaupt nicht in Frage. Er schaltet das Mikrofon endlich ein und fängt an zu erzählen. »Erdgeschichtlich ist der Golan Teil des großen Grabenbruchs, der in Süd-Nordrichtung als eine Folge des Auseinanderdriftens von Afrika und Arabien vor etwa vierzig Millionen Jahren entstand. Vorher, im Präkambrium, das vor etwa fünfhundertfünfzig Millionen Jahren endete, gehörte das Gebiet noch zu einer großen Gebirgskette, die später zu einer Hochebene erodierte.« Ich glaube, ich höre nicht richtig. Will er uns jetzt einen Vortrag über die geologische Beschaffenheit des Golan halten? Das interessiert doch keinen Menschen, denke ich. Na, vielleicht holt er nur ein wenig weit aus, um auf die momentanen politischen Umstände einzugehen. Die Israelis können es ja oft nicht lassen, die Erklärungsreise möglichst weit zurück in der Historie anzusetzen, um dann sehr geschickt, unter Einbezug des Alten Testaments und der darin enthaltenen Legitimation zur Gründung ihres eigenen Staates, zum modernen Problem zu gelangen.

»Es schlossen sich Senkungsprozesse an, in deren Folge die Region vom Meer bedeckt war, besonders der nördliche Teil. In der Zeit der Grabenbildung wurde das Land angehoben, und die jahrtausendelange Erosion gab ihm das Gepräge, wie es sich heute darstellt.«

Das halte ich nicht aus! Wir fahren an *Merom Golan* vorbei, dem ersten Kibbuz, der schon einen Monat nach Kriegsende, im Juli 1967, gegründet worden war. Inzwischen, bald dreißig Jahre später, sind es 28 Kibbuzim, die hier oben mit einer eifrigen Siedlungspolitik den Status quo festschreiben wollen. Das muß man sagen, denke ich. Ich rutsche verzweifelt auf meinem Sitz hin und her. Wenn er nicht endlich aufhört mit seiner Geologie, reiß ich ihm das Mikro aus der Hand. Ich höre ihn von parallelen Gesteinsbändern erzählen, von Lavaadern, die aus dem Erdinnern in die Spalten der brechenden Kruste einsickerten.

»Verdammt noch mal, jetzt komm endlich zur Sache«, schnauze ich ihn an. Er schießt mir einen Blick zu wie aus einer Laserkanone. Ich kann ihn spüren, der Strahl tut regelrecht weh.

»Wir Israelis wollen in Frieden leben, nicht in Frieden ruhen«, beginnt er mit schmalen Lippen. Seiner Stimme fehlt jede Betonung. »Solange wir hier oben sind, wird Frieden sein. Sie sehen ja selber, daß Nord-Israel wie ein Präsentierteller den Syrern zu Füßen lag. Sie hatten freiem Schußfeld bis neunzehnhundertsiebenundsechzig. Es wurden mehr als vierhundert syrische Angriffe auf Siedlungen im Nähe des Golans zwischen neunzehnhundertachtundvierzig und neunzehnhundertsiebenundsechzig gezählt. Seither ist Ruhe. Die Siedlungen dienen dem Sischerheit.« Wieso macht er plötzlich so viele Fehler in seinem Deutsch? Na, wenigstens redet er, auch wenn es klingt, als sei es ein Roboter, der da spricht. Ich verstehe nicht, was er hat. Ich schaue ihn von der Seite an, sein Gesicht ist versteinert. Es kann doch nicht sein, daß er wegen dieses kleinen Umwegs so erbost ist. Aber was ist dann? Ich verstehe ihn nicht. Es ist so schön hier oben. Die wenigen, nicht abgeernteten Getreideähren schaukeln im Wind. Überall Obstplantagen und Weinberge, grasende Kühe, Fischteiche, auf denen sich weiße Reiher tummeln – bis dicht an den Stacheldraht, hinter dem das verminte Niemandsland zu Syrien beginnt. Aber Minen kann man ja nicht sehen. Auch auf syrischem Gebiet wiegen sich die Gräser und Halme im Wind. Ein friedlicheres Bild läßt sich kaum denken. Weite, Ruhe, Schönheit. Eine trügerische Idylle, ich weiß, die Tragik liegt in der Luft. Der Schönheit tut das aber nicht den kleinsten Abbruch.

Raffael läßt den Bus an einer Art Aussichtsterrasse anhalten. Ich kann nicht genau erkennen, was es ist. Bäume und Büsche stehen dort und viele Metallkörper. Was hat er da wieder für einen merkwürdigen Ort ausgesucht? Doch ich nehme mich zurück und schweige. Immerhin hat er uns heraufgebracht, hat ein bißchen erzählt, wenn auch sehr verhalten. Aber es kann sein, daß die Leute gerade durch seine Einsilbigkeit beeindruckt sind. Jeder konnte ja spüren, daß ihm das Reden schwerfiel, die Stimme war rauh und leise. Und die vielen Fehler plötzlich im Deutschen. Es klang, als ob er jedes Wort aus dem Hebräischen übersetzen müßte, bevor er es herausquetschte. Eigenartig. Ich hoffe, die Gruppe nimmt sein Gehabe als Ausdruck einer starken Emotionalität, einer Bedrücktheit wegen der unlösbar scheinenden Probleme, die sein Land belasten, Raffael gewissermaßen als pars pro toto. Der leibhaftige Mythos Israel auf dem Beifahrersitz.

Ich interpretiere sein Gestammel eher als flegelhafte Reaktion eines israelischen Machos, der sich gegen eine Frau nicht durchsetzen konnte. Er tut weiterhin so, als sei ich Luft, überhaupt nicht vorhanden, völlig unwichtig. Großes Maul und kleiner Schwanz, denke ich giftig.

»Du kannst die Leute eine halbe Stunde Zeit geben«, knurrt er. Ich befolge seinen Befehl. »Das hier ist eine Erinnerungsstätte an die Kämpfe neunzehnhundertdreiundsiebzig. Siebenundzwanzig israelische Soldaten haben dabei den Tod gefunden. Für jeden wurde ein Baum zur Erinnerung gebaut«, erzählt er weiter. Ich muß lachen, *Baum gebaut,* wie das klingt. »In der Mitte steht der Rest eines eroberten syrischen Panzers mit einer Gedenktafel.« Damit entläßt Raffael die Gruppe.

Der Platz ist nicht schlecht. Hoch oben auf dem Golan, hinter uns, auf der höchsten Bergspitze, thronen die »Ohren Israels«, die hypermoderne Überwachungszentrale, ein Argument von vielen, weshalb der Golan nicht geräumt werden soll. Jeder Atemzug der feindlichen Seite wird hier registriert und ausgewertet. Von der schattigen Terrasse des Kriegermemorials aus schauen wir hinunter ins Tal. Damaskus ist nur siebzig Kilometer entfernt, man kann es in der Ferne ahnen. Wir sehen die Patrouillenstraße im Niemandsland. Ein weißer Jeep der UNO fährt auf der staubigen Piste. Man kann die Stimmen der Soldaten hören. Die Sprache, in der sie sich zurufen, läßt sich nicht verstehen. Aber ich weiß, daß es

Deutsch ist. Hier oben im kargen Drusenland tun österreichische Gebirgsjäger Dienst.

Mein Blick schweift hinüber nach Qunaitra, dem ehemaligen Hauptort des syrischen Golangebietes. Die Israelis haben die Stadt 1967 vollkommen zerbombt. Kein Stein blieb auf dem anderen. Die Hauswände, aus den Verankerungen gerissen, ragen wie Skelette kreuz und quer aus den Bombentrichtern. Nur die christliche Kirche blieb heil und mit ihr der Glockenturm. Die Syrer haben seither keine Aufräumarbeiten geleistet in Qunaitra. Jedem Besucher wird der zerstörte Ort gezeigt. *Schaut her, so böse sind die Israelis!* Dafür dient der brutale Anblick bestens. Bis vor kurzem konnte der Kirchturm noch bestiegen werden. Von dort oben ist der Blick weitaus eindrucksvoller auf so viel Zerstörung. Aber man vergaß, den Kirchturm instand zu halten, jetzt fällt er langsam in sich zusammen. Seither ist die Tür zum Aufgang verschlossen.

Oft schon habe ich auf der anderen Seite gestanden, hinter dem syrischen Stacheldraht, auf einem kleinen Sandhaufen, der dort als Aussichtspunkt dienen muß. Die Parolen der Syrer sind andere, aber wenn man von dort hier herüberblickt, versteht man auch ihre Version recht wohl. Direkt neben dem Hügel ist der Grenzübergang von Syrien in den besetzten Golan. *Welcome to Israel* steht in riesigen Lettern auf dem Dach, auf dem auch die Flagge mit dem Davidsstern flattert. Von Provokation versteht man etwas im Lande Davids.

Nicht nur ich bin in Gedanken versunken. Die Gruppe hat sich aufgelöst, jeder hat sich eine Ecke gesucht, um die eigenartige Stimmung dieses Ortes aufzunehmen. Ich höre kein Wort. Schweigsam wird man hier oben, das habe ich oft bemerkt. Und dieses Schweigen beinhaltet Verstehen. Das hoffe ich zumindest. Das ist der Grund, weshalb ich meine Touristen hierherbringe. Wenn Raffael das nur begreifen würde!

Wo ist der Erzengel eigentlich? Ich drehe mich um und suche ihn mit den Augen. Ich kann ihn nicht finden. Doch, da drüben sehe ich ihn. Unbeweglich steht er an einem der Bäume. Ich sehe ihn nur von hinten. Weshalb empfinde ich plötzlich eine so große Scheu, mich ihm zu nähern? Gerade eben im Bus kam er mir vor wie ein aufgeplusterter Dinosaurier, jetzt sehe ich ihn, mit leicht hängenden Schultern, still im Schatten des Baumes stehen, so als hätte ihn alle Kraft verlassen. Mir ist, als könnte ich die Hülle der Einsamkeit, mit der er sich umgibt, körperlich spüren. Blödes Getue, denke ich, ich muß seine Inszenierung durchbrechen. Ich werde ihm zeigen, daß ich die Melodramatik seines Auftrittes durchschaue und daß es jetzt Zeit wird, wieder normal zu sein.

»Schön hier oben, was?« sage ich ziemlich laut und burschikos zu ihm.

»Geh weg mit deiner Zigarette, geh überhaupt weg. Hau ab, ich ertrage dich nicht.« Ich bin erschrocken über seine Stimme. Sie ist nicht scharf und schroff wie sonst, ich höre einen verzweifelten Unterton, den ich nicht kenne.

»Raffael, was ist mit dir?« frage ich ihn leise. »Weshalb verhältst du dich so eigenartig?«

»Merkst du nicht, daß ich alleine sein will? Geh weg und laß mich in Ruhe.« Ich komme nicht an ihn heran, drehe mich um und will weggehen.

»Das hier oben ist meine Angelegenheit«, höre ich ihn da sagen. »Das geht dich nichts an.« Seine Stimme wirkt matt. Ich kann jetzt nicht fortlaufen, ich kehre um und nehme seine Hand in meine. »Raffael, gib mir doch die Gelegenheit, dich zu verstehen«, sage ich so ruhig ich kann.

»Da drüben hat er gelegen«, sagt er unvermittelt und deutet in Richtung Syrien. »Neben seinem abgeschossenen Jagdbomber. Und genauso zerfetzt wie sein Flugzeug. Ich konnte ihn die ganze Zeit durch das Fernglas sehen. Die Beine waren abgerissen, der Fallschirmsack hing ihm über den Schultern, geschlossen. Er hatte keine Zeit gehabt, ihn zu öffnen. Die Arme weit von sich gestreckt, mit aufgerissenem Mund und blutüberströmtem Gesicht lag er in der Hitze. Die Augen blickten ins Nichts, die Fliegen krabbelten auf seinen Wunden herum. Drei Tage lang starrte ich hinüber. Es waren keine dreihundert Meter, weißt du, und trotzdem konnte ich nicht hingehen und ihm die Augen zudrücken, ihn in die Arme nehmen, ihn nach Hause bringen.« Noch nie habe ich eine solche Stimme gehört. Wie ihres Lebens beraubt, tonlos abgehackt, von Qual paralysiert. »Ich werde dieses Bild nicht los. Es verfolgt mich seither, jede Minute fängt damit an und hört damit auf. Bei Tag und Nacht.«

Er hält meine Hand nun fest umschlossen. »Drei Tage lang konnte ich nur hinüberstarren. Dann endlich gelang es uns, das Gebiet zu erobern, die Syrer in die Flucht zu schlagen.«

Die Bilder der Vergangenheit haben sich Raffaels Erinnerungen bemächtigt, sie haben alle Kraft aus diesem großen, starken Mann gesogen. Er ist wie gar nicht mehr vorhanden, ausgelöscht. Wir beide stehen da, Hand in Hand, und mir ist in diesem Moment so, als sei ich nie einem Menschen näher gewesen. Ich spüre, wie ich durch seine Hand hindurchfließe in seinen Körper, darin Platz nehme, Teil werde von ihm selbst. Warm ist es in ihm und weich. Elisabeth, du spinnst, denke ich. Aber das Gefühl ist so schön, daß ich mich ganz ruhighalte, um den kostbaren Moment nicht zu zerstören.

»Ich bin sofort hingerannt und habe den stinkenden, halbverwesten Fleischklumpen, der einmal Miki war, in die Arme genommen«, flüstert Raffael.

»Wer ist Miki?« frage ich. »Wer hat dort gelegen?«

»Mein Bruder«, antwortet er. »Miki war mein kleiner Bruder.«

Endlich fange ich an zu verstehen. Es war nicht Faulheit,

weshalb er nicht hierherfahren wollte. Es war der Schmerz um den Bruder, der ihm jede Golanfahrt zur Höllenqual werden läßt. Mein Gott, was bin ich für ein Idiot. Ich hacke ständig auf diesem Mann herum, während ihn die Trauer krümmt und fast ersticken läßt. Ich schäme mich. Immer beziehe ich alles um mich herum nur auf mich selbst. Ich wollte, daß Raffael spurt und sich mir fügt. Ein eigenes Individuum zu sein, habe ich ihm nicht zugestanden, ich habe noch nicht einmal darüber nachgedacht. Das einzige, was mich interessierte, waren meine Gefühle. Seine wahrzunehmen, habe ich mir nicht die Mühe gemacht. Ich rücke ein wenig näher zu ihm und spüre die Haut seiner Arme, wir tragen beide kurzärmelige Hemden. Die Nähe zu diesem Mann macht mich empfindsam. Der Zorn auf ihn ist wie weggeblasen, ein Rieseln läuft mir wohlig durch den Körper, und gleichzeitig habe ich das Gefühl, als seien alle Muskeln in höchster Anspannung.

»Er war noch nicht einmal achtzehn Jahre alt, weißt du. Er machte gerade seinen Militärdienst, als der Krieg begann. Er hatte es geschafft, die mörderische Selektion zur Pilotenausbildung zu bestehen, und war mitten im Training. Während der Lehrjahre fliegen die Jungs noch keine Einsätze, deshalb waren unsere Eltern und ich auch nicht beunruhigt. Wir waren nur alle sehr stolz auf ihn. Pilot in unserer Armee zu sein ist etwas ganz Besonderes. Ich wäre auch gerne Flieger geworden, aber bei mir reichte es nur bis zum Fallschirmspringer. Er hat mich oft deswegen aufgezogen. Du bist groß und stark, sagte er dann, hast die guten Noten und gefällst den Weibern, aber ich werde Pilot. Wir waren einander sehr nah, obwohl wir völlig unterschiedliche Typen waren. Er war sehr introvertiert und sog Wissen auf wie ein Schwamm, während ich nur gefräßig auf Leben war.«

Ich sehe zu ihm auf. Er hat total leere Augen, aus seinem

Gesicht ist die Farbe gewichen. Grau sieht er aus, wie leblos. Er tot und ich erregt, denke ich, das ist pervers. Was gehen mir nur für Gedanken durch den Kopf? Dieser Mann macht mich völlig konfus. Ich kenne mich selbst nicht mehr.

»Am Abend, bevor der Krieg losging, rief er unsere Eltern an und erzählte ihnen, er dürfe keine Einsätze fliegen, weil er nicht volljährig sei. Aber er hat sie angelogen, um sie nicht zu beunruhigen. In Wahrheit war sein Start bereits festgelegt. Er hatte sich freiwillig gemeldet und wohl auch etwas an seinen Papieren manipuliert. Genau haben wir das danach nie herausbekommen. Als ich am nächsten Tag von der abgeschossenen Maschine hörte, bedauerte ich das natürlich. Jeder tote israelische Soldat ist für uns eine kleine nationale Katastrophe. Doch etwas ganz anderes ist es, den eigenen, einzigen Bruder zu verlieren.« Seine Stimme klingt heiser. »Meine Einheit hatte den Befehl bekommen, die Linie der Syrer zurückzudrängen, damit wir an die abgeschossene Maschine herankämen, um die Leiche des Piloten zu bergen. Weißt du«, erklärt er mir, »unsere Tradition verlangt, die Toten möglichst rasch zu beerdigen. Und möglichst unversehrt. Eine Leiche einfach irgendwo liegenzulassen, sie nicht der Erde übergeben zu können, widerspricht unseren Vorstellungen, es ist ein schier unerträglicher Gedanke. Deshalb hat die Bergung von Toten bei uns stets allerhöchste Priorität. Wir bereiteten also den Angriff auf die Syrer vor.«

Plötzlich sehe ich die Bilder vor mir, wie fromme Juden, zwischen Feuerwehrkommandos und Rettungsarbeiten, mit Pinzetten und Schäufelchen ausgerüstet, konzentriert und ernst Leichenfetzen zusammenkratzen, wenn es wieder irgendwo im Land ein Attentat mit Ermordeten gegeben hat. Auf Leitern, Gerüsten und Feuerwehrtürmen stehen diese Männer und kratzen Leichenhaut von Fensterscheiben, knien auf dem Asphalt und kriechen unter Autos. Ich konnte diese

Bilder nie einordnen, habe nie verstanden, was diese Männer tun. Jetzt werden sie mir klar. Diese Männer sorgen dafür, daß die zerfetzten, zerborstenen Leichen der toten Juden wieder zusammengeführt werden. Sie sind die Wächter der religiösen Tradition und haben die Aufgabe, das Menschenmögliche zu tun, um einem toten Körper die Würde der Ganzheit wiederzugeben und seine Hülle, wenn auch in tausend einzelnen Hautlappen, für die Ewigkeit zu bewahren, damit der Tote die Chance zur Auferstehung hat, wenn am Tage des Jüngsten Gerichtes die letzten Trompeten erschallen werden. Sie befolgen eines der sechshundertdreizehn Gebote, das besagt, daß ein Leichnam zur Gänze und unversehrt bestattet werden muß, denn wird auch nur ein einziges Stückchen Gewebe vergessen, ist es, als hätte kein Begräbnis stattgefunden.

»Als wir hier oben einrückten, übergab der Kommandant mir die Leitung der Operation, sagte aber gleichzeitig, daß ich den Einsatz selbstverständlich nicht führen müßte, wenn es mir zu schwer fiele. Ich verstand überhaupt nicht, was er meinte. Weshalb sollte mir dieser Kampf schwerer fallen als irgendein anderer? Ich hatte ja keine Ahnung davon, wer der Tote war. Der Kommandant wiederum ahnte nicht, daß ich nicht wußte, daß der Pilot da drüben mit den abgerissenen Beinen mein kleiner Bruder Miki war, abgeschossen bei seinem ersten Einsatzflug.«

Mir ist plötzlich eiskalt. Hör auf, hör endlich auf, denke ich, mir zerreißt es das Herz. Gleichzeitig rechne ich fieberhaft nach. Welchen Krieg meint er genau? Ich habe mich nie für Frontverschiebungen interessiert, deshalb weiß ich nicht, wie ich die verschiedenen Kampflinien hier oben zeitlich einteilen kann.

»Aber das ist doch schon so lange her«, versuche ich es.

»Am dreizehnten Oktober neunzehnhundertdreiundsiebzig«, gibt er mir zur Antwort. Es war also im Yom-Kippur-Krieg. Dann ist Raffaels Bruder fast auf den Tag zweiundzwanzig Jahre tot. Sein Schmerz darüber hält an. Kann es möglich sein, so lange Zeit zu trauern? Um einen Bruder? Mir kommt das merkwürdig vor. Kann es in einem Leben einen Menschen geben, dessen Tod man nicht überwinden kann? Auch nach Jahrzehnten nicht? Selbst wenn es der Bruder war? Es fällt mir schwer, das zu verstehen. Doch auch damit habe ich keine Erfahrung. Kein Verlust hat mich je getroffen oder lange bedrückt. Alle Menschen, die ich beweint habe, stammten aus Romanen oder Filmen. Mein Leben ist keine Tragödie.

»Es war heiß in dem Herbst damals, fast so wie heute. Keine dreihundert Meter von mir entfernt, lag mein toter Bruder in der Hitze. Und ich konnte nicht zu ihm. Erst nach drei Tagen schafften wir es, die Syrer abzudrängen. Ich sammelte zusammen, was von Miki übriggeblieben war, und sprach den Kaddisch, das Totengebet. Einer meiner Leute fuhr mich und den Plastiksack, der das enthielt, was einst mein Bruder gewesen war, nach Jerusalem zu meinen Eltern. Nach allem, was sie in ihrem Leben an Verlust und Vernichtung schon erfahren hatten, mußte ich ihnen den allergrößten Schmerz zufügen und ihnen den Tod ihres Sohnes mitteilen.« Die Erinnerung daran läßt seine Stimme zittern. »Mir war damals so, als hätte ich ihn selbst umgebracht, als trüge ich die Verantwortung dafür.«

Er bricht ab. Und fügt dann noch hinzu: »Weißt du, Elisabeth, er war so begabt, soviel begabter als ich. Ich habe ihn bewundert«, seine Stimme hat einen metallenen Klang, »und sehr geliebt.«

»Wie haben es deine Eltern verkraftet?« wollte ich wissen.

»Ganz gut«, antwortet er. »Auf jeden Fall besser als ich.«

Er klingt jetzt sehr distanziert. Anscheinend verübelt er seinen Eltern die Fähigkeit, den Tod des Sohnes akzeptiert zu haben. Sie hatten vermutlich einander, und du warst allein, denke ich.

»Und die Syrer?« frage ich. »Gibst du ihnen die Schuld? Du haßt sie doch nicht deswegen, oder?«

»Ich traue ihnen keinen Millimeter.« Das ist genau die Antwort, die ich befürchtete. »Keinem Araber traue ich.«

»Raffael, du kannst doch nicht einfach pauschal alle Araber dafür verantwortlich machen, was dir geschehen ist«, rufe ich abwehrend. »Das darfst du nicht, das ist ungerecht und führt nirgendwohin.« Mir schwirren die Gedanken, die Fragen, die Argumente durch den Kopf.

»Aber, Raffael«, unterbricht da der gute Herr Albertz unser Gespräch, der zu meinem Leidwesen jeden Tag aufs neue in kurzen Hosen auftritt, die alten Beine mit den Krampfadern und der faltigen Haut öffentlich für jedermann sichtbar. »Wissen Sie«, hatte ich ihm am Anfang der Reise freundschaftlich angedroht, »die Araber werden über Sie lachen und glauben, Sie hätten nur Unterhosen an.« Es hatte nichts genutzt, seine Bequemlichkeit siegte über die Schönheit. Nackte, altersverbogene Zehen in Sandalen, kurze Hosen, geblümtes Hemd, Fotoapparat, das ist seine Standardausrüstung. Mir graust es jedes Mal, wenn ich ihn anschauen muß. Dabei ist er ein ganz besonders liebenswürdiger und feiner Mann. Wenn ihm besonders gut zumute ist, und das geschah auf dieser Reise schon des öfteren, nimmt er seine Hörgeräte aus den Ohren. Dann ist er komplett taub, verschwindet glücklich lächelnd in eine eigene, abgeschlossene Welt. »Raffael, was steht auf dieser Tafel? Können Sie uns das mal übersetzen?« verlangt Herr Albertz zu wissen.

Raffael zuckt etwas zusammen. Er war gerade in ein zeitliches Nichts getaucht. Er löst sich aus seiner Trance, streift mich mit einem seltsam kühlen Blick und geht hinüber zu dem zerstörten, syrischen Panzer, der in der Mitte der Gedenkstätte steht und an dessen Rand eine bronzene Tafel geschweißt wurde. Die martialische Erinnerung an ein martialisches Geschehen. Auch Kriegerdenkmäler sind Geschmackssache.

»Hier stehen die Namen der getöteten israelischen Soldaten drauf.« Seine Stimme hat den gewohnten scharfen Ton. Er hat sich wieder in der Gewalt. Er wird mich dafür hassen, daß ich ihn so schwach erlebt habe, wird sich bis oben hin zuknöpfen und den harten Burschen noch mehr heraushängen lassen. Schweigsam wie John Wayne wird er seinen Weg gehen und über mich hinwegbulldozzern. Ein klein wenig teile ich jedoch seine Selbstverachtung. Ich mag ebenfalls keine schwachen Männer.

Ich lese die Namen auf der Bronzetafel. Es dauert mir immer viel zu lange, bis ich die hebräische Schrift entziffern kann. Mir fehlen die Vokale beim Lesen, die Buchstaben B und F sind gleich, sie ist überhaupt ein schier unentwirrbares Rätsel, diese Sprache. Irgendwie paßt sie gut zu dem schwierigen Volk. Mühsam setze ich Buchstaben für Buchstaben zusammen. *Michael Kidon, 18 Jahre* kommt dabei heraus. Das ist er, der kleine, unvergessene Bruder.

Ich bin überrascht, als Raffael abends an unserem Tisch sitzt. Neben mir. Das hätte ich nicht erwartet. Frisch geduscht, die Haare sind noch naß. Mit der Wäsche hat er anscheinend auch die Trauer wegzuspülen vermocht, denn er hat seinen üblichen Gesichtsausdruck, überheblich und unantastbar. Wenn ich ihn nur austauschen könnte und an seiner Stelle mit einem sympathischen, höflichen, unterhaltsamen Mann durchs Heilige Land reisen dürfte. Der Erzengel sitzt zwar neben mir, dreht mir aber sein breites Kreuz zu und unterhält sich mit Frau Albertz, der rundlichen Gemahlin des Schwerhörigen. Er klärt sie über die koschere Küche auf.

»Fleisch- und Milchspeisen müssen streng voneinander getrennt werden. Verboten ist sowohl die Zubereitung in selben Töpfen wie auch der Verzehr mit demselben Besteck oder die Mischung von Fleisch und Milch im Magen«, sagt er.

»Das klingt sehr kompliziert«, meint Frau Albertz. »Essen Sie zu Hause auch koscher?«

Raffael lacht. »Ich bin doch nicht verrückt«, sagt er. »Ich bin kein frommer Jude. Davon haben wir hier schon mehr als genug.«

Der Oberkellner kommt an unseren Tisch und nimmt die Getränkebestellung auf. Er ist ausgemergelt und alt, hat ein verknittertes Gesicht und dunkle, wissende Augen. »Guten Abend, Bon Soir, Buona Sera, Good Evening. Herzlich willkommen, ich winsche guten Appetit«, ruft er immer schon von weitem. Die paar Wörter kann der kleine Mann in allen Sprachen der Gäste, die hier übernachten. Es klingt lustig, und ich freue mich jedes Mal auf seine Begrüßung. Ein liebgewonnenes Ritual.

Frau Albertz schaut ihn lange und mit ernstem Gesicht an. »Ach, Herr Machmud, ich bewundere Sie«, sagt sie. »Stets sind Sie fröhlich, trotz allem, was Sie in Ihrem Leben durchmachen mußten.«

An was denkt sie wohl? Sie schaut auf seinen rechten Unterarm, der etwas aus dem weiten, ausgefransten Ärmel heraus lugt. Raffael beobachtet die Szene, seine Mundwinkel sind nach unten verzogen. Mißbilligend, wie mir scheint. »Sie sucht die KZ-Nummer«, flüstert er mir ins Ohr. »Ja, aber ...« Bevor ich weiterreden kann, höre ich, wie Frau Albertz ängstlich weiterfragt.

»Wie haben Sie den Krieg überlebt?« Sie atmet nervös. »Von wo stammen Sie ursprünglich?« Sie weint fast vor Mitgefühl.

»Ich komme aus Migdal.« Mahmud freut sich über die Anteilnahme. »Das ist ein kleines arabisches Dorf, ein paar hundert Meter von hier. Meine Familie lebt dort schon viele Jahrhunderte.« Er strahlt sie an. »Ich winsche Ihnen guten Appetit.« Frau Albertz bleibt der Mund offenstehen. Ein ganz gewöhnlicher Araber, denke ich, war wohl nichts mit Buchenwald und Treblinka.

»Ich habe an der Rezeption gehört, daß heute im Kibbuz Folklore-Abend ist.« Das ist die Stimme von Gerlinde Kampfhan. »Ohne *h*«, sagt sie fortwährend dazu. Die Gruppe hat sie Woghilde getauft. Sie könnte ohne weiteres einer Walküren-Inszenierung der dreißiger Jahre vom Grünen Hügel in Bayreuth entspringen. Sie ist groß, hat lange, fleischige Gliedmaßen und einen beeindruckenden Busen, den sie gerne vorzeigt. Die blauen Augen, tellergroß und hervorstehend, sind im gleichen Blau umschminkt. Und als ob dies noch nicht reichte, hat sie langes, wallendes, blondes Haar. Meist trägt sie Gewänder, die bis zum Boden reichen, vorne und hinten weit hinaufgeschlitzt. Heute abend hat sie sich besonders raffiniert zurechtgemacht. Der Ausschnitt reicht bis zu den Brustwarzen, die dicken Lippen sind mit Konturenstift eingerahmt und blutrot ausgemalt. Damit macht sie jetzt eine kindliche Schnute und haucht Raffael, der ihr gegenübersitzt, zu:

»Raffael, führen Sie uns dorthin? Ich möchte mich so gerne amüsieren.« Das *ü* dehnt sie lange hinaus. Ich zwicke Raffael unterm Tisch in den Oberschenkel. Jetzt muß er sich etwas einfallen lasen, sonst ist er dran. Ich freue mich schon auf seine Ausrede, schlagfertig ist er ja, denke ich amüsiert.

»Aber natürlich, sehr gerne gehe ich mit Ihnen dorthin«, antwortet er. Dieser Satansbraten, fluche ich innerlich. Am Ende gefällt ihm Woghilde noch. Das kann doch einfach nicht sein. Ich schaue sie genauer an. Findet er sie etwa sinnlich? Dieses monströse Fleischpaket? Er braucht wahrscheinlich Sex. Ja, so wird es sein, ganz einfach. Es scheint Männer zu geben, die halten es nicht einmal zwei Tage ohne aus, sonst hängt ihnen die Zunge heraus. Dann soll er sein Glück ruhig bei ihr versuchen, diese Schlampe bietet sich aber auch förmlich an. Ich spüre, wie die Enttäuschung sich über mein Herz stülpt. Ich sehe ihn schon mit Woghilde im Grand Lit, die beiden üppigen Körper ineinander verschlungen.

»Was meinst du, Elisabeth, wollen wir uns alle in der Halle treffen und gemeinsam hingehen?« höre ich die Stimme des Erzengels. Ich muß lachen, so erleichtert mich sein Angebot, und schaue ihm in die Augen, die mich neugierig betrachten. »Da mußt du schon alleine hin«, flöte ich zuckersüß. Endlich kann ich ihm eins auswischen. Wie mich das freut. »Ich kann mir nichts Dussligeres vorstellen als dieses volkstümliche Geschunkel.«

»Du beleidigst mein Volk«, grinst er mich an. »Aber du hast recht. Du bist sicher in besserer Gesellschaft bei deinen phönizischen Tontäfelchen. Vielleicht kannst du ja eine volle Zeile entziffern, während wir uns amüsieren.«

Er zieht das *ü* wie Gerlinde Kampfhan und lacht so frech dabei, daß er aussieht wie ein Lausbub. Und ich ärgere mich. Wieso krieg ich den nicht klein? Woher weiß der überhaupt, daß das Entziffern von phönizischen Tontafeln meine Leidenschaft ist? Redet er hinter meinem Rücken mit der Gruppe über mich? Was geht ihn das überhaupt an, womit ich mich beschäftige? Immerhin scheint es mir seriöser, sich intellektuell zu beschäftigen, als Sexabenteuer zu suchen. So wie er.

»Schon gut, mein Kleines«, sagt er zu mir. »Du mußt mich nicht vergiften mit deinen Blicken. Eine Rast von mir hast du wirklich verdient.«

»Aber, liebe Elisabeth«, tönt es von allen Seiten. »Sie müssen mitkommen.« »Ohne Sie ist alles nur halb so schön.«

»Das können Sie uns nicht antun.«»Für einmal können doch die Tontäfelchen warten.« Ich lasse mich überreden. Wir verabreden uns in der Halle. Ich gehe noch einmal in mein Zimmer, spritze ein bißchen viel »Venezia« in die Haare und auf den Hals, gurgle mit Mundwasser und gehe pfeifend durch den tropischen Blumengarten von meinem Pavillon zur Rezeption. Es duftet herrlich, die Sterne glitzern am Himmel, und der milde Nachtwind streichelt sanft meine nackten Arme.

»Vielleicht schenkst du mir heute abend einen Tanz?« fragt mich der Erzengel, als wir vom asphaltierten Hotelbereich hinüber in die Wohnanlage des Kibbuz marschieren. Dort ist alles sehr einfach, die Wege sind lehmig, die Häuser im Einheitsstil. Die Fensterläden, Haustüren, Gartenmöbel, Zäune schauen mitgenommen aus, ein wenig vernachlässigt. Den Bewohnern scheint das nichts zu bedeuten. Sie strömen laut redend und gestikulierend zum großen Eßsaal, der den jeweiligen Bedürfnissen im Handumdrehen angepaßt wird. Heute abend wird daraus eine Tanzhalle. Der Mief nach Kohl und Kartoffeln hängt noch in der Luft, die Neonröhren an der Decke tragen nicht gerade zu einem Lagerfeuer-Feeling bei.

»Ich mit dir tanzen? Was denn? Du kannst sicher nur im Kreis rumhüpfen in alter *Horra*-Seligkeit«, sage ich schnippisch. »Das ist der einzige Tanz, den ich in diesen Kibbuzim je gesehen habe. Das ist wiederum nichts für mich. Ich bin nämlich kein Kibbuznik.«

»Du tust so, als seist du keiner«, bekomme ich zur Antwort. »Du benutzt dein europäisches Kulturhemd nur, weil du keine Vision hast. Hättest du eine, würdest auch du mit Vergnügen Straßen pflastern und Äpfel ernten. Und am Abend tanzen und singen.«

»*Schalom*, Raffi, schön, daß du gekommen bist«, rufen die jungen Leute, die sich um die elektronischen Musikinstrumente versammelt haben. Sie sehen unverschämt gesund und kraftstrotzend aus, sind braun gebrannt und bereit, sich zu amüsieren. Das ist nicht zu übersehen. »Singst du etwas für uns, Raffi?« fragen sie ihn.

Er lacht. »Vielleicht später.«

»Wieso nennen sie dich *Raffi*? Das klingt nach Kindergarten.« Ich bin plötzlich gereizt.

»Es ist mir völlig egal, nach was das klingt«, antwortet er. »Alle nennen mich Raffi, und das ist schon recht so.«

»Ach, Elisabeth«, ruft Frau Albertz. »Sehen diese jungen Leute nicht prächtig aus? Und wie jung sie sind!« Ja, das sehe ich selber, denke ich, und fühle mich plump und faltig. Da fängt die Musik an zu spielen. Das Kibbuz-Trio besteht aus Keyboard, elektrischer Baßgitarre und einer Geige. Im Nu wirbeln die Menschen auf der Tanzfläche, singen und klatschen mit. Einer von den »Visionären« nimmt unsere Woghilde bei der Hand und schleppt sie in den Kreis der Tanzenden. Im Zweivierteltakt wogt alles im Kreis, sogar meine Mitreisenden vergessen ihre Scheu, halten Händchen mit den jungen Juden und drehen sich begeistert zu uralten Pionierliedern mit ihrem schnörkellosen Polkarhythmus im großen gemeinschaftlichen Rund. *Yesh li eretz nehederet,* das Liebeslied auf dieses schwierige, schöne Land wird gesungen und natürlich *Sisu et Yerushalayim gilu bah,* das die ewige Freude an König Davids Stadt Jerusalem beschwört.

Ich bin nicht Teil der Ausgelassenheit, empfinde diese Lebensart als ziemlich altbacken und überholt. Zwar pflanzt dieser Kibbuz noch immer fleißig Orangen, Avocados und Bananen an, über Wasser halten kann er sich aber nur durch den Hotelbetrieb. Und da arbeiten hauptsächlich Araber von außerhalb. Das ist doch alles zu einer Farce verkommen, denke ich. Ich würde gerne eine Zigarette rauchen, was hier drinnen natürlich nicht erlaubt ist. Kibbuzniks verabscheuen alles, was ungesund ist. In ihr Daseinsrepertoire gehören Zigaretten ebensowenig wie Alkohol.

Widerwillig lasse ich mich von einem jungen Mann aufs Parkett führen. Ich würde ihm gerne einen Korb geben, aber ich traue mich einfach nicht. Und so tanze und hopse ich ein bißchen mit und bin sehr froh, als eine Pause angesagt wird. Ich gehe hinaus auf die Terrasse. Ich fühle mich steif, kann wieder einmal nicht loslassen, mich gehenlassen. Dauernd rasen die Gedanken im Kopf herum. Warum bin ich so unausgeglichen? Liegt es wirklich nur daran, daß ich keine Vision habe? Hat er denn eine? Was geht ihn überhaupt an, was ich habe oder nicht? Ich sollte mich nicht ständig von diesem Menschen beeindrucken lassen, er scheint alles andere als perfekt zu sein. Er ist ein Versager, ich bin keiner, und dennoch kritisiert er ständig an mir herum. Ich werde mir das verbitten.

Die Musik beginnt erneut zu spielen. Ich schaue zu den Sternen hinauf und denke daran, was der Erzengel heute von sich gesagt hat: *Gefräßig auf Leben*. Das wäre ich auch gerne, aber wie stellt man das an? Grüble nicht ewig, sage ich energisch zu mir, geh einfach hinein und mach mit. Doch genau das kann ich nicht. Ich bleibe hier draußen und höre der Musik zu. Aber was höre ich? Was ist denn das? Ein total anderer Rhythmus, keine markigen Pfadfindermärsche mehr! Nein, das ist ein Walzer. Ich schließe die Augen und summe mit. *Donau so blau, so blau, so blau.* Ach, würde ich jetzt gerne tanzen, mich im Kreis drehen, die Schultern zurückgelehnt, mich einfach der Musik hingeben und schwingen und leicht sein. *An der schönen blauen Donau* geht zu Ende, der letzte Akkord verklingt, und ich stehe allein auf dieser trostlosen Kibbuz-Veranda. Mir krampft es das Herz zusammen. Ich fühle mich elend und den Tränen nahe. Elisabeth, Elisabeth, stöhne ich über mich selbst, was geschieht mit dir? Reiß dich gefälligst zusammen. Wozu mußt du jetzt gerade Walzer tanzen? Das ist schlicht kindisch und unnötig. Diese Sentimentalität überrollt mich völlig unerwartet. Ich möchte tanzen, tanzen, tanzen. Am liebsten in einem weißen Kleid, mit einer Feder im Haar, die beim Drehen hin und her wippt.

Ha Walzer ha ze bischwil Elisabeth, höre ich den Gitarristen ins Mikrofon sagen. Für mich, denke ich, dieser Walzer soll für mich sein? Da hüpfen schon die ersten Takte von *Wiener Blut* beschwingt durch die Luft. Ich gehe hinein in den Saal, und inmitten der leeren Tanzfläche steht Raffael. Er hat die Arme ausgebreitet und lacht mich mit strahlendem Gesicht an. »Komm, meine Schwalbe«, sagt er, »komm in meine Arme.«

Mit einer eleganten Bewegung nimmt er meine rechte Hand in die seine, federleicht spüre ich die andere Hand auf meinem Rücken. »Ich kann Walzer tanzen! Kannst du es auch?« fragt er. Ich kann nur nicken, mir hat es die Sprache verschlagen. Er verbeugt sich knapp, und wir beginnen unsere Kreise über die Tanzfläche zu wirbeln. Ich spüre seine Führung und spüre sie auch nicht. Wie eine Wolke läßt er mich schweben, ich scheine den Boden überhaupt nicht zu berühren. Unsere Oberkörper sind ein wenig zurückgeneigt, er hält die Arme ruhig, der Schwung in seinem Tanz kommt allein aus der Hüfte. Ich spüre die Härte seiner Schenkel, spüre seine Hände, und wie das Kräuseln von kleinen Wellen auf einem ruhigen Wasser zieht sich von meinem Magen aus ein wohliges Aufgeregtsein durch meinen gesamten Körper. Halt mich fest, denke ich, laß mich nie mehr los. Ich brauche kein weißes Abendkleid, keinen Mann im Frack, nur dich.

Raffael schaut mir den ganzen Tanz lang fest in die Augen. Sie haben jede Härte verloren. Es ist, als würde ich in einen tiefen Brunnen schauen, auf dessen Wasser sich das Mondlicht spiegelt. Ich verliere mich darin. *Sein Haupt ist das feinste Gold. Seine Augen sind wie Tauben an den Wasser-*

bächen, sie baden in Milch und sitzen an reichen Wassern.
Salomons Hohes Lied geht mir durch den Sinn, und plötzlich
scheinen die gefühlsbeladenen Worte verständlich, selbstverständlich. Dieses rauschhaft Übertriebene, das mich immer
so gestört hat, spüre ich am eigenen Leib, erahne plötzlich,
daß es Gefühlsschauer geben muß, die Worte wie diese zulassen. *Seine Finger sind wie goldene Stäbe, voller Türkise. Sein
Leib ist wie reines Elfenbein, mit Saphiren geschmückt.* Oder
waren es Rubine? Ich muß sofort nachlesen, wenn ich ins
Zimmer komme, denke ich. Hoffentlich habe ich die Bibel
dabei. Ich registriere mit Erleichterung, wie sich mein Hirn
langsam aus dieser seltsamen Gefühlsumklammerung her-
ausschält und seine Arbeit wiederaufnimmt. Das Hohe Lied
muß unter Lehrbücher und Psalmen stehen, denke ich weiter.
Die Kommentare dazu habe ich im Ordner, da bin ich sicher,
weil ich in Jerusalem in der Bibliothek am Scopus-Berg nach-
schauen möchte, ob die israelische Forschung mit der These
übereinstimmt, daß die Gesänge und Psalmen des Alten Testaments auf ugaritische Texte und Motive zurückgehen.

Die Musik hört auf. Die Leute klatschen und rufen. Die
Vorstellung ist zu Ende. Gott sei Dank, denke ich, es wurde
auch Zeit. Verdammter Kitsch, und alles nur wegen ein paar
Johann-Strauß-Klimpereien.

»Fühlst du, wie gut unsere Körper zusammenpassen, Elisabeth?« flüstert mir Raffael ins Ohr. Seine Lippen sind warm
und weich. Mich überläuft wieder ein heißer Schauer, mein
Herz klopft wie verrückt. Nur jetzt nicht nachgeben, denke
ich verzweifelt, ich muß raus hier, weg hier. Schnell, sonst
werde ich keine Kraft mehr aufbringen, mich aus dieser
schwülstigen Umarmung zu lösen. Ich ziehe die Luft durch
die Nase ein und kämpfe um Disziplin.

»Ich fühle gar nichts«, sage ich so schroff ich kann, drehe
mich um und verlasse den Raum.

Dritter Tag

Die ganze Nacht über habe ich mich im Bett herumgewälzt und angestrengt versucht, wach zu bleiben. Denn jedes Mal, wenn ich die Augen schloß und hinüberdriftete in den Schlaf, lag Raffael neben mir. Er war nackt. Sein Körper war weich und warm wie seine Lippen, die ich gestern nach dem Walzer für einen Moment an meinem Ohr gespürt hatte. Er streichelte mich sanft und redete leise auf mich ein. Es klang nach Liebesworten, ich verstand nichts davon. Er sprach hebräisch, aber meine Kenntnisse dieser Sprache beinhalten kein Bettvokabular. *Um wieviel Uhr fährt der Bus nach Haifa?* lernt man in der Schule, aber nicht Dinge wie: *Du bist das Feuer meiner Hüften.* Und einen israelischen Liebhaber, der mir so etwas hätte beibringen können, hatte ich noch nie. Ich hatte überhaupt noch nie einen Liebhaber. Ein Leben der Treue zu meinem Mann lag hinter mir. Und so soll es auch bleiben, denke ich, ich kann nichts anderes zulassen. Mein Plan war, mich mit der Verführung meiner Umgebung zu beschäftigen, und nicht umgekehrt. Soll der Erzengel sein siegessicheres Lächeln an einer anderen ausprobieren. Du wirst nicht auf seine Lüsternheit hereinfallen, Elisabeth, rede ich mir streng zu. Das ist auch eine Frage der Intelligenz. Also, stolpere nicht in deine eigene Falle und klettere aus dem Bett. Es ist erst sechs Uhr morgens, die Sonne schickt ihr erstes, rosasilbriges Licht über den See. Was du brauchst, ist eine kalte Dusche, altes Mädchen, brummle ich vor mich hin, schlüpfe in meinen Badeanzug und renne durch die Wiesen hinunter zum Strand. Das Gras ist naß vom Nachttau, es ist Herbst. Im See ist wenig Wasser, das Ufer ist zurückgetreten. So schnell ich kann, laufe ich hinein ins Tiefe und schwimme hinaus, direkt in den Lichtkegel hinein, den die aufgehende Sonne über das Wasser zeichnet. Ich lege mich auf den Rücken und schlage mit den Beinen, ich tauche ins Wasser, kraule und strample herum. Ich schüttle die Nacht aus den Gliedern, spüre das angenehm kühle Wasser, das mich aufweckt und wieder klar denken läßt. Mit geordneten Gedanken steige ich aus dem Wasser.

Wir müssen Abschied nehmen vom See Genezaret. Alle neun Reisenden sind in bester Stimmung, singen und pfeifen noch immer beschwingt die Melodien vom gestrigen Kibbuz-Abend. Raffael muß ständig die Texte erklären und ihnen mit den Melodien auf die Sprünge helfen. Sogar der schweigsame Dr. Friedrich Nerwenka, der darauf besteht, daß man ihn mit seinem akademischen Titel anredet, wirkt gelöst und zufrieden. Herr Doktor hat also nichts zu meckern heute, denke ich fröhlich. Wie schön für uns und erst recht, wie schön für Frau Köhler, seine arme Partnerin. Ihr sind seine konstanten Reklamationen sicher oft peinlich. Andererseits, weshalb lebt sie mit diesem Mann, an dem nichts dran ist außer dem Dr. jur.? Stets und an allem findet er irgend etwas zu bemängeln. »Das ist jetzt schon das dritte Hotel, wo wir das letzte Zimmer im Gang bekommen haben.« »Heute lagen schon wieder Haare im Waschbecken.« »Sagen Sie dem Fahrer, er soll meinen Koffer vorsichtig in den Bus laden. Er hat schon Kratzer genug abbekommen auf dieser Reise.« »Herr und Frau Rütimeier bekommen immer die besten Zimmer, das habe ich genau beobachtet.« So geht das tagtäglich, meist schon zur Begrüßung am Frühstückstisch. Ich sehe oft, wie er in ein kleines Büchlein Notizen schreibt. Anfangs dachte ich, es seien historische Daten, die er da verewigt. Inzwischen weiß ich, daß er an einer »Mängelliste« arbeitet. Ich rette mich meist in ein kommentarloses Lächeln, wenn er mich hineinziehen will in seine griesgrämige Lebenshaltung. »Aber, lieber Herr Doktor«, sage ich dann zu ihm, »schauen Sie doch, wie schön die Sonne scheint.« Ich fürchte, ich komme auch in seinem Büchlein vor, als einer der Mängel dieser Reise. Aber heute hat die Heiterkeit sogar in Herrn Nerwenkas Herzen einen Platz gefunden.

Hava Nagila Hava Nagila höre ich die braven Leute hinter mir singen. Komisch, so zurückhaltend, revierbewußt und kontaktarm die Menschen auch sein mögen, gib ihnen Marschmusik und rhythmisches Gestampfe, und schon umarmen sie sich in brüderlichem Einverständnis. Ich empfinde dieses Benehmen als ziemlich undifferenziert, lächle aber bereitwillig meinen wiedergewonnenen Charme großzügig in die Runde. Ich bin so froh, daß diese klebrige Gefühlsaufwallung vorbei ist, versunken in den Fluten des galiläischen Meeres. Möge sie ruhen in Frieden. Ich habe meine Tarnkappe wiedergefunden. Ich bedenke auch Raffael mit viel Freundlichkeit heute morgen.

»*Schalom, Raffi, ma schlomcha?* Geht's dir gut?« rufe ich ihm zu und versuche nicht an unser nächtliches Rendezvous in meinem Bett zu denken. Bei dem Gedanken wird es mir erneut ganz heiß. Khalil sitzt am Steuer, er freut sich, daß seine *amira*, seine Prinzessin, heute geruht, liebenswürdig und strahlend zu sein. Jetzt lasse ich sie noch fünf Minuten regredieren, denke ich, dann muß ich sie zur Ordnung rufen. Das wird wieder schwierig werden, aber schließlich sind sie ja nicht im Heiligen Land zum Schunkeln. Dafür sollten sie besser nach Meran zum »Törggelen« fahren. Wir machen eine Studienreise. Ich selbst muß mich auch konzentrieren, schon deshalb, weil ich ein biblisches Thema anschneiden werde auf dem Weg zum Berg Tabor, und da wird der Erzengel sicher gewaltig die Ohren spitzen. Er traut keinem Nicht-Juden profunde Kenntnisse im Alten Testament zu. Aber da wird er sich wundern, wie gut ich zu Hause bin in der alten, chalkolithischen Jesreel-Kultur und wie elegant ich dieses abstrakte Thema mit den Geschichten des Büchlein *Rut* zu verbinden weiß. Die Geschichte der tapferen Moabiterin Rut, die als Ausländerin im einstigen Israel eine Heimat fand, ist auch heute im modernen Staat nach wie vor eine beliebte Story. Wie alle Geschichten aus dem großen Geschichtsbuch der Juden, der Bibel. Jedes Volk hält sich an seinen Kulturrelikten fest, die Deutschen am Großen Karl, an ihrem Dürer und an Goethe. Den Juden bleiben die Geschichten aus dem Alten Testament. Die kauen sie von frühester Jugend an immer und immer wieder. Kein Wunder, daß sie bibelfest sind und die kniffligsten Fragen beantworten können, die bei den populären Bibel-Quiz-Sendungen in Radio und Fernsehen gestellt werden.

Ich erzähle meinen Gästen von Rut, der Ährenleserin, die zusammen mit anderen Witwen und Besitzlosen im Jesreel-Tal vereinzelte, nach der Ernte stehengelassene Halme fein säuberlich aufsammeln darf, um nicht zu verhungern. Ein eisenzeitliches Brauchtum, Hungerhilfe des zweiten vorchristlichen Jahrtausends. Rut, die mit ihrer Aussage › *Wo du hingehst, da will auch ich hingehen; wo du bist, da bleibe ich auch. Dein Volk ist mein Volk, und dein Gott ist mein Gott* ‹ Weltruhm erreichte, wurde für ihre Standfestigkeit später denn auch belohnt. Der reiche Landbesitzer Boas heiratete die mittellose Frau, sie schenkte ihm einen Sohn, Obed, dessen Urenkel wiederum der große König David war. Rut ist die Stammutter des Hauses David.

Am Fuße des Berges Tabor müssen wir in große Limousinen-Taxis umsteigen, weil die Straße hinauf so schmal ist, daß es unser Bus nicht schaffen kann. Raffael plaziert die Gäste in die Autos. Er läßt kein Zögern zu, knallt mit den Türen, klopft auf das Dach, und schon rast der Fahrer los. Das habe ich noch nie erlebt. Hier herrscht sonst das totale Chaos. Jeder schubst und drängelt, in allen möglichen Sprachen wird geflucht. Normalerweise. Für den Erzengel ist es anscheinend kein Problem, sich Respekt zu verschaffen. Ich schaue ihn von der Seite an und sage: »Hut ab, Raffi, von straffer Organisation verstehst du was.« Wir sitzen im letzten Taxi allein. »Du warst eben auch sehr gut. Eisenzeit und Chalkolithikum sind zwar nicht dasselbe, aber du hast die Geschichten unglaublich interessant erzählt«, lobt mich mein Begleiter zurück. Ich freue mich, als hätte ich die beste Zensur der Klasse erhalten. »Weißt du, daß du schön bist, wenn du lachst«, sagt er. »Bei dir lacht nicht nur der Mund, das ganze Gesicht strahlt. Das ist wunderbar.«

Wir sind heute sehr nett zueinander. Irgendwie hat sich meine Wut auf ihn gelegt. Ich fühle mich recht wohl in seiner Gesellschaft. Ich beobachte ihn unauffällig von der Seite. Der Bauch ist echt zu dick, der Hals ein wenig zu kurz. Er sieht aus wie ein amerikanischer Trapper in Urlaub. Also, ehrlich, Elisabeth, denke ich, an dem ist doch nichts, was dich aus der Ruhe bringen kann. Ich lehne mich zurück in meinen Sitz. »Wenn du Lust hast, Raffi, kannst du oben führen«, sage ich gönnerhaft. Er nickt.

»Zeigst du mir mal gelegentlich deine Keilschrifttafeln?« fragt er dann.

»Hör bloß auf damit«, gebe ich lachend zur Antwort. »Ich habe überhaupt keine dabei. So was schleppt man doch nicht mit sich rum. Ich sage das lediglich zu den Gästen, damit ich nach dem Abendessen verschwinden kann. Dann lese ich Krimis, schau ›Die Reichen und die Schönen‹ im Fernsehen an, trinke einen Cognac hie und da und genieße meine Ruhe. Und die Gruppe versinkt in Hochachtung vor meiner wissenschaftlichen Energie.«

Oben auf dem kleinen Berg, wo die in den zwanziger Jahren von dem italienischen Mönch-Architekten Barluzzi nachgebaute frühchristliche Kirche von Qalb Loze in Syrien steht, erzählt Raffael von der Verklärung Christi, die hier stattgefunden haben soll. »Drei seiner Jünger standen ihm zur Seite«, berichtet er, »und auch die großen Verkündigungspropheten des Alten Testaments, Moses und Elias, kamen herbei, als die Hand Gottes aus dem Himmel griff, um Jesus gleichsam vor Zeugen als seinen Sohn zu identifizieren.« Er erwähnt die historische Unsicherheit des Ortes. Die Verklärung hätte auch auf dem Golan oder auf dem Ölberg stattfinden können, aber zur Zeit der Byzantiner beschloß man, dem Tabor den Zuschlag zu geben.

»Möchtest du noch etwas dazu sagen?« fragt mich Raffael. Mann, denke ich beeindruckt, wir sind ja heute von einer ausgesuchten Höflichkeit.

»Ja, gerne«, antworte ich erfreut. Ich erzähle ein bißchen vom altorientalischen Gott Baal, dessen Kult eine große Anziehungskraft hatte und in enormer Konkurrenz zum monotheistischen Jahwe des Alten Testaments stand. Hier oben war eine wichtige Opferstätte dieses mächtigen Gottes. Blutrünstige Geschichten über Baal und die Göttin Anat, der Schwester und Geliebten, von seiner gewaltigen Potenz und ihrem unersättlichen Liebeshunger, erzählen die Tontafeln von Ugarit, die inzwischen entziffert worden sind. »Einmal verschlingt die Göttin in ihrer kannibalischen Liebeswut einen ihrer Brüder«, behaupte ich. »Ich schwöre es Ihnen, es steht einwandfrei auf einem Tontäfelchen, das man neunzehnhundertsechzig gefunden hat. Weil er sehr schön war, zerriß sie sein Fleisch, ohne ein Messer zu gebrauchen. Sie trank sein Blut, ohne eine Schale.« Warum erzähle ich denn plötzlich solche Revolvergeschichten? Über Baal läßt sich doch auch Seriöses berichten! Aber ich bin in Schwung und setze gleich noch eins drauf. »Und einmal begegnet Baal einer Kuh und wird so von Begierde erfaßt, daß er sie siebenundsiebzig Mal hintereinander begattet.«

»Wow!« rufen alle begeistert. »Was für ein Kerl.« Nun geniere ich mich doch ein wenig. »Wollen wir jetzt mal das Innere der Kirche betrachten?« fordere ich die Gruppe auf. Wir gehen hinein. In der byzantinisch nachempfundenen Apsis wird gerade für eine Pilgergruppe die Messe gelesen. Durch die hauchdünnen Alabasterfenster dringt mildes Licht. Die Pilger verstreuen sich. Ich will gerade ansetzen, den Reisenden die stilistischen Feinheiten der Apsismosaiken zu erläutern, da stellt sich Herr Rütimeier vor den Altar, faltet die Hände und sagt: »Dir, Maria Muttergottes, sei dieses Lied gesungen zum Dank dafür, daß wir so eine schöne Reise erleben dürfen.« Ich muß schlucken, habe mit einem Mal einen Kloß im Hals. Das gibt's doch nicht, denke ich. Meint der ehrlich, Maria sei für den Erfolg dieser Reise zuständig? Ich schiele zu Raffael hinüber. Was mag er wohl darüber denken? Aber er reagiert nicht, schaut einfach geradeaus. Ich habe Schweißfinger, so peinlich ist mir dieser Auftritt. *Aaaaave Mariiiiia graaaaaazia plena dominus tecum* ... Ausgerechnet dieses Kitschlied muß es auch noch sein, aber wenigstens hat er die Bachsche Version gewählt. Die ist noch einigermaßen erträglich. *Et benedictus fructus ventris tui Jesus* ... Ich glaube es nicht. Das klingt tatsächlich schön! Herr Rütimeier läßt seine Stimme mit einer so hingebungsvollen Reinheit durch den Raum perlen, daß mir der Mund offenstehen bleibt. Fehlerlos sauber intoniert ist sein Gesang, schmiegsam und zurückgenommen in der Lautstärke. Kein Gewürge um die hohen Töne, kein Drücken um mehr Ausdruck. Die Engelstöne saugen sich in mein Herz, ich spüre jeden einzelnen. Mein Herz fühlt sich an, als würde es schmelzen. Die Tränen fließen mir in die Augen. *Aaaamen Aaaa-*

men, endet das Lied, kaum hörbar verklingt sanft der letzte Ton. Meine Mundwinkel zucken, ich ziehe die Nase hoch, vergesse, nach einem Taschentuch zu suchen, so ergriffen bin ich. Den anderen geht es ähnlich. Sie stehen neben mir im Halbrund und ringen ebenfalls um Fassung. Langsam, langsam löst sich der Griff ans Gemüt, und wir gehen nach draußen.

Ich dachte immer, nur alte Frauen, jenseits von Gut und Böse, weinen über dieses Lied mit seiner weihevollen Sentimentalität. Am liebsten an offenen Gräbern oder bei Hochzeiten. Damit beweinen sie gleichzeitig ihre verlorene Jugend und Schönheit und die Aussicht auf einen Flirt. Und jetzt stehe ich da, und die Tränen kullern mir über die Wangen. Bin ich schon soweit?

»War das nicht ein bißchen dick aufgetragen und arg deutsch und seelenvoll für dich?« frage ich Raffael, der vor der Kirche auf mich wartet. Er sieht mich mit einem merkwürdigen Blick an, aufmerksam wie gewohnt, aber weit weniger abschätzend als sonst, eher verwirrt. »Manchmal bin ich euch näher, als es mir lieb ist«, antwortet er.

Er verfrachtet unsere Gäste wieder mit Schwung in die großen Autos, sie müssen dicht gedrängt sitzen. So schafft er es, daß wir beide wieder alleine im letzten Taxi sitzen. Als Annäherungsversuch ist das vielleicht nicht gerade zu bewerten, aber zumindest ignoriert er mich nicht mehr.

»Wie alt bist du eigentlich?« fragt er plötzlich.

»Ich? Ich bin so alt wie Israel«, antworte ich ihm wahrheitsgemäß. Er lacht. »Dann bist du mehr als dreitausend Jahre alt.« Er insistiert. »Jetzt sag schon ehrlich. So achtunddreißig, neununddreißig?«

Ich freue mich wie jedes Mal, wenn ich für jünger gehalten werde, als ich bin. Eine Woge der Genugtuung durchläuft mich. Ich könnte ihn umarmen, diesen wunderbaren Mann.

Achtunddreißig! Herrlich. Nicht daß ich achtunddreißig sein möchte, ich will nur so aussehen. »Nein, Raffael, ich bin wirklich so alt wie Israel. Ich bin im Mai neunzehnhundertachtundvierzig geboren. Ich bin genauso alt wie dein Land. Siebenundvierzig Jahre.«

»Das gibt es nicht«, staunt er. »Dann sind wir gleich alt. Da habe ich mich aber sehr geirrt. Du wirkst so jung!«

»Ach, Raffi, das machen nur die teuren Cremes.« Ich bin äußerst gut gelaunt. Er beobachtet mich von der Seite. Vielleicht setzt er zu einem weiteren Kompliment an. Meine Figur ist ja auch nicht schlecht, und daß ich gut tanzen kann, könnte er ruhig zusätzlich erwähnen. Ich schließe für einen Moment zufrieden die Augen. So ist es gut. Ich fühle mich umworben und respektiert. Das hast du gut hinbekommen, lobe ich mich.

»Elisabeth«, meldet sich der Erzengel wieder, »morgen ist ein freier Tag. Ich bringe euch heute noch ins Hotel nach Jerusalem und komme übermorgen früh wieder, wenn das Programm weitergeht.«

»Mhm, ja. Ich weiß«, antworte ich. Es paßt mir aber nicht. Ich finde, er könnte mir seinen freien Tag schenken, mich in Jerusalem herumführen, mir Sachen zeigen, die ich nicht kenne. Wenigstens anbieten könnte er es. Den ganzen Tag hätten wir Zeit. »Die Nacht über könnte ich noch bleiben«, sagt er. »Aber ich habe kein Zimmer im Hotel. Du müßtest mich schon bei dir aufnehmen.«

Mir bleibt die Luft weg. Ich bin komplett entgeistert von diesem Angebot. Das kann er doch wohl nicht im Ernst meinen? So mir nichts, dir nichts. Meint er mit »aufnehmen« Geschlechtsverkehr? Ich fasse es nicht. Mache ich den Eindruck, als hätte ich Notstand? Meint er, eine Frau mit 47 nimmt jeden, der sich anbietet? Ich weiß nicht, wie ich reagieren soll. Am besten, ich nehme es von der humorvollen Seite, dann merkt er vielleicht, wie vollkommen ausgeschlossen sein Ansinnen ist. »Ach«, antworte ich von oben herab, »ich tauge nicht zum Vertreiben von nächtlichen Einsamkeiten armer, kleiner israelischer Reiseleiter. Nicht einmal in mein Bad würde ich dich reinlassen.« Na ja, besonders spritzig war diese Bemerkung nicht. Aber etwas Besseres hat dieser Höllenhund nicht verdient.

»Wie du willst«, antwortet er ruhig. Den Rest des Weges summt er leise vor sich hin.

Unten angekommen, sehen wir, daß die Gruppe vor dem Bus steht und wartet. Die Türen des Busses sind geschlossen. »Wo ist Khalil?« ruft Raffael ärgerlich. Er schaut sich um und läuft dann hinüber ins Café. Dort sitzt Khalil und unterhält sich mit Kollegen. Raffael brüllt ihn an, sein Organ ist über den ganzen Platz zu hören. »*Aifo haita?* Wo bleibst du? Ich habe dir ausdrücklich gesagt, du sollst am Bus warten. Was fällt dir ein, gemütlich im Café zu sitzen und die Gäste warten zu lassen?« Seine Stimme hat einen beleidigenden, schneidenden Ton, als sei Khalil ein Kuli aus den Slums von Bombay und Oberst Kidon ein englischer Kolonialherr. »Es waren doch nur zwei Minuten«, sagt Khalil verdattert, läuft zum Bus und sperrt ihn auf. Raffael schreit weiter. »Ich werde der Agentur melden, daß du unpünktlich bist und unzuverlässig. So etwas können wir nicht gebrauchen.« Er schimpft weiter auf ihn ein, nennt ihn einen Faulenzer, einen Schweinehintern, einen schlechten Fahrer. Eine Lawine von Beleidigungen prasselt auf Khalil ein.

»Raffael, jetzt ist es aber genug. Du übertreibst maßlos. Es ist völlig egal, wenn wir mal zwei Minuten warten müssen«, werfe ich dazwischen.

»Misch dich nicht ein«, faucht er mich an, »davon verstehst du nichts. Es geht um den Standard unserer Gesellschaft. Wir wollen den europäischen halten, nicht den arabischen übernehmen. Das kapieren diese Araber nicht. Sie haben keine Disziplin. Auch dein geliebter Khalil nicht. Der braucht eine harte Hand, sonst funktioniert er nicht. Ich werde ihn bei der Agentur melden. So etwas darf nicht geduldet werden.«

»Du bist ein Rassist und ein Arschloch dazu«, nun schreie ich auch. »Und wenn du jetzt nicht sofort einsteigst und deinen Mund hältst, dann ...« Es fällt mir nichts ein, mit dem ich ihm drohen könnte. Aber da hat er sich schon wieder in der Gewalt und lacht mich erheitert an. »Hast du wirklich *schmock* gesagt? Arschloch? So ein Wort aus deinem Mund? Khalil, hast du das gehört? Die Frau Doktor Kulturträger hat *schmock* zu mir gesagt.« Er amüsiert sich köstlich. *Schmock* ist wirklich ein total ordinäres Schimpfwort, es ist mir einfach herausgerutscht. Ich wußte gar nicht, daß ich es kenne. Khalil lächelt zaghaft. Er traut der Sache wohl nicht. Er hat gespürt, daß Raffael in seiner Wut genau das herausgebrüllt hat, was er ehrlich meint, nämlich, daß er auf ihn herunterschaut, ihn als zweitrangigen Dummkopf einschätzt, als Araber eben.

Schlau wie er ist, rettet sich der Erzengel schlichtweg in einen Gegenangriff. Mein Kraftausdruck gibt ihm die Möglichkeit dazu. Ganz schön fies, denke ich.

»*Schukran, schukran, chabibti*, ich danke dir, meine Liebe«, flüstert mir Khalil zu. Er ist richtig erschrocken. »Sorge dich nicht«, beruhige ich ihn. »Kein Mensch wird sich über dich beschweren in der Agentur. Du bist der beste Fahrer, den ich je hatte.« Den letzten Satz sage ich überlaut. Was ist nur in den Erzengel gefahren, hat er noch alle Tassen im Schrank? »Wie steht es denn mit deiner eigenen Disziplin, Herr Obergruppenführer? Dein Auftritt gerade eben war steinzeitlicher Standard. Oder gelten für euch andere Regeln?«

Ich schaue mich um und sehe, daß die Gruppe von unserem Streit nichts mitbekommen hat. Herr Dr. Nerwenka will sich eine Kamelkarawane aus geschnitztem Olivenholz kaufen. Die drei niedlichen Kamele, ein großes, ein mittleres und ein putziges kleines, an den Schwänzen aneinandergekettet, geben sicherlich ein reizendes Beiwerk zu Herrn Nerwenkas weihnachtlicher Krippeninszenierung ab. Die Gäste sind so sehr damit beschäftigt, Herrn Nerwenka beim Herunterhandeln des sowieso schon geringen Preises zu unterstützen, daß sie nicht Ohr noch Auge erübrigen können für den nahöstlichen Zwischenfall in unserer eigenen Reisekarawane. Ist diese Welt ein Misthaufen, denke ich, und verspüre große Lust, davonzurennen.

Ich mache, was ich immer mache, wenn es schwierig wird. Ich biete Schweizer Schokolade an. Da kann man noch etwas Nettes dazu sagen. »Diese Köstlichkeiten habe ich extra für euch aus der Schweiz mitgebracht«, und schon ist die Situation entschärft. Raffael und Khalil kauen einträchtig auf ihren Schokostückchen. »Komm, Khalil, laß uns fahren. Nächste Station ist Caesarea. *Yalla*«, entscheide ich.

Ich habe keine Lust, jetzt irgend etwas vorzutragen. Eigentlich wollte ich die Zeit nutzen, von den Osloer Abkommen zu erzählen und von dem Mann, der sie in die Wege geleitet hat, Yitzhak Rabin. Diesem Politiker, der sich trotz oder vielleicht vielmehr gerade wegen seiner Vergangenheit als Kriegsheld auf seine alten Tage hin dem Streben nach Frieden und Aussöhnung mit den arabischen Nachbarn verschrieben hat. Ich erzähle gerne von ihm. Einerseits, weil ich ihn wirklich verehre, und andererseits, weil sich an seiner Vita die Befindlichkeit der israelischen Gesellschaft gut nachzeichnen läßt. Oder zumindest von einem großen Teil davon, der wie Rabin selbst, endlich eingesehen hat, daß nur gemeinsam mit den arabischen Nachbarn eine friedliche Zukunft für alle überhaupt denkbar ist. Aber ich finde, niemand in diesem Bus hat verdient, daß ich mir die Seele aus dem Leib rede. Sollen sie doch weiterhin billige Olivenholzkamele kaufen und den armen Händlern die Preise drücken. »Stellen Sie sich vor, Elisabeth, ich habe die Hälfte heruntergehandelt. Dem habe ich es gezeigt, diesem arabischen Schurken«, hatte Herr Nerwenka nach seinem Kamelkarawanen-Einkauf stolz zu mir gesagt. Ich lege eine Musikkassette ein, natürlich mit israelischen Songs der frühen Jahre. Was würde Raffael wohl sagen, wenn ich arabische Lieder spielen ließe? Im besten Fall würde er die Kassette herausreißen und aus dem Fenster werfen. Die Reisenden hätte er sicher auf seiner Seite, sie schunkeln schon wieder selbstgefällig mit. Bei allem latenten Antisemitismus ist den Christen ein Jude immer noch lieber als ein Muslim, denke ich zähneknirschend. Ich bin wütend und enttäuscht, immer wieder, wenn sich ein Konflikt dieser Art vor meinen Augen abspielt. Ich habe so liebe Freunde unter den Arabern gefunden, treue, friedliche Seelen. Was mag Raffael für Erfahrungen gemacht haben, die ihn zu solch widerlichen Handlungen verleiten? Erlebnisse, die mir anscheinend fehlen, sonst könnte ich ihn vielleicht verstehen. Steckt da erneut ein Geheimnis dahinter, noch ein *Golan*-Syndrom?

Ich merke, daß ich versuche, ihn zu entschuldigen, daß ich ihm nicht so böse bin, wie ich es sein müßte. Andererseits denke ich an Khalil. Wie mag er sich wohl fühlen? Getreten wurde er wie ein Straßenköter, im eigenen Land.

Alle singen jetzt. *Halleluja la olam, Halleluja yaschiru kulam*, diesen Sieger-Song der Israelis bei irgendeinem Eurovisions-Wettbewerb von anno dazumal. Raffael singt die Lead-Stimme mit einem hellen Bariton und einem unglaublichen Swing. Khalil, mit dem er sich das Mikrofon teilt, übernimmt die zweite Stimme. In voller Eintracht singen sie vom Glück, gemeinsam auf dieser Welt zu sein. *Halleluja aljom sheme'ir* rauscht es durch den Bus. Ich scheine die Dinge wieder einmal zu ernst genommen zu haben. Ich werde es nie lernen, daß hier im Orient das Blut leicht überkocht und daß einem Streit die Versöhnung auf dem Fuße folgen kann. Nicht wie bei uns in Deutschland, wo man die Kunst des Beleidigtseins über Jahre hinausdehnen kann.

»Du singst ja wie Engelbert Humperdinck«, sage ich zu Raffael. »Einfach super.«

»Nichts Besonderes«, antwortet er. »Für einen Reiseleiter reicht es gerade.« Das klingt bitter.

Wir kommen nach Caesarea. Ich habe Lunch-Pakete verteilt. Eigentlich hatte ich geplant, zu einem gemütlichen, gemeinsamen Picknick im Schatten der herodianischen Ruinen zu bitten. Unter dem Schutz eines Aquädukt-Bogens mit dem Blick auf das Azurblau des Mittelmeers. Aber ich habe keine Lust auf Gesellschaft. Das muß ich gelegentlich demonstrieren. »Wir machen hier Mittagspause«, erkläre ich den Gästen. »Wir können zwei Stunden hierbleiben. Sie können schwimmen, spazierengehen, ausruhen. Wie es Ihnen gefällt. Wir treffen uns dann wieder am Bus.«

Ich schnappe mir mein Buch und verziehe mich weit weg hinter eine Düne. Ich schlage mein Buch auf, aber ich weiß jetzt schon, daß ich viel zu aufgewühlt bin, um zu lesen. Also lege ich mich in den Sand und versuche zu dösen. Mein Gott, bist du ein Schwerblüter, sage ich zu mir. Was gehen dich überhaupt diese Dinge an? Laß die Menschen sich zanken, laß sie einander ignorieren. Warum willst du sie immer erziehen? Wann lernst du endlich, tolerant zu sein?

»Was liest du da?« Das ist die Stimme von Raffael. Er hat mich gesucht. Wie ich ihn verabscheue. Aber kaum höre ich seine Stimme, fängt mein Herz schneller zu klopfen an. Gut, daß er das nicht weiß. »Es sind die Tagebücher eines jüdischen Deutschen, der den Krieg in Dresden überlebt hat.

Natürlich versteckt. Man hat diese Aufzeichnungen erst kürzlich gefunden.«

Er nimmt das Buch in die Hand. *»Ich will Zeugnis ablegen bis zum Letzten«,* entziffert er den Titel. »Das ist nichts für mich. Aber meinen Vater würde das sicher sehr interessieren.«

»Er kann es gerne haben, ich schenke es ihm. Ich kann mir ein neues Exemplar besorgen. Hier, nimm«, antworte ich.

»Du mußt es ihm schon selber geben, sonst ist es kein Geschenk«, entgegnet Raffael. »Bevor ich heute abend nach Hause fahre, werde ich Papa sowieso kurz besuchen. Komm doch einfach mit. Er wohnt nicht weit weg von eurem Hotel. Er wird dir gefallen. Da bin ich sicher.«

»Du kannst mich da einfach so mitnehmen? Wird deinem Vater das recht sein? Er kennt mich doch gar nicht.«

»Das werden wir ja sehen. Aber er ist ein alter Herr, er fällt sicher sofort auf deinen Charme rein.«

»Ach, mein Charme reicht wohl nur noch für uralte Männer?« In mir steigt schon wieder diese unvernünftige Wut auf. Kann er mich nicht fünf Minuten einfach nur in Ruhe lassen? Ich drehe mich zur Sonne. Ich werde jetzt kein Wort mehr sagen. »Paß auf, Elisabeth, du bekommst eine schwarze Nase, wenn du in der Sonne liegst.«

»Besser eine schwarze Nase als eine schwarze Seele«, keife ich. Wo sind meine Zigaretten? Ich brauche sofort eine.

»Sag mal, Elisabeth, bist du eigentlich verheiratet?« fragt er mich nach einer Weile. Ich strecke ihm meine linke Hand hin. Den Ringfinger ziert ein goldener Reif. Es ist das einzige Schmuckstück, das ich trage.

»Ja«, antworte ich. Meine Gedanken schweifen zu Lucius, meinem Mann und Vater meiner Söhne. Soll ich Raffael von ihm erzählen? Dazu habe ich keine Lust. Hier, weit weg von daheim, zähle nur ich. Lucius hat mit meiner Reiseleiterei nichts zu tun. Er duldet sie, mehr aber auch nicht. Es ist schon merkwürdig, wie selten ich an ihn denke, wenn ich unterwegs bin. An meine Söhne denke ich viel, aber um ihn mache ich mir keine Sorgen. Wenn er mich abends im Hotel bisweilen anruft, bin ich immer völlig überrascht. Seine Existenz entfällt mir gelegentlich.

»Hast du ein eigenes Haus?« bohrt Raffael weiter.

»Ja, natürlich habe ich ein eigenes Haus«, antworte ich.

»Wie viele Zimmer hat es?« will er jetzt wissen. Wie viele Zimmer hat mein Haus, denke ich. Woher soll ich das wissen? Ich gehe in Gedanken treppauf, treppab und komme auf elf. »Elf«, sage ich. Er reagiert nicht darauf, stellt gleich die nächste Frage.

»Was fährst du für ein Auto?« Ich fahre einen BMW. Auch das sage ich ganz brav. Was soll diese Inquisition? Gleich fragt er mich noch nach meinem Kontostand. Darauf könnte ich ihm allerdings keine Antwort geben. Unsere Finanzen verwaltet mein Mann, wie er eigentlich unser gesamtes Leben verwaltet. Vermögen ist Männersache, sagte Lucius vor vielen Jahren einmal, und dabei blieb es. Ich habe mich nie darum gekümmert. Und damals, als er anfing, mein Leben in seine Hände zu nehmen, war es mir auch sehr recht gewesen.

»Du bekommst Sand in die Haare«, unterbricht Raffael meine Gedanken, »leg deinen Kopf auf mein Bein, dann hast du es bequemer.« Ich bette meinen Kopf auf Raffaels Oberschenkel. Wieder spüre ich die Härte seiner Muskeln, das leise Rieseln meldet sich in meinem Bauch. Was soll dieses ständige Kitzeln in meinen Eingeweiden? Ich halte ganz still. Vielleicht kann ich es so länger spüren, es ist ein schönes Gefühl.

Ich versuche mich zu entsinnen, wie es war, als ich Lucius getroffen habe. Beim Skifahren, ja beim Skifahren habe ich Lucius kennengelernt, in Davos. Bei einem Studenten-Skirennen, das war damals groß in Mode. Ich war gerade ange-

kommen, etwas zu spät. Mein uralter, dunkelblauer *Käfer*
hatte auf der Fahrt den Geist aufgegeben. Es hatte eine Weile gedauert, bis sich ein Autofahrer fand, der bereit war, mich
und meinen Krempel mitzunehmen. Jetzt stand ich im An-
meldungsraum und wollte mich erkundigen, wer mit mir den
Paarlauf im Riesenslalom bestreiten würde. Das war in den
späten Sechzigern ein Hit: Ein Mann fährt voraus, eine Frau
hinterher. Die Partner wurden ausgelost, unabhängig von ihrer Nationalität. Ein junger Mann stand plötzlich vor mir,
groß, in einen klassischen dunkelblauen Skianzug gekleidet,
die dunklen Haare so ordentlich nach hinten gekämmt, als
hätte er Pomade benutzt. »Habe ich das Vergnügen mit Elisabeth Behrens?« fragte er mich höflich, mit einem eigenartigen
Singsang in der Betonung. Hoppla, dachte ich, der hat wohl
einen Knall. Wir sind doch hier nicht auf dem Debütantin-
nen-Ball. Was soll diese Förmlichkeit? Ich nickte.

»Ich bin Lucius Tobler aus Basel, Student der Jurisprudenz. Dein Partner beim Paarlauf«, sagte er. Aha, dachte ich,
ein Schweizer! Deshalb spricht der so komisch. Ich hatte
mich eigentlich auf einen Italiener oder einen Franzosen als
Vorfahrer gefreut, die sind stets fröhlich und waren auch sehr
geeignet für den Tanz zum »Fünf-Uhr-Tee«. Ich schluckte
meine Enttäuschung schnell hinunter und lächelte ihn schief
an. »Deine Skier sind unordentlich zusammengebunden«,
sagte der Student der Jurisprudenz aus Basel und nahm sie
mir ab, um die Langriemen, die man seinerzeit benutzte,
sorgfältig neu zu binden.

So hatte es angefangen. Lucius trug meine Ski, meine Koffer, er sorgte dafür, daß mein Auto repariert wurde. Er ließ
mich am Morgen wecken, rückte meine Skimütze zurecht, erklärte mir die beste Linie beim Slalom. Er hatte immer Dex-
troenergen und Frigorschokolade dabei, mittags kaufte er
mir einen »Schüblig«, eine Art Wurst. Selbstverständlich

durfte ich am Tisch sitzen und warten, während er sich für uns beide an der Selbstbedienung anstellte. Er bezahlte auch ständig, war sehr großzügig und ging äußerst behutsam mit mir um. Die ganze Woche über unternahm er keinen einzigen Annäherungsversuch. So etwas hatte ich noch nie erlebt. Nicht, daß Männer nicht hinter mir hergewesen wären. Aber das einzige, was sie an mir zu interessieren schien, war, mich möglichst schnell in ihr Bett zu bekommen. Außerdem kam ich aus einer völlig chaotischen Familie, so daß Lucius und seine selbstsichere Fürsorge mich verständlicherweise vollkommen faszinierten. Endlich stand ich selbst im Mittelpunkt des Interesses eines Menschen, noch dazu eines richtigen Schweizer Gentleman. Das Hochgefühl hielt an. Lucius kehrte zu seinem Studium nach Basel zurück, er besuchte mich oft in Frankfurt, wo ich mit meiner Familie lebte und im achten Semester Klassische Archäologie studierte.

»Es ist schön, daß du nicht ununterbrochen reden möchtest«, sagt Raffael. Er hat es sich ebenfalls bequem gemacht auf unserer kleinen Sanddüne. Hast du eine Ahnung, denke ich, und wie ich rede. Nur, daß ich mir die Geschichten selber erzähle. Er spielt mit meinen Haaren, wickelt sie sich um die Finger. Ich rutsche noch ein bißchen seinen Oberschenkel hinauf. Der Stoff seiner Jeans ist nicht geschmeidig, aber mir ist, als spürte ich sein pochendes Fleisch darunter.

Mein armes Kind, begraben in der Schweiz, sagte mein Vater nur, als Lucius ein Jahr später um meine Hand anhielt, und trällerte den Hochzeitsmarsch aus *Lohengrin*. Das war sein einziger Kommentar zu meinen Zukunftsplänen. Ihn interessierte nur Richard Wagner, ihn hatte er ewig im Sinn, er war das Leitmotiv unseres Familienlebens. Noch heute kann ich sämtliche Wagner-Opern auswendig. Kaum betrat mein Vater des Abends die Wohnung, rief er: »Aufstellung, meine Mädchen, heute habe ich Lust auf *Tannhäuser*.« Noch in Hut und Mantel, nahm er einen Besen aus dem Schrank – er diente ihm als des Büßers Stab – und überlegte kurz. »Erster Akt, zweite Szene«, rief er dann etwa, und wir wußten Bescheid: Isolde, Elsa, Sieglinde und ich, Elisabeth, Vaters vier Töchter. Er hatte uns nach seinen Lieblingsheldinnen aus Wagners Opern genannt. Elisabeth liebte er wohl am wenigsten unter den vieren, denn er nannte seine Kleinste nach ihr. Das war mein Glück. Elisabeth ist ja ein durchaus neutraler Name. Als Isolde wäre mein Leben sicher um einiges komplizierter geworden.

»Erster Akt, zweite Szene.« Nach diesem väterlichen Kommando nahmen wir Aufstellung. *Tannhäuser* war gerade der Liebesgöttin Venus entflohen und zurück auf die Erde gekommen. Er liegt im Gras und wird vom Läuten der Schafglöckchen begrüßt und von einem Hirtenknaben, der auf der Flöte spielt und dann singt. *Frau Holda kam aus dem Berg hervor, zu zieh'n durch Fluren und Auen.* Der Hirte war dauernd ich. Ich haßte diese Rolle. Den albernen Tirolerhut, den ich dabei tragen mußte, haßte ich ebenso. Ich war ein Backfisch und hätte so gern *Frau Venus* gesungen, die große Verführerin mit dem tollen Dekolleté. Oder *Kundry,* die abgründig Geheimnisvolle im *Parsifal.* Vater lachte jedes Mal über meine Wünsche. »Mädchen, für diese Rollen müssen dir erst die Brüste sprießen. Eine Venus ohne prachtvollen Busen – wie stellst du dir das vor?« Immer mußte ich die unattraktivsten Partien übernehmen: Im *Holländer* war ich der Matrose, der eingeschlafen war, im *Tristan* war ich nur gut genug für den Seemann im ersten Akt. Im *Lohengrin* war ich das weibliche Gefolge, in den *Meistersingern* war ich *Evchens* Dienerin *Lene.* Alle diese Rollen fand ich doof und uninteressant. Die einzige Partie, die ich wirklich liebte, waren die Freudenmädchen im *Parsifal.* Da war ich nämlich alle Freudenmädchen auf einmal, durfte mit den Hüften schaukeln und *Parsifal* umgarnen, im Sopran, im Mezzo und im Alt. Aber heute war ich wieder Hirtenknabe. Ich trällerte also auf einer imaginären Flöte und sang: *Glück auf! Glück auf nach Rom! Bete für meine arme Seele!* Meine Schwestern fielen dann als vierstimmiger Pilgerchor ein: *Zu Dir wall' ich mein Jesus Christ.* Ich habe nie verstanden, was das heißen soll, *Dir wall' ich.* Meine Schwestern anscheinend schon, denn sie sangen es sehr gottesfürchtig und voller Inbrunst. Dann kam *Thannhäusers* Ruf: *Allmächt'ger, Dir sei Preis.* Das spielten wir immer im Treppenhaus, weil es sich da schön auf und ab schreiten ließ. Mein Vater beanspruchte natürlich die Hauptrollen für sich. Er war ein stolzer Tenor. Meine Schwestern wechselten später in neue Rollen. Als *Landgraf, Walter von der Vogelweide, Wolfram von Eschenbach, Heinrich der Schreiber* und wie sie alle heißen, die altdeutschen Sängerbrüder, begrüßten sie *Tannhäuser* und wollten ihn zum Bleiben überreden. *Mir frommet kein Verweilen,* antwortete er ihnen. Das *t* am Ende betonte Vater immer besonders. Oft flog ihm dabei auch Spucke aus dem Mund. Erst als *Wolfram von Eschenbach* dem Helden zusang: *Bleib bei Elisabeth,* ließ *Tannhäuser* mit sich reden. *Zu ihr, zu ihr, füüüühret mich zu ihr,* rief er, und der erste Akt war zu Ende.

Jeder wurde eingespannt zur Teilnahme an Vaters Welt. Seine Freunde, unsere Freunde, Cousins und Cousinen, auch die Dienstmädchen. Und die Brüder meiner Mutter. Mein Lieblingsonkel war Martin, von dem mein Vater nur als »die schwule Sau« sprach, ihm aber dennoch stets die schönsten Bariton-Partien unserer Wagneriaden gab. Ich war verliebt in Onkel Martin, er sang so schön und gefühlvoll. Was eine »schwule Sau« sein sollte, davon hatte ich keine Ahnung.

Alle wußten, zwischen Dunkelwerden und Abendessen gibt's bei Behrens Wagner live. Aber nicht zum Zuschauen.

Nur wer bereit war, mitzuagieren, dem wurden die Tore geöffnet.

Manchmal mischte sich auch meine Mutter unter die Sänger. Sie durfte die *Heilige Elisabeth* oder die *Elsa* und natürlich die *Isolde* singen, all die großen Liebestragödien in Richard Wagners dunkler Welt. Aber meist hatte meine Mutter keinen Appetit auf diese häuslichen Kabinettstückchen. Sie ging gerne aus, auf Bälle, auf Parties, zu Premieren und zum Karneval. Sie war eine leichtlebige Frau, verwöhnt und sehr charmant. Wenn sie leicht beschwipst spät in der Nacht von ihren Ausflügen nach Hause kam, warf sie ihre Seidenstrümpfe und ihre Unterwäsche über das Gipsmodell der Alpen, das bei uns im Salon stand. Mein Vater hatte es nachgebaut. Das war ein anderer Spleen von ihm. Er nutzte die nächtliche Abwesenheit meiner Mutter zum Formen von Bergen und Tälern aus Gips. Ihm waren ihre gesellschaftlichen Eskapaden egal. Für ihn war es nur wichtig, daß er nicht mitgehen mußte. Er verabscheute Konventionen, und dazu rechnete er auch die Handküsse, die er auf Gesellschaften Frauen hätte geben müssen, die er nicht begehrte. Das sei ihm ein grauenvoller Gedanke, sagte er dauernd. Die Nylons meiner Mutter über den Gipfeln seiner geliebten Berge machten ihn entsetzlich wütend. Er schritt dann in die Küche und warf ihre teuersten Teetassen aus dem Schrank auf den Steinboden in der Diele. »Antonie«, rief er dann, »das lasse ich mir nicht bieten.« Zwei Stunden später kuschelten und turtelten die beiden schon wieder auf dem Sofa. Ich glaube, sie haben sich sehr geliebt. Aber mit uns Kindern konnten sie nicht viel anfangen. Vier niedliche kleine Unfälle, nannte Vater uns stets, wenn er uns jemandem vorstellte. Keiner von den Eltern beachtete uns. Wir hatten die große Freiheit, das war toll. Aber wir hatten keine Ansprechpartner. Nur die Dienstmädchen. Die waren jedoch aus dem Böhmerwald. Sie konnten herrlich

Knödel zubereiten. Aber was verstanden sie von den Problemen heranwachsender Schönheiten?

Geld war auch immer da. Komisch, das fällt mir jetzt erst auf. Soviel ich weiß, durfte mein Vater aufgrund der lupenreinen Weste, die er nach dem Krieg vorweisen konnte, den Verlag der Familie sofort weiterführen. So weltfremd er schien, war er doch ein raffinierter Geschäftsmann. Sein Vater hatte noble Literatur verlegt, er setzte nun auf Billigromane in unendlichen Fortsetzungen. Das verkaufte sich ausgesprochen gut. Das war aber auch der Grund, weshalb unser Großvater nie zu Besuch kam. Er hatte seinen Sohn verstoßen. »Mein Leben habe ich der Großschriftstellerei geweiht, und nun das!« hatte er ihm hitzig vorgeworfen. Allerdings hatte Großvater seinem Sohn schon vorher den Verlag geschenkt gehabt. Sein Pech. Uns Kindern allerdings verbot er strikt, diesen »Schund«, der uns immerhin ein behagliches Leben ermöglichte, zu lesen. Wir besorgten ihn uns dennoch, von den Mädchen aus dem Böhmerwald.

»Möchtest du eine Orange?« fragt mich Raffael. »Ja schon, aber dann mußt du dich bewegen, und das möchte ich nicht«, antworte ich. »Es ist so schön.« Er streicht leicht wie ein Windhauch über meine Haare. Ich schließe die Augen. »Kannst du die Zeit für uns anhalten, Raffi?«

»Ich habe sie angehalten. Merkst du es nicht?« gibt er mir leise zur Antwort. Ich döse wohlig weiter.

Ich weiß nicht mehr genau, wann, aber es muß in der Zeit passiert sein, als ich das Backfischalter hinter mich gebracht habe, da ging ich auf Konterkurs zu meiner Familie. Ich hatte genug von Nebenrollen, wollte meine eigene Welt, und in der wollte ich die Hauptrolle übernehmen. Ich genierte mich auch immer mehr für mein Bohème-Zuhause. Alle Welt hatte ein komplettes »Zwiebelmuster-Geschirr« im Schrank, bei uns gab es nur Einzelteile. Und die waren meist angeschlagen und schlecht gespült. Es herrschte überhaupt keine Ordnung. Das wollte ich für mich ändern. Es dauerte lang, bis ich etwas fand, was mich völlig von meiner Familie unterscheiden würde, mich trennen und mir meinen eigenen Weg ermöglichen konnte. Ich traf die Entscheidung, Skirennläuferin zu werden. Da schien mir keine Gefahr zu drohen, an der nächsten Ecke Richard Wagner zu begegnen oder irgendeinem Galan meiner Mutter. Das Skifahren wurde zu meiner Leidenschaft auserkoren. Vorübergehend. Anfangs war ich sehr stolz auf meine Erfolge: »*Frankfurter Gymnasiastin gewinnt Jugendmeisterschaft*«. Aber so viel Spaß machte das ewige Skifahren eigentlich auch nicht. Wir mußten damals noch zu Fuß die Hänge hinaufmarschieren, die Skier über der Schulter. Und den ganzen Tag trainieren, trainieren. Die Trainer waren grob, und die anderen Mädchen und Jungen waren meist bayrische Bauerntrampel. Ich aber war aus der Stadt, ging aufs Gymnasium und lernte Altgriechisch und Latein. Wir schliefen in Sechserzimmern, und die Schweißsocken stanken in der Nacht um die Wette. Ich hing meine Skifahrerkarriere bald an den Nagel. Nur später, als Studentin, fuhr ich nach Cervinia, nach St. Moritz oder Courchevel zu den Treffen der akademischen Rennjugend. Das war eher nach meinem Sinn. Und einmal fuhr ich halt auch nach Davos.

Raffael hat Orangen geschält, ohne daß ich es merkte. »Hier, meine Prinzessin aus dem Abendland, die Früchte des Paradieses für dich.« Er schiebt mir einen Schnitz in den Mund. »Sag mal, Elisabeth, wie bist du eigentlich auf Archäologie gekommen?«

»Dafür trägt ein Mann die Verantwortung, den ich gar nicht kenne. Es war auf dem *Forum* in Rom, ich nahm an einer Führung teil. Der alte Italiener, der uns führte, schwärmte von den Errungenschaften der alten Römer, von ihrer unerreichten Kultur. Ein Herr neben mir flüsterte mir zu, daß dieser gute Mann wohl noch nie etwas von den altorientalischen Kulturen im Zweistromland gehört habe. Dort sei die erhebende Wiege der Menschheit zu finden, nicht bei diesen neureichen Römern.« *Erhebende Wiege der Menschheit,* das war es, das wollte ich studieren. Ich wußte zwar nicht, wo besagtes Zweistromland genau lag, aber sicherlich weit genug weg, um mir den Status des Außergewöhnlichen zu verleihen, wenn ich mich damit beschäftigte. So kam ich zur Archäologie, oder besser gesagt, zur Assyriologie. Daß ich später eine ernsthafte Wissenschaftlerin werden sollte, ist meinem langweiligen Leben als Hausfrau und Mutter in Basel zu verdanken. Ich begann irgendwann, meine emotionalen Löcher mit altorientalischem Ausgrabungsschutt zu füllen. »Ja, so kam ich zur Archäologie. Ganz einfach.«

Weshalb beteilige ich ihn nicht an der Retrospektive meines Lebens, die mir hier, im Sonnenschein an den Ufern des Mittelmeers, auf seinen Schenkel gebettet, durchs Hirn jagt?

Raffi schiebt mir noch ein Stückchen Orange in den Mund. »Ist dein Mann auch Archäologe?« fragt er. Ich muß lachen. Mein keimfreier Lucius und Archäologe! Er, der jeden Tag die Unterhose wechseln *muß* und sich ausführlich die Nägel maniкürt, wäre todunglücklich mit Spaten und Spitzhacke in den Lehmgruben der Ausgrabungsstätten. »Nein, er ist Jurist«, antworte ich. »Bist du jetzt bald fertig mit deiner Befragung, Herr Untersuchungsrichter? Warte nur, gleich fange ich an, dich auszuquetschen!«

»Da gäbe es nicht viel zu quetschen«, erwidert er. »Ich bin siebenundvierzig und habe nichts erreicht in meinem Leben.«

»Dann hast du ja noch alles vor dir«, sage ich und meine es ehrlich. »Es gibt nichts Schlimmeres, als alles erreicht zu haben.«

Ich denke dabei an Lucius, wie er jeden Samstag im weißen Hemd und roter »Clubjacke« aus Strick mit goldenen Knöpfen an seinem Schreibtisch sitzt und »Posttag« abhält, weil er während der Woche nicht dazukommt. Fein säuberlich werden Briefe mit einem silbernen Messer, einem Erbstück natürlich, aufgeschnitten und der Reihe nach geordnet und abgearbeitet. Lucius hat die Stufen seiner vorgeplanten Karriere, eine nach der anderen, stetig erstiegen. Bei ihm lief alles nach Plan. Natürlich hatte er Jura studiert wie der Vater. Natürlich nicht nur in Basel, sondern auch in Lausanne und New York. Und natürlich sollte auch sein erstgeborener Sohn Lucius heißen. »Ich will keinen Lucius zum Sohn«, hatte ich damals geschrien. »Mir reicht schon einer!« Ich durfte meinen ersten Sohn Axel, meinen zweiten Stephan nennen. Lucius regelte alles für mich, er sprach mit seiner Familie, beschwichtigte sie. Eine Familienregel nach der anderen zerstörte ich den Toblers und ersetzte sie durch eine eigene, und Lucius war mein treuer Anwalt dabei.

Auf was ich mich einließ, als ich seinen Antrag freudig angenommen hatte, wurde mir erst später bewußt. Am Anfang fand ich es geradezu wunderbar, in welch gepflegt zurückhaltende Familie ich da hineinheiratete. Alles drehte sich um mich, ich war der Mittelpunkt. Ich verwechselte ihre schneidende Kälte mit Vornehmheit, ahnte nichts von den Gefechten hinter meinem Rücken, weil Lucius es gewagt hatte, »e Ditsche«, eine Deutsche, nach Hause zu bringen.

Ich weiß nicht, was es ihn an Überredungskünsten kostete, aber wir durften uns verloben. Im Hause seiner Eltern, einer gediegenen, unauffälligen Villa. Lucius und ich mußten im »Gartensäli«, einem riesigen, halbkreisförmigen Raum mit zwei Eingängen, Position beziehen. Ich hatte ein dunkelblaues Kostüm an. Mein erstes. Lucius hatte es mir gekauft. »Es muß sein«, hatte er gesagt.

Zur einen Tür kamen die Gratulanten herein, meist Tanten von Lucius. »Guete Dag, Fräulein Behrens«, sagten sie und reichten mir die behandschuhten Finger. Sie plauderten ein wenig über die verschiedenen Dialekte im Schweizerdeutschen, boten sich an, mir das Familienrezept für *Rösti* weiterzureichen, und erzählten, daß sie schon einmal im »Dütsche«, in Deutschland, gewesen seien. »Also, allis Guete und Adieu, Cousine«, sagten sie nach einer Weile, küßten mich auf beide Wangen und gingen bei der anderen Türe wieder hinaus. Das Ritual war beendet, ich war in die Familie aufgenommen, war jetzt ihre Cousine. »Du wirst dich schon einleben«, versprach Lucius mir. »Wenn du erst einmal den Dialekt kannst, wird alles gut.« Ich lebte mich ein und lernte den Dialekt. Ich mußte ihn lernen. Ich hatte diesen Passus im Ehevertrag, der dies von mir verlangt, belächelt. Er war aber todernst gemeint.

Zum Geburtstag, zu Weihnachten und zum Hochzeitstag bekomme ich konservativen Schmuck von Lucius geschenkt, der sofort in meinen Schubladen verschwindet. Ich schwärme nicht für Schmuck. Wozu auch?

Meine Schwiegereltern brachten nie richtige Geschenke mit oder frische Blumen, wenn sie uns besuchten. Nur Dinge, die bereits durch mehrere Hände gegangen waren oder die sie selbst geschenkt bekommen hatten. Einmal brachte »dr Bappe«, wie der hölzerne Mann, der mein Schwiegervater war, genannt wurde, ein Reisenähzeug mit, auf dem groß *Swissair* stand. Ich hatte die Nase endgültig voll. Ich sagte zu ihm, wie leid es mir täte, aber zu essen gäbe es bei uns heute nichts für sie. Ich hätte nur noch eine Hundewurst im Kühlschrank, und die sei schon drei Wochen alt. Von da an hatte ich Ruhe vor den Alten. Lucius besorgte auch dies für mich. Was immer ich tat oder tue, Lucius steht hinter mir. Ich setzte mich über alles hinweg, er ermöglichte es mir. Dafür bin ich ihm sehr dankbar. Er hatte auch nichts dagegen, daß ich mein Studium fertigmachen wollte. Und hatte auch keinen Einwand,

als ich mich beruflich ganz den alten Kulturen, *den erheben-
den des Zweistromlandes,* hingab.

Raffael spielt jetzt mit meinen Fingern, dreht an meinem
Ehering. Ich würde ihn so unglaublich gerne auch berühren,
meine Hand in sein Hemd schieben, seine Haut spüren. Aber
ich halte ganz still. Ich habe panische Angst vor dem, was
passieren könnte.

»Bewege dich doch, Elisabeth«, sagt Lucius ständig zu mir,
wenn er zu mir ins Bett steigt und sich auf mich legt. Er
duscht jedes Mal vorher und legt sich ein Päckchen Tempo-
taschentücher aufs Nachtkästchen. »Mach doch ein bißchen
mit.« Ich erfülle ihm seine Wünsche, aber ich spüre nichts dabei, könnte jedes Mal, wenn er sich vor Leidenschaft windet,
ohne weiteres die Telefonnummern meiner Freunde vortragen. Ich denke mir Weihnachtsgeschenke aus während des
Liebesaktes und überlege, ob ich diese Woche zum Friseur
gehen solle oder erst nächste. Nicht daß mir seine Liebe unangenehm ist, ich fühle mich hinterher meist wohl. Er bringt
mich zum Orgasmus, aber er bringt mich nicht zum Abhe-
ben. Die Himmelsmusik, die in den Romanen in den Herzen
der Liebenden spielt, habe ich noch nie gehört. Ich bin immer
vollkommen klar im Kopf.

»Wach auf, Frau Reiseleiterin«, Raffael zupft mich am
Hemd, »es wird Zeit. Wir müssen weiter. Deine Landsleute
stehen sicher schon am Bus.« Ich klopfe mir den Sand von den
Hosen. »Geh du zuerst«, sagt er zu mir. »Ich nehme dann einen anderen Weg.« Ach, er will wohl nicht mit mir gesehen
werden. Sicher hat er Angst davor, daß seine Frau davon erfährt. Das habe ich bei den israelischen Männern schon oft
beobachtet. Wie die Gockel steigen sie einem hinterher, angriffslustig und mit gespreizten Schwanzfedern, spielen die Eroberer und die Liebeserfahrenen, stecken die Zunge ein wenig
aus den Lippen hervor, markieren Geilheit und Lust. Aber

kaum betritt die Ehefrau die Bühne, verdrücken sie sich unter den Tisch, verbergen ihren Trieb auf andere Frauen und winseln und kuschen und parieren der Peitsche der Gattin. Armseliges Männerpack. Ich habe auch gehört, daß die israelischen Männer schlechte Liebhaber sein sollen, faul und arrogant. Das habe ich neulich im israelischen Fernsehen mitgekriegt. In einer Sendung, die *Balagan* heißt. Da erzählen israelische Frauen von ihrem Herzeleid. Mit den Männern. Eine Geschichte habe ich mir gemerkt. Weißt du, Hanna, das ist die Moderatorin, sagte eine Frau in den späten Dreißigern, Avram, ihr Freund, sei eine echte Flasche im Bett und außerhalb des Hauses ein Riesenmacho. Als sie kürzlich Liebe machten, ließ er sich von ihr den Schwanz lutschen, bis er kam. Danach fragte er sie doch allen Ernstes, ob er gut gewesen sei.

Raffael gehört sicher auch zu dieser Sorte, denke ich abweisend. Das einzige, was ihn interessiert, ist, mich aufs Kreuz zu legen. In aller Heimlichkeit. Hinter einer Düne versteckt, traut er sich näher zu rücken. Kaum könnten andere Menschen in der Nähe sein, verläßt ihn der Mut, und er läßt mich einfach sausen. Großmaul, blödes. Aber bei mir wirst du keinen Erfolg haben. Auf die Idee, daß Raffael mich und meinen Ruf schützen möchte, komme ich nicht. Der doch nicht, dieser ekelhafte, fette Egoist.

»Ich hoffe, Sie haben die kulturlosen zwei Stunden gut überstanden«, sagt Raffael ins Mikrofon, als der Bus losfährt. Die Gäste lachen zufrieden. Ich fürchte, sie mögen diesen grobschlächtigen Kerl. »Wir sind recht früh dran«, spricht er weiter. Ich schaue auf die Uhr und finde nicht, daß wir früh dran sind. Der Herr bestimmt anscheinend schon wieder im Alleingang.

»So daß ich die Gelegenheit wahrnehmen kann«, fährt Raffael fort, »Sie zu mir nach Hause zum Kaffee einzuladen. Es wird Sie sicher interessieren, wie ein israelischer Reiseleiter lebt. Und dich doch auch, Elisabeth, nicht wahr?« Die Leute klatschen vor Begeisterung. Besuch bei Eingeborenen ist doch etwas Feines. Mich interessiert das Privatleben von Herrn Kidon überhaupt nicht. Womöglich soll ich auch noch Shakehands mit seiner Frau machen und seine blöden Kinder auf den Schoß nehmen. Soll er doch seine Spießerhütte zeigen, wem er will. Ich möchte so schnell wie möglich nach Jerusalem, in das schöne Hotel, da gehöre ich schon eher hin. Und ich möchte endlich meine Freunde treffen, Menschen, die zu mir passen und nicht solche Einfaltspinsel sind wie der Erzengel.

Er wirft mir einen seiner merkwürdig forschenden Blicke zu. »Bis du dir zu gut, mein Haus zu betreten?« fragt er leise. »Du wirst dich drinnen nicht verirren können, es hat keine elf Zimmer.«

»Ist schon gut, Raffael«, sage ich. Irgendwie bin ich betroffen von dieser Bemerkung. Warum erwähnt er die elf Zimmer? Mißt er mich an dem Haus, in dem ich lebe? Habe ich angegeben mit meiner Wohnstatt? Ich habe doch nur gesagt, was wahr ist.

»Schon gut, Raffael«, wiederhole ich, »pump dich nur nicht auf. Ich komme ja mit in dein Wohnzimmer. Nur erwarte nicht von mir, daß mich das interessiert.«

Khalil hat den Bus in Richtung Süden gelenkt. Wir verlassen die Schönheit des Mittelmeers, die Ruhe der verwunschenen Ruinen von Caesarea.

»Wo wohnst du überhaupt?« frage ich Raffael.

»In Maariv Achat«, gibt er mir zur Antwort. »Da«, sagt er und deutet auf einen Punkt auf der Landkarte.

»Aber das ist ja in der Westbank!« quietsche ich los. »Du wohnst in der Westbank, in den besetzten Gebieten? Du bist ein Siedler? Das kann nicht wahr ein! Und da willst du uns hinbringen?«

Was habe ich nicht alles von diesen schrecklichen Siedlern gelesen. Die Flinte im Anschlag, bereit, jeden Araber, der sich in ihre Hofeinfahrt traut, abzuknallen. Rassisten, Religiöse, Fanatiker wohnen in der Westbank. Frauen mit Kopftüchern und Schürzen, wie einst im Schtetl, an jeder Hand ein Kind und ein nächstes im Bauch, Männer mit langen Schläfenlocken und dicken Bärten, dem Käppchen der Frommen auf dem Hinterkopf und den irrwitzigsten Parolen auf den Lippen. Sie beanspruchen »Groß-Israel« für sich innerhalb der Grenzen der alten Königreiche Juda und Israel. Anspruch auf ein Territorium, das mehr als zweitausend Jahre zurückliegt und durch nichts gerechtfertigt ist. Die Westbank-Siedler sind militante Gegner des Friedensprozesses und betrachten ihre arabischen Nachbarn als Menschen zweiter, was sag ich, dritter Klasse. Da wohnt Raffael! Und da schleppt er uns jetzt hin!

»Ich bin nicht fromm, und militant bin ich auch nicht, wenn du das meinst.« Er scheint meine Gedanken lesen zu können. »Du solltest nicht alles glauben, was man dir in den Medien präsentiert. Bei uns im Dorf gibt es mehr säkulare Juden als gläubige. Wie übrigens in beinahe allen jüdischen Gemeinden in der Westbank.«

Wir haben die Autobahn Richtung Tel Aviv verlassen und fahren jetzt durch moderne, israelische Kleinstädte. Ich empfinde sie als trostlos. Die Straßen sind gesäumt von Schnellimbissen und Tankstellen, Industrieanlagen und Supermärkten.

»Aber was, bitte sehr, gibt es sonst für einen Grund, in der Westbank zu wohnen und den Palästinensern damit ihren Boden zu rauben«, bemerke ich spitz.

»Es ist halt so, Elisabeth, daß nicht alle Menschen sich einen BMW leisten können und in einer Villa wohnen. Ich bin vor einigen Jahren hierhergezogen, weil ein Haus in den besetzten Gebieten nur halb soviel kostet wie im Kernland. Wenn die Regierung mir eine gleichwertige Unterkunft in Israel selbst anbietet, ziehe ich heute noch um.« Er sagt das mit einem leicht melancholischen Unterton, der mir ins Herz sticht und die Röte ins Gesicht jagt. Schon wieder ins Fettnäpfchen getreten. Ich rutsche auf meinem Sitz hin und her und werde das Gefühl nicht los, daß ich nicht viel verstehe von den Problemen dieses Landes. Was hatte der Erzengel auf dem Golan gesagt? Ich könne den Touristen erzählen, was ich wolle, sie würden nichts begreifen. Gilt das womöglich auch für mich? Am besten, ich halte für eine Weile den Mund.

Die Mitreisenden haben ihre Fotoapparate aus den Taschen genommen, neue Filme eingelegt und warten gespannt auf das Erlebnis »Westbank«. Die Städtchen werden spärlicher, Felder und Brachland säumen die Straßen. Kein Baum mehr weit und breit, nur Steine und Karst. Raffael erklärt, daß wir uns der sogenannten grünen Linie nähern, der einstigen Grenze zwischen Jordanien und Israel. Im Sechstagekrieg von 1967 haben die Israelis dieses Gebiet erobert und halten es seither besetzt. »Als Westbank geistert dieser fünftausendachthundertneunundsiebzig Quadratkilometer große Landstrich seither durch die Weltpresse. Teile dieses Gebietes wurden nach neunzehnhundertsiebenundsechzig zur jüdischen Besiedlung freigegeben und finanziell von den jeweiligen Regierungen unterstützt. Es gibt inzwischen mehr als hundertzwanzig jüdische Dörfer in den besetzten Gebieten«, erklärt er. Er kommentiert nicht, zählt nur Fakten auf. Inzwischen kenne ich ihn so gut, daß ich weiß, daß er nichts Negatives über sein Land über die Lippen bringt. Sollte ihm etwas im eigenen Land widerstreben, wird er es vermutlich nicht laut sagen oder aber, wie momentan, einfach kühl darüber hinweggehen. »Für viele nichtgläubige Juden, die in den besetzten Gebieten leben, ist das nur die zweitbeste Lösung.

So auch für mich und meine Familie. Aber wir können uns die überteuerten Wohngegenden in Israel selbst nicht leisten«, fährt er fort. Ich versuche nichts zu denken, nicht zu urteilen. Ich werde mir das einfach nur anschauen.

Neben den gelben Autonummernschildern Israels tauchen jetzt vermehrt die blauen der arabischen Bewohner der Westbank auf. Damit sind sie auf einen Blick voneinander zu unterscheiden. Schlau, denke ich. Und augenblicklich tun die Palästinenser mir leid.

Links und rechts der Straße sind Betonplanken quer gestellt, wir müssen im Slalom hineinfahren in unser Westbank-Abenteuer. Auf einem betonierten Wassertank am Straßenrand haben sich israelische Soldaten verschanzt. Sie lehnen hinter verdreckten Sandsäcken und verrosteten Schutzschildern, scheinbar lässig, das Maschinengewehr im Anschlag. Wie jung sie sind, denke ich, die Bewacher Israels, und wie angespannt, beinahe gehetzt der Blick. Keine Seltenheit, dieser Ausdruck in den Augen der Menschen hier in diesem Land. Ein Augenpaar dieser extremen Wachsamkeit fährt mit uns seit drei Tagen durchs Land: Raffael.

Auf dem sandigen Wachposten weht der »Mogen David«, die Flagge Israels. In den Autos sitzen, eingepfercht zwischen Tüten und Säcken, schnurrbärtige Männer und verschleierte Frauen, Palästinenser. Hier prallen die Unterschiede aufeinander. Wir sind in einer explosiven Mischwelt, die Westbank gehört den israelischen Siedlern nicht allein. Sie müssen sie sich mit den ursprünglichen Bewohnern teilen, die von den Besatzern bei jeder Ein- und Ausfahrt aus der Westbank kontrolliert und gefilzt werden. Israelis nicht. Mit ihrer angeborenen Gelassenheit fügen sich die Araber geduldig diesen Prozeduren. Langsam fahren wir weiter. Ich frage Khalil, was er von diesem Abstecher hält. Ich frage ihn auf arabisch, damit der Erzengel und auch sonst niemand versteht, über was wir reden. »*Bukra mischmisch*«, antwortet er und zuckt verlegen mit den Augenbrauen. *Morgen regnet es Aprikosen,* was soviel heißt wie: »Morgen kann alles schon anders sein.«

Auch eine Einstellung, denke ich. Der Geduldsfaden der Araber ist lang. Manchmal frage ich mich, ob er nicht zu lang ist.

Entlang der Straßen sind allerhand Bruchbuden von Obst- und Gemüseständen aufgebaut. »Wer kauft denn hier?« ruft Frau Vogel von hinten. Es klingt, als würde sie nicht einmal unter Polizeieskorte einen Einkauf wagen. »Die besten Kunden der Palästinenser sind wir Juden der Westbank«, sagt Raffael.

Vor einer monumentalen gelben Eisenschranke müssen auch wir für einen Moment anhalten. Es ist die Einfahrt in Raffaels Dorf. Die Schranke öffnet sich für uns, nachdem dem Pförtnersoldaten versichert wurde, daß kein Palästinenser an Bord ist. Khalil ist Palästinenser, aber zugleich auch Israeli. Er darf hinein, als Raffaels Gast.

»Leider hat die Regierung beschlossen, alle jüdischen Siedlungen mit einem Stacheldrahtzaun einzuzäunen«, erklärt uns Raffael. »Das soll uns vor Überfällen schützen. Ich bin nicht glücklich darüber. Hinterm Stacheldraht zu leben ist für einen Juden mit keiner vergnüglichen Erinnerung verbunden.«

Dreitausend Menschen wohnen in diesem Dorf, hören wir, alles Juden natürlich. Die Straßen sind peinlichst gepflegt. Ein Reihenhaus schmiegt sich an das andere, die Einfahrten sauber gefegt, die Balkons blumenumrankt. Von vielen Häusern weht die Flagge Israels. Raffael bringt uns zum höchsten Punkt des Ortes, von wo aus wir in die Runde blicken können. Keine zweihundert Meter weiter, hinterm Stacheldraht, liegt ein arabisches Dorf. Es ist leicht zu erkennen an den weißen kubischen Häusern mit Flachdach, ungeordnet, planlos gebaut. Gewachsen, so wie es vom jeweiligen Familienzuwachs seit Ewigkeiten in der arabischen Sippengemeinschaft bestimmt wird. Die neuen, massiv gebauten israelischen Häuser haben rote Satteldächer aus Ziegeln. Das ist nicht nur eine Hommage an Europa, das ist viel mehr: sichtbares Symbol des Andersseins, Abgrenzung, vielleicht sogar Demarkation. Der Feind wohnt nicht mehr nur in den umliegenden arabischen Staaten, er wohnt sozusagen nebenan und ist unberechenbar. Jeder hier erinnert sich an die Intifada der achtziger Jahre, als die Palästinenser aus ihrer Lethargie erwachten und anfingen, mit Steinen auf die Besatzer zu werfen. Die Atmosphäre von Haß und die Bereitschaft beider Seiten, Gewalt anzuwenden, liegt irgendwie in der Luft.

»Aber jetzt wird doch bald Frieden sein?« fragt Frau Köhler zaghaft. Sie ist blaß, erschrocken und beklommen wie wir alle.

»Hoffen wir es«, antwortet Raffael. Mehr sagt er nicht dazu, keine Rechtfertigungen, keine Zukunftsaussichten. Er läßt uns einfach im Licht der Nachmittagssonne stehen und die Realität erahnen. Er ist immer besonders eindrucksvoll, wenn er sich auf die große Schweigsamkeitswolke begibt. Wahrscheinlich fühlt er sich dann wie ein alttestamentarischer Rauschebart. Ich versuche mich spottend davon abzulenken, wie es in mir drinnen aussieht. In Wahrheit habe ich zittrige Knie von dem, was er uns gezeigt hat, und vor dem, was noch kommt. Sein Zuhause. Ob seine Frau daheim sein wird? Wie sie wohl aussieht, Frau Kidon Nummer drei?

Wir biegen um mehrere Ecken, dann läßt Raffael den Bus anhalten. Wir stehen vor einem kleinen Haus. Ich sehe weiße Spitzengardinen an den Fenstern. Sie ist sicher Lehrerin, schließe ich daraus.

»Spricht deine Frau Deutsch?« frage ich Raffael.

»Nein, ihre Familie stammt aus England«, höre ich. Da öffnet sich schon die Türe, und eine Frau begrüßt uns. Sie ist sehr groß und dünn, hat langes, dunkles Haar, das sie offen trägt. Ihr Gesicht wirkt hager, sie lacht nicht, lächelt nur zurückhaltend.

»Das ist Linda, meine Frau«, stellt Raffael sie vor. Wir geben ihr alle artig die Hand und entschuldigen uns für den Überfall.

»*Oh, that's quite all right*«, sagt sie. Ich fühle mich zutiefst unbehaglich, wie ein Eindringling. Ob sie weiß, daß er mit anderen Frauen schläft? Ich finde, sie sieht so aus, als ahnte sie es zumindest. Sie haben sich weder die Hand gegeben noch zur Begrüßung umarmt. Ob er sie wohl liebt? Schließlich ist sie die Mutter einiger seiner Kinder. Setzt er sich manchmal hin und spielt mit ihren Haaren, nennt sie Prinzessin und füttert sie mit den Früchten des Orients? Daß sie ihn liebt, sieht man. Mit ihrem zaghaften Lächeln blickt sie ihn freudig an. Mein Gott, was muß diese Frau aushalten. Dieser gefühllose Mann hat ihr sicher manch tränenreiche Nacht beschert. Kein Wunder, daß sie so verhärmt aussieht. Ihr fehlt das Geschmeidige, was eine Frau attraktiv macht. Die langen Beine in dunkle Jeans gepackt, keine Spur von Make-up im Gesicht, eine große Uhr am Armgelenk. Bei ihr ist alles aufs Praktische ausgerichtet, wie mir scheint. Verführerisch wirkt sie nicht. Irgendwie beruhigt mich der Gedanke. Zu ihr steigt er allerdings jede Nacht ins Bett. Es könnte sein, daß sie ein Flanellnachthemd trägt. Aber vielleicht täusche ich mich ja, und diese Frau erblüht des Nachts unter den Berührungen ihres Mannes und wird zur Quelle der Lust, auch für ihn. »Wir brauchen Kaffee«, sagt Raffael, und sie geht sofort in die Küche. Ich schaue mich ein bißchen um. Es ist nichts Auffälliges in diesem Haus zu entdecken. Es könnte auch ein Reihenhaus im Schwäbischen sein. Bücherregal, Anrichte, Clubtisch, darunter ein Perserteppichersatz, viel braunes Holz, an den Wänden nur Drucke, kein Original. Ich würde hier ersticken. Draußen der Stacheldraht und drinnen nicht die Spur von Luxus. Es ist alles zweckmäßig, mehr nicht. Eventuell haben die beiden gar keine toskanischen Klinkerböden, schwarze Lackmöbel und farblich abgestimmtes Design nötig, überlege ich verstimmt, kommen ohne Schnickschnack aus und sind dennoch zu gemeinsamen, intelligenten Gesprächen fähig.

Raffaels Frau serviert den Kaffee, Nescafé in Plastikbechern. Das dürfte sie nicht zulassen, denke ich, auch wenn das Portemonnaie noch so leer ist. Für ein paar hübsche Tassen sollte das Geld doch reichen. Ich möchte mit einem Mal hinaus aus diesem miefigen Haus, hinaus aus diesem Ghetto, diese bedrückende Einfachheit hinter mir lassen. Inzwischen ist einer der Söhne auf Raffaels Knie gesprungen. Yuval heißt er, ist vier Jahre alt und der kleinste von den drei Söhnen, die er mit Frau Nummer drei hat, erzählt Raffael uns.

»Ach Gott, sieht der Ihnen ähnlich«, ruft unsere dicke Frau Albertz begeistert und fotografiert Vater und Sohn. Alle fotografieren. Den Hund, der im Gärtchen rumspringt, die Gruppe, die fröhlich um den Tisch sitzt und aus den Pappbechern Nescafé trinkt, den Reiseleiter mit dem Sohn auf den Knien. Ich muß aufs Klo. Raffaels Frau führt mich hin.

»*What beautiful home you have*«, sage ich ziemlich verlogen.

»*Thank you*«, erwidert sie sanft und bietet sich an, mir auch die anderen Räume zu zeigen.

»*If you really don't mind*«, sage ich und möchte am liebsten schon wieder davonlaufen. Ich will dein Badezimmer nicht sehen, denke ich, mit den billigen Parfumflaschen und Raffaels Rasierpinsel.

Sie öffnet und schließt Türen. Ich sehe Stockbetten aus

Holz. »*This is the elder boys' room*«, sagt sie. »*Unfortunately they are not in, so you cannot meet them.*«

Gott sei Dank, mehr als ein Raffael-Duplikat hätte ich auch nicht ertragen. Wie stolz sie ist auf ihr Zuhause, ihre Söhne. Sicher ist sie auch stolz darauf, daß Raffael ihr Mann ist.

Jetzt kommt das Schlafzimmer. Ich wippe hin und her, es ist mir sehr unangenehm, in das Zimmer schauen zu müssen, in dem Raffael seine Söhne zeugt. Das Bett ist ordentlich gemacht, die Garnitur ist weiß. Was hatte ich erwartet? Rosarot mit blauen Blümchen? Du bist gemein, Elisabeth, sage ich zu mir und weiß, daß es stimmt. Ich werde dir deinen Mann nicht wegnehmen, sage ich stumm zu Linda. Das verspreche ich dir. Er wird zu dir in dein sauberes Bettchen zurückkehren.

An der Wand steht auch hier ein vollgefülltes Bücherregal. Zwischen den Büchern liegen Metallteile, grau und matt. Wie Frank-Stella-Skulpturen in Miniausführung sehen sie aus. Scharfkantige Dreiecke, daneben aufgerollte Metallspiralen. Ich erkenne blau aufgemalte Streifen und Fragmente von Zahlen und Buchstaben. Interessant. Ich hätte ihm gar nicht zugetraut, daß er sich für zeitgenössische Kunst interessiert.

»*Are these pieces of art?*« frage ich Raffaels Frau und deute auf die verbogenen Teile.

»*No, no*«, antwortet sie, es klingt ein wenig deprimiert. »*These are the leftovers of the aircraft, in which Raffi's brother died. Do you know the story?*« Ich nicke verwirrt. »*Raffi collected the pieces and always carries them with him. He needs them close to him.*«

Ich schnappe nach Luft, ein eisiger Schauer durchläuft mich. Dieser Mann ist ein Wahnsinniger, ein Übergeschnappter. Er hat die Wrackteile des Flugzeuges, in dem sein kleiner Bruder vor 23 Jahren abgeschossen wurde, fein säu-

berlich in sein Schlafzimmerregal gepackt. Ganz nah sollen
sie bei ihm sein, sagt seine Frau dazu. Spinnen die beiden?
Oder kann sie nichts gegen diesen Verfolgungswahn ihres
Mannes machen? Hat sie wirklich akzeptiert, daß der kleine
Bruder ewig dabei ist, sogar im Schlafzimmer? *Jede Minute
fängt mit ihm an und hört mit ihm auf.* Ich erinnere mich.
Das waren Raffis Worte auf dem Golan. So hat er das also ge-
meint. Ich schüttle mit dem Kopf.

»*I do not understand this*«, sage ich. Sie gibt keine Antwort
darauf. Vielleicht meint sie, sie sollte mich mit dieser trauri-
gen Geschichte nicht belästigen. Wir lassen es dabei. Ich habe
genug von diesem Heim.

Als wir wieder in das Wohnzimmer kommen, plaudern
alle vergnügt miteinander. Meine Mitreisenden wollen von
Raffael genau wissen, was das Haus gekostet hat, wie er es
heizt, wo warmes Wasser herkommt. Wieviel das Öl oder
Gas kostet. Kostet, kostet, kostet. Mir wird schlecht von diesen Gesprächen. Ist das alles, worüber man sprechen kann?
Warum fragt denn keiner, wie Raffael das hier aushält? Jedes Mal muß er durch die große gelbe Schranke fahren, wenn
er hinaus will aus diesem Gefängnis. Wenn er ins Konzert
geht nach Tel Aviv oder zum Shopping oder zum Schwimmen ans Meer. Oder zur Arbeit. Jedes Mal erinnert ihn diese Schranke und der Stacheldraht daran, daß er ein Leben
auf einer ummauerten, jüdischen Insel verbringt. Ein Ghet-
to-Leben.

Ich fordere zum Aufbruch auf. Meine lieben Mitreisenden
können sich kaum trennen. »Ach, es ist so schön bei Ihnen,
Raffael. Und so gemütlich.« Vor allem Gerlinde Kampfhan
will nicht gehen. Sie hat sich zu Khalil in die Küche gesetzt,
wohin sich der feinfühlige Mann verzogen hatte, und flirtet
offensichtlich mit ihm. Wahrscheinlich will sie sich damit an
Raffael rächen. Er hat sie abblitzen lassen, und so etwas tut

weh. Mit ein bißchen Rache läßt sich der Schmerz verringern. Mit ihren großen, blauen Glotzaugen schmachtet sie Khalil an. Er muß ihr alles ins Arabische übersetzen. Er tut das mit Begeisterung. »*Mus*«, sagt er und deutet auf eine Banane. Sie wiederholt hingebungsvoll dieses Wort und befeuchtet sich dabei mit der Zunge die Lippen. Blöde Ziege!

Als wir endlich in Jerusalem eintreffen, ist es kühl und beinahe dunkel. Im Hotel bekommen wir als erstes frisch ausgepreßten Orangensaft und kleine Häppchen angeboten. Es ist ein sehr komfortables Haus. Ich verteile die Zimmerschlüssel, bitte aber meine Gäste, noch in der Halle Platz zu nehmen, bevor sie in ihre Zimmer verschwinden. »Das schönste Zimmer bekommt heute Herr Dr. Nerwenka.« Diese Spitze kann ich mir nicht verkneifen. Er freut sich und sagt »Na, endlich!« zu mir. Wenn der wüßte, daß ich eine Suite hoch oben unter den Wolken zugeteilt bekam, würde sein Lächeln einfrieren. Raffael hat es an den Zimmernummern erkannt. »In meinem nächsten Leben werde ich auch deutsche Reiseleiterin«, kommentiert er.

Meine Gruppe schläft im siebten Stock, ich im zweiundzwanzigsten. In diesem Stockwerk gibt es nur Suiten. *Tourleader-Special* nennt man das. Eines der wenigen Bonbons, die uns Reiseleitern manchmal den harten Job versüßen.

»Sie haben morgen den ganzen Tag frei. Ich möchte Ihnen noch ein paar Hinweise geben, wie Sie den Tag verbringen können«, eröffne ich das Gespräch. Beeile dich mit deinen Informationen, wenn du mitgehen möchtest zu meinem Vater, hatte mir der Erzengel befohlen, ich habe nicht viel Zeit, weil ich den letzten Bus nach Hause erwischen muß.

Natürlich möchte ich mitgehen, der Vater interessiert mich um einiges mehr als die Ehefrau. Also mache ich schnell. Ich erzähle, wann die Museen geöffnet sind, wie man hinkommt, was das Taxi kostet, wieviel Trinkgeld man geben sollte. Ich erwähne, daß sie den schönsten Blick auf die Altstadt vom Turm der Erlöserkirche haben und daß sie auf den jüdischen Markt gehen sollten, wenn sie echtes jüdisches Treiben kennenlernen wollen. Ja, und nicht zu vergessen *Mea Shearim,* das Orthodoxen-Viertel. »Da müssen Sie unbedingt hingehen.« Ich wende mich damit an Frau Vogel. Sie war es, die sich gestern beschwerte, schon den dritten Tag in Israel zu sein und noch nicht einen einzigen Juden gesehen zu haben. In *Mea Shearim* wimmelt es von schwarzberockten Frommen mit Schläfenlocken und pelzumrahmten Riesenhüten. Dort wird sie fündig werden und ihre Vorurteilsschubladen auffüllen können. Es dauert fast eine Stunde, bis alle Fragen beantwortet sind.

»Wir sehen uns also spätestens übermorgen früh. Bitte seien Sie um acht Uhr bereit. Wir fahren dann zum Toten Meer und nach Massada. Vergessen Sie Ihren Badeanzug nicht. Raffael wird ebenfalls wieder dabeisein. Ich selbst wohne ja auch hier im Hotel. Wir begegnen uns sicherlich zwischendurch. Und wenn Sie ein Problem haben, bin ich selbstverständlich immer für Sie da.«

Sie rufen: »Ciao, Raffael, und vielen Dank nochmals.« »Bis übermorgen.« »Wir freuen uns schon.« »Grüßen Sie Ihre Frau und den süßen, kleinen Yuval.« Ich bin gerührt und erleichtert. Die Gruppe ist offensichtlich zufrieden. Das passiert nicht oft. Was mich leicht ärgert, ist die Tatsache, daß sie Raffael allein zum Erfolgsfaktor dieser Reise bestimmt haben. Wo bleibe ich? Es scheint sie nicht im mindesten zu stören, daß er sie wie ein Gewichtheber durchs Land stemmt, ohne nach ihren Wünschen zu fragen.

»Du und die Muttergottes als Erfolgsteam«, gifte ich Raffael an, als wir von der *King-George*-Straße in die *Ben-Yehuda*-Straße einbiegen.

»Sei nur nicht eifersüchtig, Prinzessin«, antwortet er. »Mir bist du lieber als die Muttergottes.«

»Wo wohnt dein Vater überhaupt? Was ist er von Beruf?« Ich bombardiere ihn mit Fragen und bin sehr nervös. Wie er wohl reagieren wird, der alte Herr, den man aus Deutschland verjagt hat und dessen Familie meine Vorfahren entwürdigt und vergast haben. Ich greife zu meinem Rucksack und fühle das Buch, das ich ihm schenken möchte. Ich habe es den ganzen Nachmittag schon dabei, um es ja nicht zu vergessen. Es ist mein Besuchs-Alibi.

Fünf Minuten hatte der Erzengel mir noch gewährt, um schnell ins Zimmer zu laufen und wenigstens die Hände zu waschen. Ich hätte mich gerne umgezogen, mich ein wenig hergerichtet für Kidon senior. Ich möchte ihn unbedingt beeindrucken. Hoffentlich gelingt mir das auch in Jeans und T-Shirt. Ob er auch so ein Büffel ist wie sein Sohn? So unnahbar und undurchsichtig? »Ist deine Mutter auch da? Ist dein Vater fromm?«

»Du bist ja richtig aufgeregt«, sagt Raffael belustigt. »Also, mal der Reihe nach. Vater wohnt in der Nähe der äthiopischen Kirche, oberhalb des *Kikar Zion.*«

Im Äthiopier-Viertel wohnt er. Aber er ist doch ein Deutscher, denke ich, die wohnen in *Rehavia.* Zumindest, wenn sie etwas auf sich halten. Wo bringt Raffael mich da nur hin? Ich sehe mich schon durch dunkle Gassen gehen, in finsteren Hinterhöfen verschwinden.

»Vater ist nicht fromm, keine Sorge. Meine Mutter ist schon lange tot. Die beiden waren geschieden. Er war Arzt. Aber er arbeitet schon lange nicht mehr. Er ist zweiundachtzig Jahre alt. Sonst noch was?«

Arzt, Arzt, der Vater ist Arzt, der Sohn ist Reiseleiter. Wieso? Mir wird das Ganze immer schleierhafter. Was ist da bloß schiefgelaufen?

»Hast du denn nicht studiert?« platze ich heraus. »Doch«, antwortet er. Und dann ist Funkstille. Mehr sagt er nicht, bis wir am *Ticho House* vorbei hinauf zur Äthiopierstraße kommen, abbiegen und die nächste Querstraße nach rechts gehen. *Bnei-Brit*-Straße entziffere ich schnell im Vorbeigehen. Es ist sehr dunkel, die kleine Gasse ist nicht beleuchtet, der Mond muß erst die jordanischen Berge übersteigen, bevor er Jerusalem beleuchten kann. Wir bleiben vor einem Haus stehen, ich kann nichts erkennen außer einer kleinen Lampe, die ein Namensschild beleuchtet. Raffael drückt auf den Klingelknopf. *Guttmann* steht darauf. Dreimal. Einmal hebräisch, einmal in lateinisch und einmal in arabisch. Hoho, denke ich, der alte Herr scheint eine andere Gesinnung zu haben als sein Sohn, der Siedler. Aber wieso *Guttmann*? Das kann nicht sein Vater sein. Der müßte doch Kidon heißen: Wohnt er etwa zur Untermiete? Die grüne Tür öffnet sich, und von oben ruft eine Stimme auf deutsch: »Komm rauf, mein Sohn.« Mir wird mulmig. Gleich wird er sehen, daß sein Sohn nicht alleine gekommen ist, daß er eine Deutsche mitgebracht hat. Wenn er ablehnend ist, werde ich ihm das nicht verübeln, nehme ich mir vor. Dann werde ich stillhalten und warten, bis wir wieder gehen. Ich fahre mir schnell durch die Haare, streife mit den Händen über den Hals. Raffael schaut mich von der Seite an.

»Wovor hast du Angst? So kenne ich dich ja gar nicht, so kleinlaut«, stellt er fest. »Meinst du, er wird dich für den Holocaust verantwortlich machen?«

Ja, für einen Moment habe ich das befürchtet. Wie blöde von mir. Natürlich wird er das nicht tun. Kein Mensch hier in Israel hat das jemals mir gegenüber getan. Trotzdem habe ich ein flaues Gefühl im Magen vor dieser Begegnung. Durch das Haus dringt klassische Musik. Gehört habe ich sie schon vorher, aber ich kann sie nicht einordnen. Wir steigen ein enges Treppenhaus hinauf. Die Wände sind behängt mit Bildern ungegenständlicher Malerei. Der Vater scheint sich nicht mit Drucken zufriedenzugeben, es sind alles Originale. Oben angekommen, gehen wir wieder durch eine Tür. Die Musik erfüllt das gesamte Haus. Es schallt, als käme sie von den Decken herunter. Ob er die Lautsprecher-Boxen an die Decken genagelt hat? Schön klingt das, ich muß das dem alten Herrn sagen.

»Ich komme gleich! Setz dich schon mal hin«, ruft dieselbe Stimme.

Wir kommen aus dem dunklen Vorzimmer in einen großen, hohen Raum, die dicken Holzbalken der Decke sind mit bunten Ornamenten bemalt. Hinter dunkelroten Vorhängen sehe ich spitzbogige Fenster, deren Maßwerk mit bunten Scheiben gefüllt ist. Das farbige Glas ist von hinten beleuchtet und wirft ein glitzerndbuntes Farbenspiel durch das Zimmer. Die einzige Tür ist die, durch die wir gerade eintraten, sonst gibt es nur hohe Bögen in Holz gerahmt, beinahe bis an die Decke reichend, die anscheinend in andere Zimmer führen. Die eine Seite des Raumes ist die gesamte Höhe der Wand mit Büchern vollgestopft, deren goldene Rücken glänzen: Eine Leiter und ein kleiner Fußschemel stehen bereit, um dem Leser behilflich zu sein, in die oberen Abteilungen dieser Bücherwelt zu gelangen. Ein riesengroßer Schreibtisch, auf dem sich Bücher, Kataloge, Notizhefte stapeln, ist mitten in den Raum plaziert. Neben den bunten Glasfenstern stehen sich mehrere Sofas gegenüber, in dem gleichen dunklen Rot gehalten wie die Vorhänge. Das ganze Zimmer wird von einer unsichtbaren Lichtquelle milde gespeist und gibt diesem ungewöhnlichen Ensemble etwas verwunschen Märchenhaftes. Ich habe das Gefühl, in einem venezianisch-orientalischen Serail zu stehen. Ich schaue auf den Fußboden und sehe, es ist in byzantinischen Mustern und Farben gelegter Marmor. Ein Wahnsinn.

Ein kleiner, zierlicher alter Herr tritt aus dem Dunkel des Nebenzimmers. Er trägt eine weinrote Fliege und ein beiges

Hemd, hat weißes, kurzgeschnittenes Haar, ein rosiges Gesicht und leuchtendgrüne Augen. Die gleichen wie Raffi, stelle ich erstaunt fest, nur scheinen seine fröhlich und offen in die Welt zu schauen.

Als er mich sieht, hebt er die Arme hoch und breitet sie zu einer Willkommensgeste aus. »Ja, wen hast du denn da mitgebracht! Eine schöne Frau! Ist das eine herrliche Überraschung«, ruft er und geht auf mich zu.

»Das ist Dr. Otto Guttmann, mein Vater«, stellt Raffael vor. Und zu ihm sagt er: »Vater, das ist Dr. Elisabeth Tobler aus Deutschland, mein Boß auf dieser Reise.« Also doch Guttmann, denke ich, wieso haben die beiden nicht denselben Namen? Otto Guttmann nimmt meine beiden Hände und schüttelt sie.

»Herzlich willkommen in meiner Hütte«, sagt er. Er berlinert.

»Seit wann hörst du Bach?« fragt Raffael seinen Vater. »Ich dachte, es sei dir zu mathematisch. Vor allem die *Goldberg-Variationen*.« Ah ja, das ist diese Musik. Genau. Was eigentlich weiß dieser Mann nicht?

»Du hast mir noch nie eine Veränderung zugetraut, was?« antwortet der Vater lächelnd. Er mustert seinen Sohn. Sie mustern sich beide. Keine Umarmung, kein Händeschütteln zwischen Otto und Raffael. Eine eigenartige Begrüßung.

»Kommen Sie, meine Liebe«, Otto Guttmann nimmt mich am Arm, »machen Sie es sich bequem.« Er führt mich zu einem der roten Sofas. »Was darf ich Ihnen anbieten? Es gibt israelisches Wasser. Das trinkt sicher mein Herr Sohn. Aber für uns beide«, und er zwinkert mir vergnügt zu, »hätte ich Internationales. Französischen Rotwein, hiesigen Weißwein oder irischen Whisky. Na, wie sieht es aus?« Ich entscheide mich für Weißwein, obwohl ich Rotwein lieber trinke, aber davon bekomme ich Mundgeruch.

»Sorgst du mal eben für uns, mein Sohn?« Er spricht mit Raffi in dem gleichen liebenswürdigen, unverfänglichen Ton, wie mein Vater damals mit uns Kindern gesprochen hat. *Gewogen und für zu leicht befunden,* war meine Definition dieser unauslöschlichen Erinnerung an meines Vaters Umgang mit uns gewesen. Raffael klappert mit den Gläsern im Nebenraum.

»Sie leben ja hier in einem Märchenschloß«, wende ich mich nun begeistert an Otto Guttmann. Er lächelt mich an und nickt. Ich studiere sein Gesicht, suche nach Zügen, die Raffaels ähneln. Außer den grünen Augen finde ich nichts. Otto Guttmanns Gesicht ist friedfertig, humorvoll, intellektuell und sehr entspannt.

»Sie haben sich doch nicht mit ihm eingelassen, oder?« fragt er mich besorgt. Ich stutze und blicke ihn erstaunt an. Um Himmels willen, was meint er damit? Eingelassen? Hält er seinen Sohn für ein Ungeheuer? Oder bringt Raffi seine Flirts jeweils mit zu seinem Vater in dieses orientalische Boudoir? Oder ist er ein Moralapostel, der die Rechte der Schwiegertochter schützen will? Ich will ihm antworten, aber bevor ich das erste Wort sagen kann, kehrt Raffael mit einem Tablett, auf dem drei Gläser und zwei Flaschen stehen, zurück ins Zimmer. Der Vater hatte recht gehabt, der Sohn verweigert den alkoholischen Genuß. Ich habe mich nicht eingelassen mit Ihrem verrückten Sohn, hätte ich gerne zu Herrn Guttmann gesagt, aber ich würde doch wissen wollen, was ihn zu einem derartigen Fremdkörper hat werden lassen. Können Sie mir das erklären, Herr Guttmann? Haben Sie etwas damit zu tun? Ich werde es nicht erfahren, denke ich, es sei denn, ich frage jetzt, in Raffaels Gegenwart.

Ich schaue Raffael an und dann den Vater. Wir prosten einander zu. »*Le chaim!* Auf das Leben.« Otto Guttmanns Welt gefällt mir. Ich möchte schon wieder die Zeit anhalten, nicht mehr aufstehen aus diesem roten Sofa, der Musik lauschen und die eigenwillig intensive Atmosphäre genießen. »Es ist wunderschön hier«, sage ich und lasse meine Blicke durch das orientalische Ambiente streifen. Da sehe ich, daß Skulpturen den Raum bevölkern. Ich hatte sie, nervös wie ich war, zuerst gar nicht wahrgenommen. Auf dem Fernseher sitzt ein Buddha mit nach vorne ausgestreckten Armen, eine zierliche Figur mit einem Krönchen auf dem Kopf. Sie scheint aus Holz zu sein, vielleicht war sie einmal mit goldener Farbe bemalt, denn vereinzelt glitzern goldene Reste auf der eleganten Skulptur. Hinter den Sofas sind kleine Konsolen in verschiedenen Höhen angebracht. Auf jeder steht ein asiatischer Kopf. Ich tippe wieder auf Buddha-Abbildungen. Es könnte Gandhara-Stil sein, denn die Köpfe haben alle diese ebenmäßigen Gesichter, fein gezeichnet in den Stein, die Ohren sind frei vom Kopf weg gearbeitet, und die Stirnen zieren geflochtene Kronen oder turbanartige Bedeckungen. Die Gewänder sind, wie in der hellenistischen Zeit, transparent und in lockeren Falten auf den Körper gearbeitet. Ich verstehe nicht genug von chinesischer Kunst, aber ich sehe, daß es sich hier um Kostbarkeiten handelt. Auf dem Tischchen vor uns steht ein schwerttragender königlicher Wächter mit grimmigen Augen aus Lapislazuli-Einlegearbeit. Als Fußstütze dient ihm ein sich windender Bronzedämon.

»Ich dachte mir, daß dir dieses schummrige Museum gefällt«, sagt Raffael grienend zu mir, als er mich völlig verwirrt umherblicken sieht.

»Das ist kein schummriges Museum, das sind unsagbare Schätze. Das ist buddhistische Sakralkunst vom Allerfeinsten«, belehre ich ihn, als ob er hier zum ersten Mal wäre. Er feixt nur. »Und eines Tages wird Familie Buddha dann bei mir landen. Auf den Tag freue ich mich schon!«

»Daß du dich nur nicht täuschst, mein Junge.« Herr Guttmann hat sich ein Zigarillo angezündet. »Das würde ich dir nie antun. Diese Dinge passen nicht in die Westbank«, sagt er freundlich. Gefällt es ihm nicht, daß sein Sohn ein Siedler ist? Er könnte ja ein paar von den Preziosen verkaufen, sage ich zu mir, und mit dem Erlös Raffi dazu einladen, ordnungsgemäß im Kernland zu wohnen. »Meine Sammlung geht ins Museum«, er wendet sich an mich, »wenn ich einmal nicht mehr dasein werde.« Dabei lacht er mich so fröhlich an, als sei mit dieser Wahrscheinlichkeit noch lange nicht zu rechnen.

»Ich verstehe wenig von chinesischer Kunst. Würde es Ihnen etwas ausmachen, mir Ihre Stücke zu erklären?«

»Aber bitte nicht heute abend«, ruft Raffael. »Der Weg von Gandhara über Tang zu Ming dauert Wochen.«

Wir ignorieren ihn. Otto Guttmann führt mich vor ein Podest, auf dem ein kleines Köpfchen aus sandfarbenem Stein steht. Er holt eine Lampe und richtet den Strahler genau auf das Gesicht der Skulptur. »Gucken Sie mal, Frau Elisabeth«, sagt er, »dieser kleine Bodhisattva-Kopf aus dem sechsten Jahrhundert ist eines meiner Prachtstücke. Spüren Sie diese Stille, die dem kleinen Köpfchen entspringt? Die ganze europäische Gotik ist hier schon vorweggenommen.« Er leuchtet mit dem Strahler über das Gesicht, und tatsächlich, die Art der Frisur, der nach innen gerichtete Gesichtsausdruck, dieses seltsam verschlossene Lächeln mit den niedergeschlagenen Augen, die Zartheit und Eleganz, läßt einen sofort an die hohe Gotik denken. »Sie sieht aus wie Uta am Dom von Naumburg. Nur ein bißchen asiatischer«, sage ich beeindruckt.

»Ja, genau!« freut er sich. »Sie haben es erfaßt. Sie scheinen ein gutes Auge zu haben.« Er führt mich durch sein Privatmuseum. In allen Räumen, auf allen Abstellmöglichkeiten, ob Schreibtisch, Bücherregal, Stereoanlage, überall stehen prächtige kleine Figuren und Köpfe aus den alten chinesischen Reichen.

»Haben Sie denn keine Angst, daß Ihnen diese wunderbaren Dinge gestohlen werden?« frage ich ihn. »Ach, was«, antwortet er. »Ich habe nicht einmal eine Alarmanlage. Nur eine Katze, die jault, wenn jemand kommt, den sie nicht kennt.« Demnach lebt er hier alleine. »Bei Ihnen hat sie übrigens keinen Mucks gemacht. Deshalb war ich auch erstaunt, als Sie plötzlich in meinem Wohnzimmer standen. Ich habe nur mit Raffael gerechnet.«

»Raffael«, wendet er sich an seinen Sohn. »Du weißt, daß Ida gestorben ist?«

»Nein, keine Ahnung«, antwortet der Sohn. Er hat die Beine über die Sofalehne gelegt und schaut uns zu. Ich sehe einen Ausdruck in Raffis Augen, den ich nicht kenne. Er lächelt versonnen, beinahe wie diese kleine chinesische Statuette. Freut er sich, daß sein Vater und ich uns verstehen?

»Muß ich zur *Schiwa* dorthin?« fragt er ohne Begeisterung. Ich war noch nie auf einer *Schiwa,* der jüdischen Trauerwoche. Das würde mich sehr interessieren.

»Du solltest«, nickt Otto Guttmann. »Du solltest.«

»Verzeihen Sie, meine Liebe«, wendet er sich jetzt wieder mir zu, »wir sehen uns so selten, Raffael und ich. Da muß ich ihm gelegentlich auch solche Mitteilungen machen. Selbst wenn es ihn nicht sonderlich interessiert.« Er spricht ein klares, lupenreines Hochdeutsch mit einem leichten Berliner Akzent, als hätte er nie woanders als im Grunewald gelebt. Kein Fehler, kein Zögern. »Ida ist übrigens eine entfernte Verwandte von Raffaels Mutter. Nichts Tragisches, daß sie tot ist. War alt genug«, sagt er trocken.

»Wie geht es deiner Gicht, Papa?« fragt Raffael, als hätte ihn der Tod von Ida an des Vaters Alter erinnert. »Ach«, antwortet Otto Guttmann, »manchmal kann ich nicht mehr aufrecht gehen. Aber heute ist es gut. Lassen wir also das Thema.« Er schenkt Wein nach und schaut dann seinen Sohn an. »Und du? Wie geht es dir und den Möpsen?« Wen meint er denn mit »Möpsen«? Ich habe nur einen alten Schäferhund im Garten liegen sehen. »Yuval hatte gerade Scharlach«, antwortet Raffael. »Aber sonst sind alle gesund.« Das gibt es nicht! Er meint seine Enkelkinder, wenn er »Möpse« sagt. Mag er Kinder nicht? Ob er bisweilen in die Westbank fährt, um die »Möpse« auf dem Schoß zu schaukeln?

»Sehen Sie Ihre Enkelkinder manchmal?« frage ich und ernte dafür einen schnellen, scharfen Blick von Raffael. »Ich betrete die besetzten Gebiete nicht, um einen Juden zu besuchen, der meint, er müsse dort wohnen. Die besetzten Gebiete gehören uns nicht.« Ich spüre, daß er weiterreden möchte, aber Raffael läßt es nicht zu. »Wir sollten jetzt langsam gehen, Elisabeth. Mein letzter Bus geht bald, und ich möchte dich vorher noch ins Hotel bringen.« Ganz offensichtlich will er eine Auseinandersetzung vermeiden. Wen will er schützen? Mich etwa? Ich hätte nichts gegen eine kontroverse Diskussion.

»Was macht Sie denn zur Reiseleiterin?« will Otto Guttmann plötzlich von mir wissen und betont das *Sie*. Raffaels Aufforderung zum Aufbruch ignoriert er schlicht, wechselt einfach nur das Thema. Er hat etwas gegen den Beruf des Reiseleiters, denke ich. »Ach, wissen Sie, ich wohne am Rande des Schwarzwaldes. Da kann es manchmal langweilig werden.« Ich versuche, nicht weiter auf seine Frage einzugehen, aber er läßt nicht locker. »Ja, und? Wo ist der Zusammenhang?« Er gibt sich nicht zufrieden mit meiner ausweichenden Antwort. Ich werfe einen hilfesuchenden Blick auf Raffael. Er lächelt mich an und zwinkert mit den Augen. »Gib dem Onkel brav Auskunft, sonst wird er böse!«

Ich will nicht über mich selbst reden und schon gleich gar

nicht über das, was mich mit Zuhause verbindet. Es ist so weit weg und spielt überhaupt keine Rolle für mich. Hier. Jetzt. Ich tausche nicht die Welten, um dann ständig doch über das zu reden, womit ich mich beschäftige, wenn ich in meinen vier Wänden sitze. »Ich bin Archäologin. Werdegang auch gefällig?« frage ich etwas spitz. Dr. Guttmann nickt. Raffael schaut mich sehr aufmerksam an. »Anfangs habe ich in Frankfurt studiert. Dann bekam ich ein Stipendium für ein Jahr Jerusalem. Diese Zeit habe ich hauptsächlich in der Keramikabteilung des Israel-Museums verbracht. Danach forderte mich mein Professor auf, sechs Monate mit ihm am Euphrat eine frühchristliche Kirche auszugraben. Die Ergebnisse sollte ich wissenschaftlich auswerten und zu meiner Magisterarbeit zusammenfassen, vermutlich hätten die Resultate auch noch eine Promotion hergegeben. Wir haben viel Neues damals ausgegraben. In der Zwischenzeit lernte ich aber meinen Mann kennen und habe geheiratet. Das Studium mußte warten. Ich habe es dann in Basel beendet, promoviert habe ich über frühchristlichen Kirchenbau in Nordsyrien. Seit fünf Jahren betreue ich die Sammlung Samuel Hüssy, eine bedeutende Kollektion früher Keramik und Schrifttafeln. Meine Arbeit besteht darin, Scherben zu ordnen, sie in ihren historischen Kontext zu bringen, sie zu katalogisieren und Aufsätze über die Resultate zu veröffentlichen«, berichte ich knapp. Mehr wird er aus mir nicht herausquetschen.

»Sie klingen plötzlich so streng, Frau Elisabeth.« Otto Guttmann amüsiert sich über mich. »Fehlt nur noch die Brille, dann sind Sie ein richtiger Blaustrumpf.«

Jetzt muß ich doch grinsen. »Ja, sehen Sie, und das ist auch genau der Grund, weshalb ich manchmal unbedingt aus meinem Studierzimmer herausmuß. Bevor ich vertrockne!« Ich lache ihn selbstsicher an, weil ich genau weiß, daß ich einer verdorrten Wissenschaftlerin nicht im entferntesten ähnle.

»Irgendwann bekam ich das Angebot, als Reiseleiterin zu arbeiten. Und zwar in den Ländern, mit denen ich durch antike Scherben so sehr verbunden bin. Das mache ich nun von Zeit zu Zeit. Zufrieden?« Der alte Herr nickt erfreut. »Ich habe intelligente Frauen immer geschätzt.« Er schaut dabei Raffael an, als wolle er damit sagen, ganz im Gegenteil zu dir, mein Junge.

»Und ich würde mich gerne einmal im Schwarzwald langweilen«, sagt Raffael. »Möglichst lange.«

»Am liebsten würde ich überhaupt nicht mehr von hier weggehen. Es ist so schön in Ihrem Schatzhaus«, sage ich zu Otto Guttmann, nachdem Raffael schon einige Male auf seine Uhr geschaut hat, und stehe auf. Otto Guttmann nimmt meine beiden Hände und schüttelt sie lange. »Dann besuchen Sie mich doch einfach bald wieder. Ich würde mich herzlich freuen.« Wir lachen uns an, und ich spüre, daß wir uns mögen. Er nimmt eine Visitenkarte von seinem Schreibtisch und drückt sie mir in die Hand. »Anruf genügt. Ich bin meist zu Hause. Wissen Sie, ich gehe nicht mehr gerne hinaus. Es hat sich alles zum Schlechten verändert hier in Jerusalem. Was soll ich mir das noch anschauen? Meine Welt hier gefällt mir besser.« Er schaut mich verschmitzt an. »Ich werde wiederkommen!« drohe ich ihm und stecke die Karte in meine Hosentasche. Er klopft seinem Sohn auf die Schulter, und schon stehen wir draußen in einer dunklen, engen Straße. Mir kommt es vor, als sei das alles nur ein Traum gewesen. Ich drehe mich um und sehe die erleuchteten Fenster mit den bunten Glasscheiben. »Das war wunderbar«, sage ich zu Raffael. »Ich danke dir, daß du mich mitgenommen hast.«

»Ich danke dir«, antwortet er. »Du hast mir diese ungeliebten Besuche bei meinem Vater für einmal versüßt. Er war so begeistert von dir, daß er mich in Ruhe ließ. Er hält nicht viel von mir.«

Ja, das habe ich gemerkt, denke ich und sage: »Das haben Eltern so an sich.« Die Auswirkungen ihrer Differenzen habe ich mitbekommen, aber die Gründe kenne ich nicht. Was Vater und Sohn wohl eigentlich trennen mag? »Was hältst du von ihm?« frage ich Raffael.

»Nun, ich denke, er hat in seinem Leben mehr richtig gemacht als ich.« Das klingt enttäuscht.

Wir biegen in die *King George Street* ein. Noch ein paar Minuten, und wir werden uns trennen, fährt es mir plötzlich durch den Kopf.

»Wieso heißt er Guttmann und du Kidon? Er ist doch dein richtiger Vater, oder?« Ich kann nicht länger warten, ich muß das jetzt wissen.

»Ja, klar, er ist mein richtiger Vater. Das mit dem Namen ist ganz einfach. Als ich zum Militär ging, war es angebracht, meinen Namen zu hebräisieren. Das ist nichts Besonderes, das machen viele hier. Und der Staat wünscht es auch. Militärs müssen oft ins Ausland. Denke nur an berühmte Israelis wie Amos Oz, Amos Elon oder Ephraim Kishon. Die hatten ursprünglich alle europäische Namen. So wie ich auch.«

»Bedeuten diese neuen Namen etwas?« frage ich.

»Ja. Weißt du nicht, daß *Oz* der Pfeil ist und *Elon* die Eiche«, antwortet er. Ich muß lachen. *Eiche, Pfeil,* das klingt ja unglaublich. Fehlt nur noch *Sturm* und *Lorbeer.*

»Das sind ja geradezu aggressiv-imperialistische Namen.« Immer wieder bringt mich dieses Volk zum Staunen. »Und was heißt dann *Kidon*?« frage ich ihn lachend. »Etwa *Blitz*?«

»Nein.« Er schaut mich von der Seite an und zögert einen Moment. »*Kidon* heißt Speer.«

»Ich bin beeindruckt, Herr Speer.«

Kaum kann ich glauben, was ich gerade gehört habe. Man nennt sich doch nicht freiwillig nach Kriegsgeräten. »Kanone hätte aber doch besser zu dir gepaßt.«

»Er schaut ein wenig betreten. »Ich hätte auch lieber einen anderen Namen gehabt. Einen kleinen Anklang an *Guttmann.* Irgend etwas Friedliches.«

»Ja, aber?« Ich bin gespannt, wie er zu dem Namen *Speer* kam. »Hast du für Hektor oder Achill geschwärmt?« Was für ein wunderbarer Gedanke, sich neu benennen zu können. Sich einen Namen zu wählen, der eigenes Programm ist, der für eine Überzeugung steht. Ich für meinen Teil habe die Namen Behrens und Tobler nie geliebt. Hätte ich, wie Raffael, eine Chance, mich neu zu taufen, ich würde mich *Sonnenhimmel* nennen oder *Morgenlicht* oder *Sternenzelt,* aber doch nicht *Speer*!

»Nein, meine erste Frau wollte es so.«

»Seit wann bist so nachgiebig Frauen gegenüber?« stichle ich.

»Damals war ich es noch. Dann wahrscheinlich nie wieder. Sie hat alles bestimmt. Und am Ende hat sie mir alles weggenommen.« Für einen Moment ist er völlig in Gedanken versunken. Dann schüttelt er kurz mit den Schultern, als müsse er sich von einer Last befreien.

Wir stehen vor dem Hotel. Voller Schrecken denke ich, daß er jetzt gleich gehen wird. »Ich muß laufen, Elisabeth«, sagt er, »sonst fährt der Bus ohne mich.« Wir schauen uns einen Moment in die Augen. Ich habe den ganzen Tag versucht, den Gedanken an diesen Moment zu verscheuchen. Ich habe mir eingeredet, daß es mir nichts ausmachen wird, wenn der Erzengel auf Heimaturlaub geht. Aber jetzt bekomme ich Panik, wenn ich mir vorstelle, daß ich ihn erst übermorgen wiedersehen soll. Ich möchte so gerne, daß er bleibt. Ich möchte bei ihm sein. Er soll wieder mit meinen Haaren spielen und über meinen Kopf streichen. Ich spüre, wie sich mein Mund bewegt. Das Blut schießt durch meinen Körper. Ich werde ihn bitten zu bleiben. Nur die Worte müssen noch heraus, müssen noch gesagt werden. Es ist doch ganz einfach, Elisabeth, sag einfach *bleib!* In meinem Bauch pocht es, mein Herz tanzt wie wild. Ich will nicht, daß er geht, ich will es nicht. Bleib doch, bleib, flehe ich stumm. Aber ich bringe kein Wort heraus.

»Schau mich nicht so an, Elisabeth«, sagt er zu mir. Seine Stimme ist weich, und seine Augen sind tief und goldfarben. »Du hast es so gewollt.« Er berührt ganz leicht meine Wange, sagt »*Schalom*« und schiebt mich in die Drehtüre des Hotels. Ich stehe im gleißenden Licht der Halle und drehe mich nach ihm um. Aber ich sehe ihn nicht mehr, er ist schon in die dunkle Nacht verschwunden. Ich weiß nicht wie, aber ich finde mein Zimmer. Ich werfe meinen Rucksack auf das riesige Bett und laufe auf den Balkon. Mir ist, als sei ich in ein schwarzes Loch gefallen. Mein Körper ist nicht mehr da, ich bin leer, das Leben ist aus mir entschwunden. Ich spüre, wie mir die Tränen über die Wangen laufen. Ich klammere mich an dem Balkongitter fest und rufe in die Nacht hinaus: »Raffi, Raffi, komm zurück. Du darfst nicht weggehen. Komm zurück.« Lange stehe ich da und starre auf die beleuchtete Stadt unter mir. Aber ich erkenne nichts. Alles, was ich sehe, sind seine goldgrünen Augen. Ich möchte, daß er mich mit diesen Augen anschaut und mit seinen schlanken, warmen Händen berührt. Ich schüttle mich mit aller Gewalt aus dieser Trance. Du darfst dich nicht so gehenlassen, rede ich auf mich ein. Das ist ein Gefühlstaumel, der wieder vorbeigeht, nur ein kleiner Rausch, nichts Ernstzunehmendes. Ein Stich ins Fleisch, nicht ins Herz.

Ich hole mir eine Cognacflasche aus der Bar und sehe im Vorbeigehen, daß das Buch für Raffis Vater aus meinem Rucksack gerollt ist. Ich habe vergessen, es ihm zu geben. Wie schade. Ich nehme einen großen Schluck aus der Flasche, zünde mir eine Zigarette an und versuche, einen klaren Gedanken zu fassen. Wenn er geblieben wäre, hätte er nicht nur mit dir plaudern wollen, er hätte dir die Kleider heruntergerissen, hätte dich aufs Bett geworfen und wäre in dich gedrungen mit seinem fremden Glied. Mir wird ganz heiß bei dem Gedanken. Wie er wohl aussieht ohne Kleider? Wie sich seine Haut anfühlt? Wie gerne würde ich das wissen. Ich werde nie erfahren, wie es ist, von einem anderen Mann liebkost zu werden. »Raffael, Raffael«, höre ich mich sagen. Ich kann keinen anderen Gedanken denken. Elisabeth, sage ich zu mir, du bist kein Flittchen. Es ist genau richtig, was du getan hast. Du hättest dir nie wieder in die Augen schauen können, wenn du jetzt mit ihm geschlafen hättest. Ich sitze auf dem Bett und führe Selbstgespräche, versuche mich zu beruhigen, meine gedankliche Klarheit zurückzugewinnen, auf die ich mir stets so viel eingebildet habe. Es nützt nicht viel, die große, schmerzliche Leere in meinem Körper bleibt. Und die könnte nur er ausfüllen. Raffael.

Ich werde duschen und dann schlafen, überlege ich. Am besten, ich nehme eine Schlaftablette. Ich rede laut vor mich hin. Auf dem Weg ins Bad sehe ich, daß zwei Anrufe auf dem Beantworter registriert sind. Vielleicht von Raffael? hoffe ich. Ich drücke auf den Knopf. Die Stimme, die ich höre, ist nicht Raffaels. Sie gehört Ari, einem meiner ältesten Freunde hier. Es konnte gar nicht Raffael sein, ich wußte es, aber dennoch sticht es mir ins Herz vor Enttäuschung. Ich kann mich kaum auf Aris Nachricht konzentrieren.

»*Schalom*, Elisabeth, hier ist Ari. Ich höre, du hast morgen frei. Warum kommst du nicht rüber zu uns und gehst mit mir fliegen? Ruf mich doch zurück.« Ich werde sicher nicht kommen, lieber Ari, denke ich. Trotz der schönen Erinnerungen an unsere gemeinsamen Flüge mit deinem winzigen, selbstgebastelten *Ultralight*-Flieger. Vielleicht hält Raffi es nicht aus in seinem Wohnzimmer und kommt zu mir. Dann muß ich dasein.

Der zweite Anruf ist von Jason, einem jungen Journalisten, der vor ein paar Jahren aus Südafrika hierherkam. Er hat immer noch einen starken englischen Akzent in seinem Hebräisch. »*Schalom*, Elisabeth. Ich möchte dich morgen zum Abendessen einladen. Rachel wird auch dasein und Stephan und noch ein paar andere. Bring eine Flasche Wein mit. Nicht vor sieben Uhr kommen. Du brauchst nicht zurückzurufen«, fügt er hinzu. »Ich erwarte dich auf jeden Fall.«

Nein, nein, denke ich, ich kann da nicht hingehen. Sie werden ständig von der Gewerkschaft reden und von den Linksliberalen, die sich viel zu ruhig und passiv verhalten und nichts gegen die aggressiven Rechten tun. Früher war ich stolz, wenn ich dorthin eingeladen wurde, stand schon eine halbe Stunde zu früh an der Haustür in der *Arlosorow*-Straße. Ich rauchte dann noch zwei Zigaretten im Schutz der großen Magnolie vor Jasons Haus, bevor ich mich zu klingeln traute. Wie lieb von ihm, mich dazuzubitten. Aber ich werde nicht kommen. Vielleicht bleibe ich den ganzen Tag im Bett, denke ich. Irgendwie muß dieser Tag morgen vorbeigehen.

Ich gehe ins Bad und stelle die Dusche an. Das heiße Wasser tut gut. Der Strahl ist dick und kräftig, ich lasse ihn über den Rücken laufen, über den Hals und die Brust bis zum Bauch. Ich spüre ihn zwischen meinen Schenkeln und keuche plötzlich vor Erregung. Meine Oberschenkel zittern, mein Becken bewegt sich wie von alleine hin und her. Ich höre mich laut »Raffi« schreien, mein ganzer Körper flattert. Ich halte mir den Strahl zwischen die Beine. In mir pumpt es, mein Kopf scheint zu bersten. Ich sehe nichts mehr, ich höre nichts mehr, ich spüre nur Wellen von unendlichem Glücksgefühl.

Vierter Tag

Das Geräusch eines Preßlufthammers weckt mich auf. Für einen Moment weiß ich nicht, wo ich mich befinde, ich bin benommen. Die Tabletten haben ihren Dienst getan, mein Schlaf war tief. Ich klettere aus dem Bett und muß aufpassen, daß ich nicht hinfalle, so schwindlig ist mir. Ich gehe zum Fenster, um es zu schließen, durch den Schlitz des Vorhangs flackert ein Stück pastellfarbigen Himmels. Langsam öffne ich die Vorhänge und sehe, wie über die mauerumwehrte Altstadt von Jerusalem mit der goldglitzernden Kuppel des Felsendoms ein Schwarm rosaroter Wolken über den blauen Himmel zieht. Es sieht aus, als tanzten Millionen von Flamingos ein Ballett zum Sonnenaufgang. Verschwommen und ineinanderfließend fliegen die Farben am Himmel vorbei mit einer ungeheuren Intensität. Ich denke an Claude Monet, er konnte Momente wie diese auf seinen Bildern einfangen, den Übergang von Phantasie, Erscheinung und Realität. Ich bin berührt von diesem Moment, spüre, wie mir die Tränen in die Augen steigen.

Und dann fällt mir ein, warum ich so benommen, so verletzlich schon am frühen Morgen bin. Raffael. Ich werde ihn heute nicht sehen, den ganzen Tag muß ich ohne ihn überstehen. Er ist nicht hier. Ich gehe zurück ins Bett und ziehe die Decke über den Kopf, aber an Schlaf ist nicht zu denken. Ich bin hellwach. Ob er wohl heute nacht mit seiner Frau geschlafen hat? Sicher hat er das. Ob er dabei an mich gedacht hat, meinen Namen in seinem Herzen rief, als er in sie eindrang? Ich empfinde keine Eifersucht, aber einen klopfenden Schmerz, der sich in meinem Körper ausbreitet. Das Sehnen nach diesem Mann, seinen Händen, seinen Augen macht mich trunken. Ich spüre seinen Blick, mit goldgrünen Augen sieht er mich an, bis in meine Fingerspitzen vibriert dieser Blick in mir weiter. Es ist, als läge mein armes Herz wie ein verlassenes Reh ungeschützt und frierend in kaltem Feld. Nach Hilfe suchend, aber ohne Hoffnung darauf. Mein Herz schlägt verzweifelt und unregelmäßig, aber das Zentrum des Schmerzes hat sich in meinem Bauch sein Nest gebaut. Es zerrt und schmerzt und ergießt von dort seine elektrischen Wellen über meinen ganzen Körper. Ich wälze mich im Bett herum. Raffael! Raffael! Komm doch zu mir, höre ich mich rufen. Ich spüre, wie Tränen über mein Gesicht laufen und große nasse Flecken auf das damastene Kopfkissen malen. Es wird vorbeigehen, rede ich beruhigend auf mich ein. Auch dieser Tag wird zu Ende gehen. Ich starre auf den Himmel, von der bizarren Jagd der farbdurchtränkten Wolkenfetzen ist nichts übriggeblieben, ein milchigtrüber Schleier hängt über der Stadt.

So hat es keinen Sinn, Elisabeth, sage ich zu mir, du mußt aufstehen und dich irgendwie ablenken. Am besten, ich gehe ins Museum. Das hat immer noch gewirkt. Vor den Fundstücken der alten Kulturen tritt alles Persönliche in den Hintergrund. Es muß funktionieren. Ich will, daß es funktioniert. Ich werfe die Bettdecke zurück und stehe in meinem luxuriösen Zimmer mit den hellgrün-weiß gestreiften Seidentapeten, deren Muster sich in der Bettwäsche und in den Überzügen der kleinen Polstergruppe wiederholt. Ich drehe das Hausradio an, und Mozarts Violinkonzert Nummer drei perlt aus den Lautsprechern. Die Wasserkaraffe auf dem Beistelltisch in feinster Damaszener Intarsienarbeit ist aus schwerem Kristall, das Telefon ist mit einer Hülle aus Samt und Brokat verkleidet. Alles ist absurd elegant. Ich würde gerne auf diesen Plunder verzichten, wenn ich nur noch einmal Raffaels Hand spüren dürfte, wie er mir sanft über die Haare streicht, am Strand von Caesarea in unserer kleinen Sanddüne. Das war erst gestern.

Und jetzt? denke ich. Mechanisch laufen die Handgriffe, tausendfach geübt, bis ich eingecremt, geschminkt, mit sauberer Bluse und frischen Socken zur Kontrolle vor dem Spiegel stehe und in meine eigenen, verzweifelten Augen blicke. Jetzt gehst du zum Frühstück hinunter. Nach einer Tasse Kaffee wird es dir schon bessergehen, versuche ich die traurige Figur im Spiegel aufzumuntern. Sie nickt.

Hoffentlich läuft mir keiner dieser Touristen über den Weg, denke ich, den ersten, der mich anredet, erschlage ich.

Ich gieße mir ein Glas Granatapfelsaft ein und betrachte das Buffet. Hufeisenförmig durchzieht es den Speisesaal, in barocker Kraft quellen aus den Porzellanschüsseln und Etageren die Früchte des Garten Edens. Erdbeeren auf Eiswürfeln, fleischige Mangos, mundgerecht vorgeschnitten, saftige Ananas mit Feigen verziert. Tische beladen mit Pasteten, Würstchen, Käse, Tomaten und dicken, glänzenden Oliven. Der Duft von frischen Croissants steigt mir in die Nase. Wie soll ich mich entscheiden? Croissant mit Schokoguß, Croissant mit Nußfüllung, Croissant mit schwarzem Sesam oder Füllung aus Feigenmarmelade? Ich lächle vor mich hin. Ist doch schöner, als in der Westbank Müsli zu kauen, denke ich bissig, wo der Geruch nach der Suppe vom Vortag noch in der engen Stube hängt. Ich stelle mir Raffi vor, wie er am Küchentisch sitzt, unrasiert, im Unterhemd, und sich übellaunig den dicken Bauch vollschlägt. Möchte ich ihm wirklich dabei Gesellschaft leisten, zuschauen, wie er die Milch über den Tisch kleckert, um sie danach stillschweigend für ihn wegzuwischen? Ich tupfe mir mit der blütenweißen Leinenserviette über den Mund und schaue auf das echte Silber und hauchfeine Porzellan um mich herum. Hier gehörst du her, Elisabeth, das ist deine Welt, sage ich innerlich zu mir. Wünsche dir nicht, den ranzigen Alltag des Erzengels zu teilen. Aber bei mir wäre der Erzengel nicht abgestanden und unzufrieden, denke ich sofort, er würde lachend am Tisch sitzen, mich vergnügt in die Wange kneifen und mich mit dem Glanz seiner goldgrünen Augen an die Wonnen der vergangenen Nacht erinnern. Ich stehe vor dem üppigen Füllhorn des Fünfsterne-Frühstücks und möchte heulen.

Da bohrt jemand seinen Finger in meinen Arm. Ich zucke herum und schaue in die bösen Augen von Doktor Nerwenka. »Ich halte es für eine Zumutung«, hämmert er auf mich ein, ohne Guten-Morgen-Gruß, »und pure Absicht.« Sein Dialekt hindert ihn, deutlich zwischen *p* und *b* und *t* und *d* zu unterscheiden. Am frühen Morgen erscheint mir dies noch unerträglicher als sonst. »Die wollen sich nur an den Touristen bereichern.« Es klingt wie *Durisdn*. Wo ist die nächste faule Tomate, um sie diesem ewigen Nörgler ins Gesicht zu schleudern, denke ich wütend und lächle ihn süßlich an dabei. »Guten Morgen, Herr Doktor, wünsche wohl geruht zu haben. Wenn Sie allerdings möchten, daß ich Ihnen zuhöre, bitte ich erstens um einen angemessenen Ton und zweitens um eine logische Aufgliederung Ihrer Erlebnisse«, fordere ich ihn auf. Mein Ton ist weit entfernt von jeglicher Angemessenheit, man könnte Malaria-Mücken damit aufspießen, so scharf und spitz ist er. Nerwenka scheint das nicht zu stören. »Der Zimmerschlüssel ist eine Kredit-Karte. Das ist ja schön und gut«, sächselt er weiter. »Aber der Behälter für diese Karte, mit der gleichzeitig auch der Strom übertragen wird, ist so dusselig angebracht, daß man die Karte beim Türeöffnen knicken könnte. Und dann muß der Tourist 'ne neue Karte kaufen. Und diese Karten sind teuer. Das ist Nepp, und ich lasse es mir nicht gefallen, daß das Hotel sich auf meine Kosten bereichert.«

»Eine Karte kostet drei Mark«, schnauze ich ihn an, obwohl ich keine Ahnung von der Preisliste verbogener Kreditkarten habe. »Sollte Ihnen Ihre kaputtgehen, wird es mir ein Vergnügen sein, Sie zu einer neuen einzuladen«, beende ich zähnefletschend. Er nickt erfreut. Das Problem ist für ihn gelöst.

Ich gehe zurück in mein Zimmer, der Telefonbeantworter hat keinen Anruf für mich gespeichert. Er macht sich nichts aus mir, fährt es mir durch den Kopf, sonst würde er sich melden. Vielleicht macht er sich sogar lustig über mich, erzählt seiner Frau von der seltsamen, frustrierten Deutschen, die ihn ständig aus den Augenwinkeln beobachtet, als sei sie hinter ihm her. Ich gebe dem Telefon einen Fußtritt, der Brokatdeckel fällt auf den Boden. Ich hebe ihn nicht auf, schnappe meine Sonnenbrille und meinen Rucksack und eile hinaus auf die Straße. Ich weiß nicht, wohin ich gehen soll. Ins Museum, befehle ich mir selbst. Aber ich habe keine Lust, vor toten Gegenständen zu stehen. Sie würden mir heute nichts sagen. Ich beschließe, auf den *Mahane Yehuda,* den großen jüdischen Markt, zu spazieren, da ist immer viel Betrieb. Das wird meine Sinne ablenken. Damit ich nicht durchs ultraorthodoxe *Mea Shearim* gehen muß, wo sicherlich meine Gäste herumwandern und strenggläubige Juden und ihre dreckigen Häuser inspizieren, nehme ich einen Umweg. Ich spaziere am *Kikar Zion* vorbei, hinauf zur äthiopischen Kirche. Um die Ecke wohnt Otto Guttmann. Ich würde so gerne zu ihm gehen, mich in eines seiner verschlissenen roten Sofas setzen, die Buddhas an den Wänden betrachten; die bunten Glasfenster würden das Licht im Zimmer tanzen lassen und einen sicheren Wall bilden zwischen mir und der Welt draußen. Ich getraue mich nicht zu klingeln. Wie sollte ich unbefangen einen unverfänglichen Besuch bei ihm machen können? Zwischen Otto Guttmann und mir steht Raffael Kidon.

Unter bunten Sonnensegeln haben die Händler des weitläufigen jüdischen Marktes ihre Waren ausgebreitet. Alles, was unter der nahöstlichen Sonne gedeiht, liegt auf den Tischen und wird lauthals angepriesen. Ein betörender Geruch von frischen Kräutern, Früchten und Gemüsen hängt in der Luft. Strenggläubige Juden in schwarzen Kaftanen und weniger strenge in Jeans, lässig dekolletierte Jerusalemer Hausfrauen und züchtige Schtetl-Mütter mit bedecktem Haupt werden von den Händlern mit günstigen Angeboten überschüttet. Ein ohrenbetäubender Lärm, eine farbenprächtige Menschenmischung umgibt mich, sehr jüdisch und zugleich sehr orientalisch. Viele von den Verkäufern sprechen Hebräisch mit einem leichten arabischen Touch. Es sind Palästinenser. Das Miteinander blüht auf dem Markt, hier geht es nicht um hohe Politik, hier geht es um frische und günstige Ware. Davon verstehen alle etwas. Über Lautsprecher werden ununterbrochen Durchsagen wiederholt. Ich denke zuerst, es seien besonders preisgünstige Angebote, die, wie in einem Supermarkt, den Kunden ständig eingehämmert werden. *Heute besonders zu empfehlen die roten Äpfel aus dem Kibbuz Ramat Gan. Nur vier Schekel das Kilo. Greifen Sie zu, bevor es ein anderer tut.* Oder so ähnlich. Dann höre ich genauer hin. Mit einem leichten Schauer erfahre ich eine ganz andere Botschaft. *Achten Sie auf herumstehende Tüten, Taschen oder Kartons. Melden Sie es sofort dem nächsten Polizisten. Achten Sie auf alles, was nach Sprengkörper aussieht. Behalten Sie Ihre Umgebung im Auge.* Die schöne, bunte Welt des Marktes im Herzen Jerusalems ist höchst gefährdet. In jeder achtlos hingeworfenen Papiertüte muß der Tod befürchtet werden. Ich kaufe mir eine gelbe Rübe. Langsam kauend stehe ich an eine Mauerecke gelehnt und sehe dem bunten Treiben zu. Aus hundertsiebenunddreißig verschiedenen Nationen stammen die Menschen Israels. Mir scheint, als spazierten sie alle gerade über diesen Markt. Dicke Russinnen stopfen ihre Plastiktüten voll, während sie ungeniert und laut in ihrer alten Muttersprache diskutieren. Neben ihnen steht eine Frau mit einem schicken Bubikopf-Schnitt. Sie spricht französisch mit dem kleinen Mädchen an ihrer Seite. Eine alte Dame mit hochgeschlossenem weißen Spitzenblüschen und einer Aquamarin-Brosche am Revers der blauen Strickjacke kauft bei dem Händler, dessen ausgelegte Ware ich gerade begutachte, ein Kilo Kartoffeln. Sie spricht mit einem derartig starken deutschen Akzent, als sei sie gestern erst hier angekommen. Nervös fingert sie in ihrem abgewetzten Portemonnaie herum, als der Verkäufer ihr den Preis für die Kartoffeln nennt. Ob sie ihn nicht verstanden hat? Kann sie immer noch kein Hebräisch, obwohl schon Jahrzehnte hier? Das wäre keine Seltenheit. Das Hebräisch des Händlers klingt melodiös und weich, hat nicht die übliche kantige Schroffheit, die oft so abweisend wirkt. Er hat glänzendes schwarzes Haar. Es wächst ihm auch in dicken Büscheln aus dem Hemd heraus, das er offen trägt. »Wo kommst du her?« frage ich ihn. »Mi timan«, lacht er mich an, »aus dem Jemen. Aber ich habe schon hier meine Bar Mizwa gefeiert.« Er pfeift vergnügt, während er der steifen Lady die Kartoffeln zeigt. »Du kennst den Jemen? Kennst du Habban?« Er freut sich, als ich nicke, und schon habe ich ein Glas Tee in der Hand. Er schließt verträumt die Augen, als er mir von Habban, der Stadt, in der er geboren ist, erzählt. In seiner Erinnerung ist es noch immer die stolze Stadt auf dem Hügel, die Wehrturmhäuser aus Stampflehm gehegt und gepflegt, die Mesusa an jeder Tür, die Synagoge in Betrieb und die Männer emsig an ihren Silberschmuckstücken arbeitend.

Ich sage ihm nicht, daß heute in Habban alle Spuren der einstigen Bewohner getilgt, die *Mesusen* von den Torpfosten gerissen, die Silberschmieden geschlossen, die Straßen voll westlichen Unrats und viele Häuser heruntergekommen und verwahrlost sind. Er schenkt mir eine Kartoffel und eine Aubergine zum Abschied, und ich wandere weiter durch das babylonische Völkergemisch.

»He, Elisabeth! Elisabeth!« Ich drehe mich um, um zu schauen, wer da so hocherfreut nach mir ruft, und lande in den Armen von Ibrahim. »Komm«, sagt mein alter Freund, »ich lade dich zum Frühstück ein.« Er schubst mich in einen winzigen Raum mit zwei Tischchen und ein paar Stühlen. Sie sind besetzt, der ganze Laden ist vollgestopft von Menschen, die *Falafel* kauen und mit *Pitta*-Brot *Humus* aus kleinen Schalen löffeln. »Das ist mein Geschäft«, sagt Ibrahim voller Stolz und komplimentiert zwei Männer aus ihren Stühlen, damit wir beide uns setzen können.

»Bist du nicht mehr am Damaskus-Tor?« frage ich ihn.

»Ach, Damaskus-Tor«, antwortet er abfällig. »Nur Probleme da, viel Polizei, endloser Verkehr und die Leute.« Er deutet mit dem Daumen nach unten. »Ich bin jetzt hier. Das ist prima. Nicht gefährlich, viele hungrige Menschen. Und mittags ist Schluß.« Wir schauen uns in die Augen und fangen an zu lachen. »Fügst du wirklich noch diese blöden Scherben zusammen?« fragt er mich. Ich grinse bejahend.

»Und du, Ibrahim, drehst jeden Tag Hunderte von *Falafel*-Knödeln?«

»O nein, *chabibti,* das macht meine Frau. Sie steht um drei Uhr morgens auf, damit meine Ware pünktlich fertig ist, wenn der Markt beginnt.« Er lacht aus vollem Hals.

»Geht's dir gut, Ibrahim?« Eigentlich bräuchte ich nicht zu fragen. Er ist kugelrund geworden, seine Augen glänzen, und sein Lachen ist nach wie vor ansteckend. Für Ibrahim war das

Leben immer ein einziger Spaß. »Geht dir die Archäologie nicht ab? Ich meine, wenigstens manchmal. Sag ehrlich«, bohre ich.

»Abgehen? Du bist verrückt, Elisabeth! Nicht um alles in der Welt würde ich in die Lehmgruben zurückgehen und im Boden graben. Das ist nutzlos. Damit kann ich kein Paar Schuhe kaufen. Das hier macht alle satt.« Er zeigt auf seine Verkaufsbude. Er hat ja recht. Aber dennoch. Er war einer der Besten im Seminar gewesen, der einzige Araber, der zugelassen war in der Fakultät, beäugt und kontrolliert von allen Seiten. Aber Ibrahim war so brillant in unserem Fach, daß ihm keine Gefahr drohte. Eines Tages stürmte er dann zur Seminartür herein, schob mit einer Handbewegung meine mühsam zusammengelegten Keramikfragmente an den Rand des Tisches, damit er sich auf ihn setzen konnte. »Ich hänge das Studium an den Nagel«, verkündete er. »Ich habe gerade ein Lokal eröffnet. Ich werde die besten *Falafel* und den leckersten *Humus* in der ganzen Stadt servieren.« Er schnalzte mit dem Finger. »Ich werde viel, viel Geld verdienen, Elisabeth, während du irgendwann einmal aussehen wirst wie deine Keramik. Armselig und tot.« Er deutete auf meinen Schreibtisch mit den winzigen Scherben.

Alles Reden nützte nichts, er blieb dabei. Ibrahim stieg kurz vor Abschluß seiner Doktorarbeit aus. *Die Quellenlage zur Religion der Phönizier, unter besonderer Berücksichtigung der Götterdienste der heidnischen Israeliten, der Karthager, Syrer, Babylonier und Ägypter* blieb unvollendet in einer Schublade in Ibrahims Hinterhofwohnung an der Rückseite des noblen *American-Colony*-Hotels liegen.

Von da an saßen wir Standhaften jeden Morgen in seinem »Lokal« am Damaskustor und schlugen uns die Bäuche mit seinem köstlichen *Humus* voll. Umsonst natürlich. Ibrahim hätte es nie geduldet, von seinen armen Archäologen-Freunden Geld zu nehmen. Wir gehörten zur Familie. Als meine Zeit in Jerusalem vorüber war und ich meine Koffer packte, brachte mir Ibrahim eine Goldmünze zum Abschied. Ein Duplikat der berühmten *Judaea-capta*-Münze, auf der ein römischer Feldherr über das bezwungene Judäa triumphiert. Judäa, eine trauernde Frau, sitzt mit gesenktem Blick unter einer Palme. »Es ist gut, daß du gehst«, sagte Ibrahim damals zu mir. »Israel wird nicht überleben.« Jahrelang trug ich die Münze an einer goldenen Kette um den Hals. Bis ich heiratete. Dann nahm ich sie ab.

»Ich besuche dich bald wieder, Ibrahim.« Wie liegen uns in den Armen. »*Inschallah*«, antwortet er. »Ich wünsche dir eine sichere Reise, Miss Germany.«

Es zieht mich immer noch nicht ins Museum. Ich verstehe das nicht. Immer bin ich ins Israel-Museum gelaufen, bei jeder Gelegenheit, bei jeder Reise, auch wenn ich nur wenige Minuten Zeit hatte. Ich lief schnurstracks in den Saal mit den zierlichen, kupferzeitlichen Zeptern und Kronen, deren kleine Spitzen aus gehärtetem Kupfer mit Vögeln, Steinböcken, Phantasieköpfen und Tierhörnern verziert sind. Winzige Relikte aus den Anfängen der großen semitischen Kulturen im alten Palästina. Man hatte sie, fein säuberlich in eine Strohmatte gewickelt, vergraben in einer Höhle der judäischen Wüste gefunden. An ihnen hat sich meine Fantasie stets entzündet. Ich bin in den kupferzeitlichen Priesterzügen mitgezogen, habe die mit Schlangen und Vögeln verzierten Terrakotta-Kultständer getragen, die für die Fruchtbarkeitsrituale gebraucht wurden. Ich war die Priesterin, die diese Gefäße mit den Samenkörnern füllte, damit sie nach den Trankopfern zu keimen begännen. Ich war Zalpuana, die Hüterin der Samenkörner.

Heute hat es keinen Sinn, dorthin zu gehen, um den alten Zauber zu suchen. Ich würde nur goldgrüne Augen sehen, die mich aus den Vitrinen anschauen und sagen: »Du hast es so gewollt, Elisabeth.«

Ich stehe unentschlossen am Straßenrand. Es ist nicht mal Mittag. Ich muß noch viele Stunden totschlagen. Ich wandere ziellos herum, gehe in Buchgeschäfte, ertappe mich in Annalen über den *Yom-Kippur*-Krieg blätternd. Ich kaufe Avigdor Kahalanys Militärgeschichte *Oz 77* zu den Gefechten auf dem Golan und weiß jetzt schon, daß ich dieses Buch nie lesen werde.

Ich schlendere weiter und finde mich am *Jaffa*-Tor wieder. Jetzt weiß ich endlich, wo es mich hinzieht. Ich gehe an den arabischen Männern vorbei, die ihre Dienste als Stadtführer anbieten. Sie sprechen mich auf deutsch an. »*La schukran*«, lehne ich verärgert ab. »*Ana mabiti.*« Ich trage keine Shorts, keinen Fotoapparat, bin dunkelhaarig und habe eine mediterrane Figur. Wieso erkennt jeder die Deutsche in mir?

Ich steuere Richtung *Erlöserkirche,* dem protestantischen Pendant zur *Grabeskathedrale.* Das Schönste an dieser Spende des letzten deutschen Kaisers ist der Blick vom Kirchturm aus. Dort hinauf werde ich jetzt steigen und meinem verwirrten Sinn die Ruhe des einzigartigen Rundblicks auf die gesamte Stadt gönnen. »Ah, *madira*«, begrüßt mich der zahnlose Wächter, »wo ist deine Gruppe, Chefin?« Er läßt mich auch ohne Touristengefolge gratis hinaufklettern, zigmal im Kreis herum, und dann stehe ich oben. Hinter Gittern mit eingeschränktem Blickfeld zwar, ähnlich wie eine Haremsdame, sehe ich weit, weit unter mir die alte Stadt. Wie ein Zaubergarten liegt sie mir zu Füßen. Ich drehe und wende mich, überall glitzert mir das goldene Jerusalem, die Stadt der israelitischen Könige, entgegen. Vom *König-David*-Hotel über das *Rockefeller-Museum*, vom Ölberg hinüber zur judäischen Wüste mit den Bergen Moabs, die bereits zu Jordanien gehören. *Ich liebe dieses Land,* höre ich Raffael sagen und verstehe ein wenig den Ausschließlichkeitsanspruch seiner Liebe. Der schönste aller Blicke vom vergitterten Campanile der kaiserlichen Kirche ist aber der auf den arkadenumsäumten Tempelberg mit der im Mittagslicht schimmernden goldenen Kuppel des Felsendomes. Ein paar Muslime waschen sich Füße und Hände in der Brunnenanlage zwischen der *Al-Aqsa*-Moschee und der Treppenanlage zum ommayadischen Prachtbau mit der Goldkuppel. Sie bereiten sich zum Gebet, es ist Mittag. Diesen Blick allerdings würde Raffael aus seiner Liebeserklärung ausklammern, da bin ich sicher. *Wenn Israel endlich wieder eine Likud-Regierung haben wird, wird sie unsere Rechte auf den Tempelberg wahrnehmen,* hatte er mir gestern ins Ohr geflüstert, als ich übers Mikrofon in hohen Tönen vom Wahrzeichen Jerusalems, dem muslimischen Felsendom, geschwärmt hatte. Er hatte es zwar lachend gesagt, aber sein Zorn, daß auf dem einstmals von Salomon aufgeschütteten Hügel mit dem ersten Tempel der Juden nunmehr die Muslime thronen und den Juden nur die Klagemauer, das läppische Westmauer-Fragment, zum Beten bleibt, war nicht zu überhören.

Ich zucke zusammen. Eine Touristengruppe poltert die Wendeltreppe herauf. Sie werden meine Einsamkeit zerstören. Es wird Zeit, daß ich gehe.

Vielleicht hat er ja inzwischen angerufen, ich bin schon seit vier Stunden nicht im Hotel gewesen. Ich gehe rasch durch den *Independence Garden* zum Hotel, fahre in den zweiundzwanzigsten Stock hinauf. Mein Herz klopft, als sei ich zu Fuß heraufgelaufen. Ich bin ganz sicher, daß er sich gemeldet hat, daß er ständig in Gedanken bei mir ist. Ein klein wenig zittere ich, als ich versuche, die Zimmertür zu öffnen. Gleich werde ich seine Stimme hören. Schnell laufe ich zum Telefon. Das rote Lämpchen blinkt nicht, keine Nachricht.

Zentnerschwer legt sich die Enttäuschung über mein Herz.

Es ist, als schrumpfte ich zusammen und jeder Zentimeter meiner Haut legte sich in Falten. Ich habe das Gefühl, als löse mein Äußeres sich auf, ich kann nichts mehr steuern, alles ist nur noch Hülle. Meine Zähne haben keinen Halt mehr, meine Haare lösen sich vom Kopf. Ich knicke zusammen, taste mich zum Bett und rolle mich zusammen. Ich bin nur noch ein winziges Päckchen Mensch, das kaum atmet, dessen einziger lebender Punkt der brennende Schmerz in seinem Inneren ist. Bitte laß mich einfach, entschwinden, dieser Verletzung entkommen, nichts mehr wahrnehmen von dieser Welt, höre ich mich beten.

Habe ich mich so getäuscht, murmle ich vor mich hin. Ist es denn möglich, daß ich mir nur eingebildet habe, daß ich ihm gefalle? Ich sehe doch sonst so scharf. Habe ich all die Blicke, die Berührungen, die Sehnsucht in seinen Augen falsch interpretiert? Hat er vielleicht sogar absichtlich mit mir gespielt, um mich bei Laune zu halten? Und ich vollkommene Idiotin bin auf seine schwülstigen Glotzaugen hereingefallen. Als wievielte wohl muß ich mich in die Reihe der ältlichen Eroberungen des dicken, Schlager singenden Erzengels stellen? Er sitzt jetzt gemütlich in seinem Westbank-Wohnzimmer, ißt den apple-pie seiner englischen Frau und genießt seinen freien Tag.

Ich schäme mich maßlos. Zu der Scham mischt sich eine Wut, die mich kurzatmig macht, die die Trauer aus meinem Herzen fegt. Ich werde keinen weiteren Gedanken an diesen Faschisten, an diesen fetten Möchtegern-Schürzenjäger, an diesen armseligen Psychokrüppel mehr verschwenden. Jetzt ist Schluß, sage ich streng zu mir. Du nimmst dich augenblicklich zusammen und bedienst dich ab sofort wieder deines Hirns. Du tust nur noch das, was dir paßt. Ausschließlich. Raffael Kidon ist dein einheimischer Bimbo. Sonst nichts. Er soll die Reise erleichtern, privat hast du nichts mit ihm zu schaffen. Ich nicke meinen eigenen Befehlen zustimmend zu.

Ich genehmige mir einen großen Schluck aus meiner Whiskey-Flasche, und dann nehme ich all meinen Mut zusammen und wähle die Nummer von Otto Guttmann. Es ist halb drei Uhr. Vermutlich störe ich ihn beim Mittagsschläfchen. Doch wenn ich jetzt nicht anrufe, werde ich mich nie wieder trauen. Und stören kann ich ihn zu jeder Zeit. Vielleicht ist er ja gar nicht da, oder er hat etwas vor. Oder keine Lust, mich wiederzusehen.

Ich habe Schweißfinger, ich sehe die Spuren auf dem Telefonhörer. Wieso habe ich das Gefühl, aufdringlich zu sein? Am liebsten würde ich wieder aufhängen. Aber da meldet er sich schon. »Ja«, höre ich seine Stimme. Sie klingt nicht so freundlich und heiter wie gestern. Fast ein wenig barsch. Ich atme tief durch. »*Schalom*, Herr Guttmann«, sage ich etwas übertrieben vergnügt, »hier ist Elisabeth Tobler.« Er reagiert nicht. Er weiß nicht mehr, wer ich bin. Mir sackt das Herz in die Hose. »Ich war gestern mit Ihrem Sohn bei Ihnen«, versuche ich es stockend.

»Aber ja, natürlich!« ruft er da plötzlich begeistert. »Verzeihen Sie bitte, wie konnte ich nur. Sie haben mich ja völlig verzaubert gestern abend.« Ich atme auf. Er kennt mich also doch noch. »Wissen Sie, ich kann mir keine Namen mehr merken. Das ist schlimm. Ich hoffe, ich habe Sie nicht verärgert.« Jetzt ist er wieder der alte Charmeur. »Wie geht es Ihnen?« fragt er mich. »Und was verschafft mir die Ehre Ihres Anrufes?«

»Ich habe große Lust, Sie zu besuchen«, sage ich geradeheraus. »Es war so schön bei Ihnen.«

»Ja, haben Sie denn Zeit?« fragt er verblüfft. »Müssen Sie nicht mit meinem charmanten Sohn das ruhmreiche Israel abklappern?«

»Wir haben heute unseren freien Tag. Er ist bei seiner Familie, und ich bin im Hotel.« Nicht einmal seinen Namen werde ich mehr aussprechen.

Otto Guttmann erkundigt sich nach meinem Hotel. »Ja, das ist gar nicht weit von mir«, sagt er erfreut. »Am besten, Sie schnappen sich ein Taxi und kommen gleich her.« Er wiederholt seine Adresse. Ich weiß sie längst auswendig.

Ich werde wieder vor der kleinen, grünen Tür stehen, werde eintreten dürfen in Guttmanns warme Behausung. Ich bin so glücklich, daß der alte Herr mich kommen läßt. Wie in einen sicheren Hafen zieht es mich in sein Reich, ich habe wieder Boden unter den Füßen. Ich spüre, wie sich mein Gesicht entspannt, wie sich ein Lächeln den Weg bahnt. »Was kann ich denn mitbringen?« will ich wissen.

»Aber nein doch, gar nichts. Kommen Sie einfach. Ich setze inzwischen den Kaffee auf. Keinen Nescafé, meine Liebe, wie in der Westbank. Bei mir gibt es guten Filterkaffee, so wie es sich gehört«, sagt er verschmitzt.

Ich öffne die Balkontüre und lasse die herrlich warme Herbstluft in meine Zimmerflucht. Zum Duschen habe ich keine Zeit mehr, aber ich rubble mir das Gesicht, male sorgfältig meine Lippen an und lege ein wenig Rouge auf. Ich gehe zu Otto Guttmann, singe ich vor mich hin. Ich gehe ins schönste Haus von Jerusalem. Meine Augen sind noch ein wenig trüb. Sie bekommen eine silbrigblaue Umrandung. Du bist schon so albern wie Sieglinde Kampfhan, denke ich.

Der Taxifahrer hat rote Haare und ein aufgeschwemmtes Gesicht. Neben dem Rückspiegel hängt eine israelische Flagge, auf dem Handschuhfach klebt ein Slogan der Partei, die alle Araber aus Israel deportieren möchte, ein araberfreies Land der Juden als Parteiprogramm. Ich spreche ihn auf die Autonomie der Palästinenser an. »Ausverkauf!« ruft er wütend. »Dieser meschiggene Rabin schüttelt die Hände der

Mörder unserer Soldaten. Er verkauft unser Land.« Er betont das *unser.* »Unser Heiliges Land sollen diese Esel ohne Schwänze umsonst bekommen.« Er ist in Rage. Ich bin überrascht. Ich dachte, das gesamte Volk Israels stünde hinter dem Friedensbemühen Yitzhak Rabins. »Ja, aber ...«, ich wage einen Einwurf, aber er schneidet mir das Wort ab. »*Israel katan, aval chasak*«, ruft er und ballt die Faust. »Israel ist klein, aber stark. Wir werden uns zu wehren wissen.« Ich steige etwas früher aus, dieser Mann macht mir angst. Hoffentlich ist das nur ein verrückter Einzelkämpfer, denke ich.

Ich gehe das letzte Stück zu Otto Guttmanns Schatzhaus zu Fuß. Ich atme die Luft des Äthiopierviertels ein, als sei sie *manna*getränkt. Ich folge dem Schwung der *Ethiopia Street* und sehe hinter hohen Mauern orientalische Herrschaftshäuser genau wie das von Otto Guttmann. Bunte Glasscheiben, grüne Fensterläden, schmiedeeiserne Balkone, die Wände der massiven Häuser aus unverputztem Haustein, weiß verfugt. Solche Häuser sind mir nur im Jemen begegnet, in einer Stadt im Süden. *Taizz.* Häuser aus dem letzten Jahrhundert, erbaut von äthiopischen Kaufleuten, die in der Fremde zu viel Geld gekommen sind. Merkwürdig, denke ich, ob das hier denselben Hintergrund hat? Ich muß Otto Guttmann fragen.

Es ist ganz ruhig hier oben, obwohl der lebhafte *Kikar Zion* keine zwei Minuten weit weg ist. Eine Welt für sich. Ich biege links ab, und schon von weitem kann ich Otto Guttmann sehen, er steht auf seinem Balkon und hält nach mir Ausschau. Sein roter Pullover leuchtet in dem Grün der Bäume um ihn herum. Als er mich sieht, winkt er erfreut. »Wie wunderbar, Sie so schnell wiederzusehen. Und noch dazu allein!« ruft er mir zu.

Als ich vor der grünen Türe stehe, summt es, und sie geht wie von alleine auf. Das Licht im Treppenhaus wird eingeschaltet, von oben klingt Musik. Wieder Bach. Aber diesmal erkenne ich die Melodie, es ist das *Adagio* aus dem Klavierkonzert in D-Moll. Mir wird warm und wohlig zumute. Die Anmut dieses Zauberhauses nimmt meine Sinne sofort in Besitz, und – ich fühle mich willkommen bei dem alten Herrn, ein Gefühl, das der Sohn mir nicht geschenkt hat.

»Bei Tag sind Sie ja noch hübscher«, sagt der liebenswerte Mann und hakt sich bei mir ein. »Sie erinnern mich an die junge Ava Gardner. Dieselben schrägen, geheimnisvollen Augen.«

»Na ja«, wehre ich verlegen ab, »doch wohl nicht ganz.« Aber mein Herz labt sich an seinem Kompliment. Mir schien Ava Gardner mit ihren verführerischen Augen immer als die schönste aller Hollywood-Göttinnen. Ein Blick von ihr, und die Männer gingen in die Knie, egal ob John Wayne oder Clark Gable, eine Frau, die die hartgesottensten Muskelpakete schachmatt setzte. Ich krame das Buch aus meinem Rucksack, das ich ihm gestern in meiner Aufregung zu geben vergaß. »Ein Geschenk!« strahlt er und legt das Buch auf seinen Schreibtisch, ohne es anzusehen. »Ich werde es sofort lesen, wenn Sie mich wieder verlassen haben werden. Aber jetzt kommen Sie erst einmal und machen es sich bequem.«

Er führt mich zu den roten Sofas. Ich sinke hinein in die samtene Pracht. Die Buddhas und Bodhisattvas nicken mir von ihren Konsolen aus huldvoll zu, ich grüße zurück. Ihre goldenen Blumen im Haar leuchten. Mit beinahe kindlicher Neugier beobachten sie Otto Guttmanns Besucherin.

Er hat einen richtigen Kaffeetisch gedeckt, die zierlichen Tassen haben einen Goldrand, das Milchkännchen und die Zuckerdose stehen auf einem silbernen Tablett mit Spitzendeckchen. »Als ob ich es geahnt hätte«, sagt er und deutet auf den Kuchen. »Ich war nämlich heute früh in Tel Aviv.« Er zückt das Kuchenmesser. »Wissen Sie, manchmal habe ich genug von Jerusalem mit seinen frommen Juden und den frechen Arabern. Dann rufe ich Rose, eine meiner letzten Freundinnen aus den ersten Tagen hier im Land, an, verabrede mich mit ihr, und rasch wie der Wind fahre ich nach Tel Aviv. Dann setzen wir uns ins Café *Kapulski* an der Strandpromenade und atmen ein wenig europäische Luft.«

Ich kenne *Kapulski's*. Der warme Apfelstrudel und der echt österreichische *Einspänner* sind im ganzen Land berühmt, nicht nur bei den Nostalgikern. »Und weil er so gut und frisch roch, habe ich heute einen Nußzopf mitgenommen.« Er schneidet mir ein Stück Zopf ab und gießt Kaffee in meine Tasse.

»Es ist so schön bei Ihnen«, sage ich, »ich bin richtig überwältigt. Wie sind Sie zu diesem Prachthaus gekommen?«

»Das ist schon eine ganze Weile her, so an die dreißig Jahre. Ich ging im Nachbarhaus ein und aus, es waren Patienten von mir, äthiopische Christen. Oft tranken wir nach dem Krankenbesuch einen Mokka auf dem Balkon zusammen.« Otto Guttmann blinzelt mich an. »Der Mann war schwer magenkrank. Eigentlich hätte ich ihm das schwarze Gesöff verbieten sollen. Aber soll man einem Todkranken die letzten Freuden verwehren? Vom Balkon aus hatte man einen wunderbaren Blick in den verwunschenen, verwinkelten Garten dieses Hauses. Ich verliebte mich darin und wollte es besitzen. Als der alte Armenier, der es bewohnte, endlich starb, kaufte ich es seinen Erben ab. Sie hatten kein Interesse an dem heruntergekommenen Schuppen. Ganze neunundzwanzigtausend Dollar habe ich dafür bezahlt.« Er schmunzelt bei dieser Erinnerung. »Als wir hier einzogen, waren wir eine richtige Familie. Hannah und ich waren ein Paar, Miki war am Leben, und Raffi war noch normal.« Er benützt den Kosenamen. Waren sie einander früher näher gewesen? Ob der Vater den kleinen Sohn auf den Schoß nahm, ihn umarmte und ihm die Dinge des Lebens erklärte, als der Sohn noch normal war? Was für ein Ausdruck. Ich würde zu gerne wissen, was sie sich angetan haben, daß sie so frostig und distanziert miteinander umgehen. Aber die Geschichte des Vaters interessiert mich im Augenblick mehr. »Wo haben Sie vorher gewohnt? Wie lange sind Sie überhaupt schon hier im Land?«

»*Otto, tu's nicht,* haben sie alle immer zu mir gesagt, als ich mich zum Auswandern nach Palästina entschloß. Das war dreiunddreißig, und ich war achtzehn, hatte gerade das Abitur in der Tasche. *Geh nicht, Otto.* Ich bin aber trotzdem gegangen, habe auf ihre Verniedlichungen zur politischen Situation in Deutschland nicht gehört. Und siehe da, ich lebe noch. Sie nicht.« Er spricht ein wenig leiser jetzt, aber immer noch mit dem unerschütterlichen Humor in der Stimme und dem lebensfrohen Zwinkern in den Augen. Kein Sarkasmus, kein Haß. Wie schafft er das? »Lustig war das schon, damals. Nischt wie Rosinen im Kopf hatte ich, keine Ahnung davon, was mich hier unten erwartete.« Er lächelt vor sich hin. »Das Grüppchen Auswanderwillige, wir waren so etwa fünfzig Leute, wurde zuerst einmal nach Stettin zitiert. Es gab dort so etwas wie ein Vorbereitungslager auf Palästina.« Er schaut auf seine gepflegten Hände. »Die meisten von uns waren Bürschchen wie ich. Verwöhnt und unsportlich, ans körperliche Arbeiten nicht gewöhnt. Das mußten wir erst lernen. Wir trugen fesche Blazer und Schiebermützen, feine Socken und Golfschuhe. Nur ein paar Landpomeranzen waren dabei, die anderen alle *schnieke* Fünf-Uhr-Tänzer.« Ich kann ihn mir gut vorstellen, wie er sich seinerzeit in Berlin die Fliege zurechtgerückt hatte und auf Mädchenfang ins Hotel *Adlon* gegangen war.

»Wir wurden in Drillichanzüge gesteckt und schufteten als Anstreicher, Gärtner, Straßenpflasterer, mußten Böden schrubben und Pißpötte ausleeren. Trockenübungen bei aufgedrehten Heizkörpern als Simulation der Hitze in Palästina. Ich stellte mich mordsdusselig an, konnte nich' 'ne Tomate von 'ner Orange unterscheiden.« Er berlinert jetzt wieder. »*Aus dir wird nie ein Kibbuznik, Otto*, sagten sie zu mir. Und recht sollten sie behalten. Als ich nach zweijähriger Wartezeit dann endlich mein Einwanderungszertifikat für Palästina bekam als sogenannter ›Quoten-Jude‹, wie sie uns nannten, reiste ich mit dem ollen Kutter *Patria* ins ›Gelobte Land‹, und als ich einem Kibbuz voller Deutscher, nahe bei Rehovot, zugewiesen wurde, hatte keiner Freude an meiner ›Außenarbeit‹. *Der hat ein großes Hirn, aber zwei linke Hände*, hieß es. Zu fressen gab es auch nischt. Wassersuppe, Wassersuppe, Wassersuppe. Manchmal schwamm eine Mohrrübe in der trüben Brühe.« Er schaut mich an und lacht. »Mädels gab es auch keine, jedenfalls keine hübschen. Muskulöse Trampel waren das, insgesamt drei. Es gab noch zwölf Ehepaare, und der Rest waren hungrige Männer in meinem Alter, ausgehungert in jeder Beziehung. An die dreißig Burschen. Ich hatte ganz schön die Nase voll, das kann ich Ihnen sagen. Immer nur Felddienst und Hunger, Hitze und Entbehrung. So hatte ich mir das eigentlich nicht vorgestellt. Mir war es schon recht, das Land aufzubauen und umzupflügen, zu graben und heldenhafte Lieder zu singen, aber zwischendrin wäre ich doch gerne in meinem roten Hemd und meinem roten Pulli in anständigen Schuhen auf den großen Boulevards flaniert.«

Nicht ein einziges Mal hat er bisher seinen Glauben erwähnt. Er spricht nur von Mädchen, vom Essen, vom unerträglichen Klima. »Sind Sie denn nicht fromm?«

Er lacht laut heraus. »Fromm? Das meinen Sie doch wohl nicht ernst, mein gutes Kind. Wer soll nach der Schoah noch an Gott glauben? Aber auch damals hatte ich meinen religiösen Wahn schon hinter mir. Er hatte nicht lange gedauert. Vier Wochen vielleicht, und das, als ich vierzehn war, so um die Zeit meiner *Bar Mizwa*. Stellen Sie sich vor, diese jüdischen Pfaffen wollten mir, einem Kind des zwanzigsten Jahrhunderts in Berlin, die sechshundertdreizehn Gesetze des Judentums aufschwätzen. Eine Weile habe ich mir das angehört, fühlte mich als wichtiges Glied in der langen Reihe der Juden seit Abraham. Aber als man mir weismachen wollte, daß man am Schabbat klopfen darf, aber nicht klingeln, weil das eine Arbeit, das andere aber nicht, ist, war es vorbei mit meiner Begeisterung. Zerreißen darf man am Schabbes auch nichts. Also, was machen die meschiggenen Frommen?« Er lacht hart. »Sie reißen sich schon am Freitag nachmittag das Klopapier in handliche Streifen, damit sie sich am Tag des Herrn ohne Sünde den Hintern abputzen können.« Er macht eine abwehrende Bewegung mit der Hand. »Ne, das ist nischt für mich. Ich bin kein Beduine aus der Wüste, und ins Alte Testament wollte ich auch nicht emigrieren.«

»Und zu Hause in Berlin, wie war es da?« Ich stelle die Gretchenfrage und komme mir ziemlich blöd dabei vor.

»Vater war zwar Vorsitzender des ›Zentralvereins deutscher Staatsbürger jüdischen Glaubens‹, aber am liebsten vertilgte er zu den trockenen *Mazzen* herrlich dicke Scheiben Schwarzwälder Schinkens.« Mit zierlicher Hand führt er seine Tasse zum Mund und schlägt die Beine übereinander. Zum roten Pulli trägt er rote Socken, die Schuhe sind feinste englische Ware. Er ist elegant auf eine lässige Art. Kein feister Stiernacken wie sein Sohn. »Vater war ein aufrechter Deutscher, war Offizier im Ersten Weltkrieg gewesen, seine noble Arztpraxis hatte er am Tiergarten. Wilhelm hieß er. So wie mein älterer Bruder. Wilhelm und Otto.« Er zwickt die Augen zusammen, und für einen Moment sehe ich seinen Mund zucken. »Wilhelm haben sie in Buchenwald zerhackt. Vater. Mutter. Alle.« Er wischt sich mit der Hand übers Gesicht. »Na wenigstens Otto hält die Stange.« Jetzt lacht er wieder, und seine grünen Augen schauen mich kurz mit einem tiefen, durchdringenden Blick an, den ich kenne. Der Blick des Sohnes, wenn ihm etwas unangenehm ist. »Immerhin sorgt mein Sohn Raffael mit seiner Speer-Brut fürs Weiterleben der Dynastie. Sechs Enkel hat er mir geschenkt.« Beim Wort *geschenkt* verdreht er die Augen. An seinem Sohn läßt er kein gutes Wort. Ich muß da nachbohren. Aber Otto Guttmann ist im Moment noch mit den dreißiger Jahren beschäftigt. »Und dann bekam ich Kinderlähmung. Zwei Jahre lag ich im Kibbuz flach. Es war wohl auch die Unterernährung, die mich zum Krüppel machte. Die Genossen pflegten mich rührend, aber mit wenig Erfolg. Schließlich brachten sie mich nach Jerusalem ins christliche Krankenhaus. Ein bißchen spät. Ich wurde zwar geheilt, aber ein kleines Hinken ist mir als Andenken für ewig geblieben.« Er deutet auf seinen Unterschenkel.

»Hat mich aber von nichts je abgehalten.« Es ist ziemlich klar, was er meint. Er muß ein flotter und draufgängerischer Bursche gewesen sein. Selbst mit seinen zweiundachtzig Jahren wirkt er noch aufregend jung und alles andere als greisenhaft. »Irgendwie war die Polio ja auch ein Glücksfall für mich. Endlich war ich in der Stadt, weit weg von diesem Bauernleben. Mein Plan stand auch schon fest: Ich wollte Medizin studieren. Aber ich hatte kein Geld. Das war gewissermaßen ein Problem.« Er steht auf und geht zur Musikanlage. Das Klavierkonzert von Bach ist schon eine Weile verklungen. »Was möchten Sie hören?« fragt Otto Guttmann. Ohne zu überlegen, sage ich *Wagner.* Im selben Moment ist es mir schon peinlich. Ich weiß, daß in Israel Wagners Musik immer noch nicht öffentlich aufgeführt wird. Hauptsächlich wegen der Proteste seitens der alten, ehemaligen Deutschen im Lande. Menschen wie Otto Guttmann. Ich werde feuerrot. »Es tut mir leid, wenn ich Sie damit vor den Kopf gestoßen habe«, sage ich betreten.

»Richard Wagners Musik hat keinen in die Gaskammer gebracht«, antwortet er. »Höchstens *mit* seiner Musik wurden sie vergast. Aber dafür kann er nischt.« Er legt die *Siegfriedidylle* auf, den symphonischen Geburtstagsgruß Wagners an seine Frau Cosima. Keines meiner Lieblingsstücke.

»Ich strapazierte tagelang die Herren der *Jewish Agency* mit meinen Studierwünschen. Ich glaube, ich bin ihnen derartig auf die Nerven gegangen, daß sie mir schließlich ein kleines Stipendium gaben. Für Amerika«, erzählt er weiter. »Ich tanzte durch die Straßen von Jerusalem wie ein Verrückter, mein Traum war in Erfüllung gegangen. Ich fuhr ins Kibbuz, um meine Sachen zu holen. Sie verstanden die Welt nicht. *Bloß nicht Arzt, Otto,* sagten sie, *was wir brauchen, sind Bauern und Handwerker.* Aber sie ließen mich ziehen.« Seine eigene Geschichte zu erzählen scheint ihm Spaß zu machen. Der Rückblick macht ihn keineswegs sentimental, amüsiert ihn eher, so als berichtete er über einen, den er irgendwann einmal gekannt hat. Der alte Herr ist klug. Er hält sich die Bitterkeit durch Distanz und Ironie vom Leibe. Ich werde mir das merken müssen, wenn das Alter über mich hereinbricht.

»Und so fand ich mich die nächsten fünf Jahre in Boston wieder. Auch dort nichts als Hungerleiden und Verzicht. Mein Stipendium war winzig klein. Aber immerhin konnte ich studieren, und das tat ich. Ich wollte wenigstens als guter Arzt zurückkehren, wenn ich meinem Land in den wichtigen Jahren schon nicht *in persona* beistehen konnte. Als Doktor Guttmann bestieg ich in New York das Schiff, das mich nach Palästina zurückbringen sollte. Ich reiste natürlich dritter Klasse. Unsere ›Kabinen‹, es waren bessere Holzverschläge, lagen unter Deck, im Wasser sozusagen, finster und modrig. In der Kabine nebenan schlief Hannah.« Er atmet tief durch. Diese Erinnerung scheint ihm zu schaffen zu machen. Er zögert einen Moment, bevor er weiterspricht. »Raffael ist ihr Ebenbild. Ich kann ihn nicht anschauen, ohne an Hannah zu denken.« Bis auf die Augen, denke ich, die hat er von dir, Otto Guttmann, diese glitzernden Smaragde, die einem den Herzschlag aussetzen lassen können.

»Sie war Malerin, ich Internist. Wir paßten von Anfang an nicht zusammen. Aber die Liebe war groß. Sie war störrisch, arrogant, blitzgescheit, eckte überall an – so vieles hat er von seiner Mutter. Kurz bevor Miki zerschossen wurde, hatten wir uns getrennt.« Ein ganzes Liebesleben in ein paar trockene, kurze Sätze gepfercht.

»Wissen Sie was, meine Liebe, jetzt hätten wir uns eigentlich einen schönen Cognac verdient, nicht wahr?« sagt er, schon wieder heiter. Er geht ins Nebenzimmer und kommt mit einer bemalten Kristallkaraffe und zwei Cognac-Schwenkern zurück. Vielleicht hat er die damals noch aus Deutschland hierhergeschleppt, denke ich. Die deutschen Einwanderer brachten ja nicht nur Porzellan und Silber mit, sondern auch ihre Bettdecken, Damastservietten, ihre maßgeschneiderten Anzüge aus deutschen Werkstätten und allerlei Krimskrams, was ihnen zu einem angenehmen Leben nötig schien: Kirschentsteiner, Zigarrenscheren, Briefwaagen, kleine Tischbesen mit Krümelschaufeln. Alles im Schatten des aufkommenden Naziregimes. Ich habe gelesen, daß die deutschen Juden in den riesigen Holzcontainern, mit denen sie ins Heilige Land flüchteten, ganze Flügel, Mahagonirichten und Kühlschränke aus Deutschland im Schlepptau hatten. Ein Stück Vertrautheit in der fremden, aufgezwungenen Heimat.

Er schenkt uns beiden eine kräftige Portion ein. Ist es die Erinnerung an Hannah, die nach einem Doppelten schreit? »Alle waren verrückt nach ihr – ich am allermeisten. Aber diese Frau konnte nicht wirklich lieben. Sie hatte keinen Sinn für andere.«

»Hat er das auch von ihr?« entwischt es mir. Er schaut mich nachdenklich an und zögert einen Moment. »Ja, mein Kind«, antwortet er. »Es ist kein Zuckerschlecken, solche Menschen zu lieben.« Er trinkt einen Schluck. »Im Moment richtet er gerade die gute Linda zugrunde.«

Er nippt noch einmal an seinem Glas und schweigt. Er scheint in Gedanken weit weg zu sein. In der Vergangenheit, nehme ich an. Ich warte, bis er zurückkommt, und schaue mich derweilen im Zimmer um. Der namenlose Kater sitzt wie eine ägyptische Statuette still und aufmerksam auf dem Schreibtisch, die Vorderpfoten ordentlich nebeneinander gestellt. Unverwandt hat er den Blick aus grünen Augen auf mich gerichtet. Als ich den Blick erwidere, wendet er sich ab. Mit einer behutsamen Drehung stellt er sich auf und wandert mit provozierender Langsamkeit über die Bücher und Zeitschriften auf dem Schreibtisch. Er streckt mir den Hintern entgegen, mit dem er sanft hin und her schaukelt. Welch sinnliche Bewegung, denke ich, und muß sofort an Raffi denken, wie er sich leicht windend, mit einem kleinen gewandten Dreh in den Hüften und einer ungeheuren Behendigkeit aus einem Stuhl schwingt. Ich spüre wieder dieses Rieseln in meinem Bauch, starre auf die Katze und sehe, wie die Katze vor mir für einen Moment zu Raffi wird. Mir wird ganz heiß.

Aufreizend und sich ihrer Unbesiegbarkeit bewußt, stolziert dieses arrogante Biest über Otto Guttmanns gesammelte Notizen. Ich möchte sie in den weichen Bauch treten, bis sie jault vor Qual und Erniedrigung, und zugleich möchte ich sie streicheln, meinen Kopf in ihr warmes Fell wühlen.

»Dieser Neandertaler war einmal ein vielversprechender Bursche«, höre ich Otto Guttmanns Stimme. Er ist zurück von der Wanderung durch die Höhlen seiner Erinnerungen.

»Komisch, sagt er, »ich habe lange nicht mehr über ihn nachgedacht. Die Herzlosigkeit des äußeren Umgangs mit ihm hat doch tatsächlich auch mein Inneres erfaßt. Ich war sicher, die Grübelei über meinen Sohn zu den Akten gelegt zu haben. Aber als er gestern hier saß, die Augen träumerisch und weich, die Beine über den Sesselrand gelegt, entspannt und aufmerksam, so gar nicht der zackige Mister Unnahbar, den er mir ständig vorspielt, habe ich plötzlich einen Schmerz gespürt.« Er lächelt mich an, ein wenig zaghaft, als würde er sich genieren für das Quantum an zuviel Gefühl. »Ich bedauerte für eine Sekunde zutiefst, daß wir einander so fremd geworden sind.« Er zeigt mit dem Finger auf mich. »Ich weiß natürlich, daß sein konzentriertes Interesse Ihnen galt und nicht dem alten Vater.« Er hält kurz inne. »Haben Sie es gespürt, wie der Jäger seinen Bogen spannte, bis er vibrierte?« fragt er dann.

Muß ich jetzt etwas antworten? Abwehren oder beschwichtigen? Wessen Eitelkeit soll ich befriedigen? Die des Vaters, des Sohnes oder meine eigene? Ich beschließe, meinen Mund zu halten, und zucke nur mit den Achseln.

»Achtung, meine Dame, der Löwe von Juda ist auf der Pirsch. In Gedanken hat er Sie schon erlegt, mein Dinosaurier-Sohn. Er wartet nur noch auf die passende Gelegenheit, dann wird er in *realiter* zuschlagen und Ihnen das Herz herausreißen. Für eine kleine Weile wird er befriedigt auf Ihre Hilflosigkeit hinunterschauen und dann weiterziehen.«

Um Gottes willen, was entwickelt denn dieser Mann für Bilder von seinem eigenen Sohn. Dinosaurier! Neandertaler! Ich habe deinen Sohn zusammensacken sehen vor innerem Schmerz und höre noch jetzt den metallenen Klang seiner heiseren, trauergeplagten Stimme oben auf dem Golan am Todesort des Bruders, rufe ich Otto Guttmann in Gedanken zu.

»Geben Sie sich nicht dafür her, meine liebe Elisabeth.« Er mustert mich ernst, läßt seine Augen langsam über mein Gesicht wandern und lächelt dann unvermittelt. »Aber ich glaube, ich mache mir umsonst Gedanken. *Sie* erobert so schnell keiner!«

»Ganz richtig«, antworte ich sehr selbstbewußt. Dein Sohn, dieser Nasenbohrer, wird sich an mir nicht befriedigen, denke ich vulgär und zitiere laut und pathetisch den Propheten *Jesaja*: »Denn es sollen wohl Berge weichen und Hügel hinfallen, aber meine Gnade soll nicht von dir weichen und der Bund meines Friedens soll nicht hinfallen, spricht der Herr, dein Erbarmer.« Wir lachen beide aus vollem Hals und prosten uns zu. »*Amen, Amen*«, rufen wir gleichzeitig und sind sehr erleichtert. »Es lebe die Überlegenheit des Geistes!« lacht Otto Guttmann und gießt nach.

Er steht auf und geht die paar Schritte zu seiner Stereoanlage. Ein Sonnenstrahl trifft die zierliche Gestalt des weißhaarigen alten Herrn. Ich spüre unendliche Zuneigung zu ihm. Ihn zu lieben würde sich lohnen, denke ich.

»Wenn *ich* Ihr Kind wäre, würde ich ständig bei Ihnen sitzen.« Er hat wieder Bach aufgelegt. Wenn ich mich nicht irre, ist es *Nun komm der Heiden Heiland*. Raffi wüßte es sicher genau.

Wie gut diese Musik hierher paßt. So weit weg von ihrer Entstehungsumgebung scheint sie wie gemacht, dieses jemenitisch-chinesische Zimmer eines Juden im Jerusalemer Äthiopierviertel zu durchfluten.

»Bis diese fleischfressende Blume aus Persien in sein Leben trat, saß er auch ständig hier. In dem roten Sessel, in dem er gestern flezte. Damals saß er allerdings stets aufrecht, voller Respekt mir und meinem Wissen gegenüber, das er in sich hineinfraß. Alles wollte er wissen. Haben Sie es gemerkt, Elisabeth«, er seufzt leise, »wie genau er Bach kennt? Aber nicht nur Musik, auch die Klassiker der Literatur wollte er kennen, die deutschen, die französischen, die englischen. Er war einfach brillant. Und dieses phänomenale Gedächtnis. Was immer es war, er sog alles auf wie ein Schwamm, um es nicht mehr zu vergessen: Geschichte, Kunst, Geographie, Literatur. Nur in den Naturwissenschaften mußte ich passen. Diese Sparte hat er sich selbst entdeckt. Sie können mir glauben, liebe Elisabeth, daß ich stolz auf dieses Kind war.« Er stutzt einen Moment. »Wissen Sie, was mir gerade einfällt? Unsere Gespräche waren immer auf deutsch. Raffi wollte ausschließlich deutsch mit mir sprechen. Das ist doch interessant, nicht?«

Ich nicke, obwohl ich es nicht so verwunderlich finde. Was ist schon dabei, über Bach oder Goethe auf deutsch zu reden? Es ist etwas ganz anderes, was mich stutzig macht.

»Mir hat Raffael erzählt, daß er völlig durchschnittlich veranlagt war, daß der brillante Ihrer Söhne der tote Miki war.«

Otto Guttmann macht eine schnelle Bewegung mit der Hand, als wolle er meine Bemerkung vom Tisch fegen. »Papperlapapp!« ruft er. »Das gehört in Raffis Märchenstunde. Nachdem Miki abgeschossen wurde, hat Raffael nur noch Macken entwickelt. Eine davon war, sein eigenes Leben ausschließlich von der destruktiven Seite aus zu sehen. Er, der nichts wert war, durfte weiterleben. Und lauter solchen Unsinn. Er bastelte sich eine Biographie zusammen, die hinten und vorne nicht stimmt. Wie ein schlechter Impresario inszenierte er sich neu.« Noch in der Erinnerung wird Otto Guttmann wütend. »Der Kleine war niedlich, aber medioker. Er wollte immer nur Pilot werden. Schon als Dreikäsehoch. Na, das ist er ja dann auch geworden.« Er schnauft laut. »Soll irgend jemand daran schuld haben, daß er abgeschossen wurde? Diese Gedanken haben keinen Sinn und machen ihn nicht mehr lebendig.« Er zupft sich am Ohrläppchen, seine Stimme zittert ein wenig. »Wie oft habe ich Raffael das gesagt. Wie ein Wiederkäuer. Immer und immer wieder die gleiche Leier. Es ist niemandes Schuld. Aber Raffael war davon überzeugt, daß der falsche Bruder weiterleben durfte.« Es fällt ihm sichtlich schwer, weiterzureden. »Damals fing er auch an, die Araber zu hassen. Pauschal. Undifferenziert. Das verstehe ich am allerwenigsten. Ein Mann von seinen geistigen Fähigkeiten verfällt in primitives Schwarzweißdenken. Noch dazu mein Sohn!« Er steht auf und geht zum Fenster. Er dreht mir den Rücken zu. Ich sehe, wie er mit sich kämpft. Die Schatten im Zimmer werden länger, die Sonne wird bald untergehen. Ich schaue auf meine Uhr und sehe, daß es gleich fünf Uhr ist. Sitze ich schon über zwei Stunden hier?

Ich sollte ihn jetzt von diesem Thema erlösen, denke ich, einfach von etwas anderem, Belangloserem reden. Es fällt mir nichts ein. Doch da hat er sich schon wieder im Griff. »Ich glaube, ich mache mal die Lampen an, sonst kann ich Sie bald nicht mehr sehen. Und das wäre doch schade.«

»Aber als sein Bruder starb, war Raffael schon fünfundzwanzig. Ich meine, na ja, da muß er doch einen Beruf gehabt haben.« Ich kann es nicht lassen. Es ist meine einzige Chance, das zu erfahren, was ich wissen möchte.

»Nicht nur einen Beruf, auch eine Frau und einen Sohn. Diese Frau hatte einen enormen Einfluß auf ihn. Und keinen guten, das kann ich Ihnen schwören. Ester hieß die Dame, eine wilde Schönheit aus Persien. Er schenkte ihr all seine Liebe. Sie hat es ihm schlecht gedankt.« Das wird wohl die fleischfressende Pflanze gewesen sein, die er vorhin so aufgebracht erwähnt hat.

»Seit wann haben Sie etwas gegen schöne Frauen?« sage ich und hoffe, es klingt locker und leichthin.

»Nichts, gar nichts! Solange sie ihre Schönheit zum Verführen benutzen. Oder zum Denken, das geht auch noch«, lacht er. »Aber diese Ester aus Persien war eine Katastrophe, eine richtige Aktivistin. Sie lernten sich beim Militärdienst kennen. Er war achtzehn, die Dame siebzehn. Zuerst verdrehte sie ihm den Kopf, dann entschied sie über sein Leben. Er wollte Mediziner werden wie ich. Sie aber wollte einen Militär zum Mann. Er sollte Rüstungstechnik studieren und dann ein hohes Tier in der Armee werden.« Er schüttelt den Kopf. »Und mein guter Junge, dieser Idiot, wurde Rüstungstechniker. Und dann ein hohes Tier in der Armee. Seinen Doktorgrad erwarb er über irgendein Luftabwehrthema, so ähnlich wie *surface to air missiles*, wenn ich mich recht erinnere. Mich interessieren diese zerstörerischen Maschinerien nicht besonders. Bevor er allerdings die richtigen Sterne an den Schultern trug, hatte sie ihn schon verlassen. Ein noch willigeres Opfer war aufgetaucht und wurde für meinen Sohn eingetauscht.« Er schaut mich fragend an. Ich nicke. Ich weiß, daß Raffael Oberst ist.

»Nach der Hochzeit mußte auch gleich ein Sohn her. *Nach dieser Katastrophe muß das Volk Israel sich vermehren.* Das war ihr Credo. Als könnten die sechs Millionen Ermordeten mit möglichst vielen Neuzugängen ersetzt werden. Und so wurde mit patriotischem Eifer ein armer kleiner Wurm erzeugt: Sami, mein erster Enkel. Mit Eltern, die noch nicht einmal zwanzig waren.« Otto Guttmann bohrt mit dem Finger in die Luft. »Dieser grauenhafte Name *Speer* geht auch auf ihr Konto. Martialisch sollte der neue Name klingen, unbesiegbar und heldenhaft.« Er schüttelt mit dem Kopf. »Namen allein tun's nicht«, sagt er traurig. »Auch Juden, die *Speer* oder *Sturm, Stahl* oder *Eiche* heißen, können Verlierer sein.« Nach einer kurzen Pause spricht er weiter. »Die Juden aus den orientalischen Ländern haben jahrhundertelang nur eine passive Rolle gespielt. Es waren die europäischen Juden, die unser Volk prägten und führten. Erst mit der Schaffung des Staates

Israel tauchten mit einem Mal die orientalischen Juden hier auf. Sie hatten nicht viel zu bieten. Diese Tatsache schien Ester zu quälen. Sie wollte die Jahrhunderte der Passivität mit einem Schlag aufholen. Und mein Sohn war ihr Werkzeug.«

Ich versuchte, mir diese Frau vorzustellen, wie sie dem jungen Raffael die Hölle heiß gemacht hat. Was hat er gesagt: *wild und schön*? Ich kann mir kein Bild von dieser Frau machen. Es gibt hier so unendlich viele Frauen, die schön sind und wild, dunkelhaarig mit schwarzen Augen, die locken, und mit Bewegungen, die verführerisch aufreizend wirken. Das allein kann es doch nicht gewesen sein.

»Und dann?« frage ich.

»Ich hatte Raffael ein kleines Haus geschenkt. In der Nähe von Tel Aviv, wo er an irgendeiner geheimen Armeesache arbeitete. Er hat nie gesagt, was er dort trieb, und ich habe nicht gefragt. Ich nehme an, Waffenforschung oder so etwas. Na schön, dachte ich, hat er halt die Militärlaufbahn gewählt. Mir war dieser waffenstrotzende Patriotismus immer unheimlich, aber ich hatte den Einfluß auf meinen Ältesten schon verloren.« Ich kann mir denken, wie traurig Otto Guttmann über diesen Bruch in der Familientradition war. Ich kenne das von den Toblers. Jeder älteste Tobler-Sohn muß Jurist werden, ob er sich eignet oder nicht. Meine Söhne werden die Berufe lernen dürfen, die sie wollen, schwöre ich mir, und ich werde sie verteidigen gegen die *magna charta* der Toblerschen Traditionen.

»Jedenfalls überschrieb Raffael das Haus seiner Frau. Ich erfuhr erst davon, als sie ihn schon verlassen hatte, hinausgeschmissen aus seinem eigenen Haus.« Er streicht sich mit der Hand über das Kinn. »Ich weigerte mich, für die Schulden der Dame aufzukommen, die sie ihm hinterließ, verwies ihn auf seine Blödheit. Also mußte Raffael jahrelang selbst seine Vergangenheit abzahlen. Er begann damals, sich wie

hinter einen elektrisch geladenen Stacheldraht zurückzuzie-
hen, wurde unzugänglich und abweisend, manchmal wirkte
er geradezu gefährlich. Die Dame hat tiefe Wunden und noch
mehr Bitterkeit in ihm zurückgelassen. Er hat in dieser Zeit
seinen zauberhaften Charme verloren. Nur Miki kannte das
geheime Schlupfloch zum Herzen seines Bruders. Ich nicht.
Hannah auch nicht.«

Eine halbe Ewigkeit her, sinniere ich. Der *arme Wurm,* sein
Enkel, muß inzwischen Mitte Zwanzig sein. Ich frage nach
ihm.

»Sie nahm ihn mit. Natürlich. Durch die halbe Welt hat sie
ihn geschleift, bis er ihr lästig wurde. Ihr ›Neuer‹ war angeb-
lich Diplomat. Mich würde es nicht wundern, wenn sie beide beim Geheimdienst gelandet sind. Eines Tages hat sie Sami
einfach bei Raffael abgesetzt.« Jetzt ist es Otto Guttmann,
dessen Blicke im Zimmer herumwandern. Er liebkost die
Buddhas mit den Augen. Das künstliche Licht steht den kleinen Figuren besser als der Sonnenschein. Weich beleuchtet
stehen sie geheimnisvoll auf ihren Konsolen, das abgeblät-
terte Gold auf ihren Häuptern glitzert. Sie sehen aus, als be-
wegten sie sich leicht. Ist dies die Stunde ihrer Meditation?
»In dieser Zeit habe ich viele Skulpturen gekauft. Langsam,
langsam färbten ihre Ruhe und ihr Gleichmut auch auf mich
ab, und ich gewöhnte mich an das Unabänderliche.«

»Was ist aus Sami geworden?«

»Er studiert in Boston. Medizin. Großvater zahlt. Für was
soll ein Großvater sonst auch taugen?«

Draußen ist es jetzt dunkel. Otto Guttmann steht auf und
zieht die dicken roten Vorhänge zu. Er setzt sich wieder auf
seinen Sessel und schlägt die Beine übereinander.

»Jetzt müssen Sie aber noch den Rest der Geschichte
hören«, sagt er. Fast platze ich heraus und will sagen, ja gerne. Aber da redet er schon weiter.

»Nach der Scheidung war Raffael mit nichts anderem mehr beschäftigt, als möglichst viele Frauen aufs Kreuz zu legen.« Er zieht die Augenbrauen hoch. »Verzeihen Sie den Ausdruck, meine Liebe, aber er paßt als einziger. Mehr war es nicht. Die *chasse aux femmes* kann ja durchaus etwas Heiteres an sich haben, wenn Vergnügen und Spaß damit verbunden sind. Am besten für beide, nicht wahr?« Er lächelt mich verheißungsvoll an. Er war sicher auch kein Kostverächter, das kann ich mir gut vorstellen. »Aber bei Raffi fehlte das herrlich Vergnügliche, der Esprit. Er behandelte die Frauen schlecht, ließ sie sitzen und suchte neue. Er tat ihnen weh. Ich habe ihm einmal an den Kopf geworfen, daß er wohl einen neuen Weltrekord in Primitivität aufstellen möchte, mit genauer Liste der verheizten Weiber und zugeordneten Prädikaten ihrer Dienste.« Ich staune, wie deftig Otto Guttmann, dieser vornehme, disziplinierte Mann, sein kann. »Er knallte mir als Antwort hin, daß er mein Scheißjeckentum mit all der Bildung noch nie hätte leiden können, daß ich ihn gezwungen hatte, ein Deutscher zu bleiben, statt ein Israeli zu sein.« Otto Guttmann schüttelt leicht den Kopf. Er kann diese Ungeheuerlichkeit anscheinend heute noch nicht fassen. »Ich konnte nichts tun, Raffael verschlampte. Geistig. Diese Frau hatte ihm übel zugesetzt. Seiner unterwürfigen Liebe hatte sie einen mächtigen Fußtritt verpaßt. Das sollte nie wieder einer Frau gelingen. Das ist ihre Schuld.« Er bricht abrupt ab, als müsse er sich zwingen, nicht weiter über seine ehemalige Schwiegertochter herzuziehen. »Was seine kriegerische Laufbahn betraf, da war er allerdings sehr rege. Meist hatte er eine Beförderung zu melden, wenn er sich hier sehen ließ. Leutnant, Oberleutnant. Das ging alles ruckzuck. Bei Ausbruch des Krieges neunzehnhundertdreiundsiebzig war er schon Hauptmann. Fragen Sie mich nicht, wie er das gemacht hat. Muß wohl tüchtig gewesen sein. Wenn er *protekzia* von

148

irgendwo erhalten hat, so jedenfalls nicht von mir. Ich habe nicht das Vergnügen, einflußreiche Militaristen unter meinen Freunden zu haben«, fügt er spitz hinzu. »Im Yom-Kippur-Krieg fiel sein Vorgesetzter am ersten Kampftag, und Raffael wurde zum Major. Dieser junge Spund.« Jetzt bin ich es, die staunt. Wenn ich *Major* höre, denke ich an zackige Kämpfer in fortgeschrittenen Jahren, denen das Alter schon die Schläfen ergrauen läßt. »Sie dürfen das nicht an deutschen Verhältnissen messen, Elisabeth. In einem Land, das unablässig meint, Kriege führen zu müssen, können die Hürden hinauf in den Parnaß der hohen Ränge flott gemeistert werden. Mit Ende Vierzig verabschieden sich die Herren Führungsoffiziere ja schon in Pension und beglücken unser Land dann im zweiten Karriereschub als Politiker oder Wirtschaftsbosse.« Er hält ein und reibt sich langsam mit den Fingern die Nasenwurzel. »Dann kam der grauenhafteste aller Tage.« Seine Stimme hat mit einem Mal jeglichen Zynismus verloren. Er spricht ganz leise und starrt vor sich hin. »Der kleine Miki wurde abgeschossen. Ich war früher davon überzeugt gewesen, daß mich, nach all den Verlusten, die ich Herrn Hitler zu verdanken habe, kein weiterer Verlust mehr aus der Fassung bringen könnte. Aber die Nachricht von Mikis Tod lähmte mich für lange Zeit. Ich konnte mich nicht artikulieren, ich konnte nicht weinen oder meine Trauer nach außen kehren. Der kleine fröhliche Floh war tot, nie wieder sollte er mit leichtem Schritt die Treppen heraufjagen und mit strahlendem Optimismus von seinen Erfolgen bei den ersten Probeflügen erzählen. Er war auf eine so wundervolle Weise harmlos gewesen. Es gibt keine Worte für diese Trauer. Jedenfalls ich konnte sie nicht formulieren. Ich versuchte nur eines: weiterzumachen. So wie ich immer weitergemacht habe, Schicksalsschläge, Terror, Krieg, Tod hin oder her.« Er atmet tief durch. »Raffael wollte Tränen sehen, wollte sichtbare Beweise meines Leides. Je mehr er mich zwingen wollte, öffentlich zu wehklagen, desto stummer wurde ich. Er bezichtigte mich, ein eiskalter Egozentriker zu sein, ein unfähiger Vater, der über irgendwelche literarischen Romanhelden verzweifelt, aber seinen eigenen Sohn nicht betrauern mag.« Er zuckt mit den Schultern. »Ob sein Weg, den Tod des Kleinen zu meistern, der bessere war, wage ich zu bezweifeln. Wie Reliquien bewahrt er die Wrackteile von Mikis *Kfir*-Jagdbomber auf. Bis heute. So etwas Verrücktes. Er hätte sie mit ins Grab werfen sollen.« Er blickt mich lange an. »Wieso erzähle ich Ihnen das eigentlich alles?« sagt er dann.

»Ich weiß es nicht«, antwortet er sich selbst. »Ich weiß es nicht«, wiederholt er.

»Ein Jahr nach Mikis Tod heiratete er dessen Freundin, ein liebes unbedarftes Ding. Tamarr hieß sie. Sie hoffte wohl, mit dem lebenden Bruder ein Stück weit den toten wiederauferstehen lassen zu können. Was er sich erhoffte, weiß ich nicht, wagte ich mir gar nicht vorzustellen. Eine Absurdität das Ganze. Es ging natürlich schief. Scheidung. Aber nicht, bevor er zwei Kinder produziert hatte. Amir und Dani. Unser hauseigener Kindergarten männlichen Geschlechts wuchs.«

Er zuckt mit den Achseln und nippt an seinem Glas.

»Ich kann nicht sagen, daß mich der militärische Aufstieg meines Sohnes nicht berührt hat. Wer kann sich der Magie der Armee schon zur Gänze erwehren? Noch dazu hier in Israel, wo ein tapferer Soldat, zumindest damals noch, in die Nähe des Mythischen gerückt wird. Irgendwie und ganz gegen meinen Willen war ich stolz, wenn ich ein Foto von ihm in der Zeitung sah oder er im Fernsehen gezeigt wurde, wie er seine Brigaden befehligte, harten Blicks und mit fester Hand.« Er unterstreicht die leise Ironie dieser Sätze, indem er die Fäuste ballt und das Gesicht in strenge Falten wirft. »Unsere Offiziere wirken ja stets ein bißchen hemdsärmlig. Ich schätze, das macht sie aber nicht weniger gefährlich.« Otto Guttmann hat meine Hand genommen und streichelt sachte darüber. »Der eine Bub war tot, der andere auf dem Weg zum General. So hatte ich mir das nicht vorgestellt. Ganz und gar nicht.« Er dreht meine Hand um und streicht über die Linien der Innenseite. »Ihre Hände sind so weich, Elisabeth«, sagt er leise. »Ich dachte, Archäologen haben Schwielen und Blasen.« Er blickt auf. »Können Sie sich an die Flugzeugentführung erinnern, die unter äußerst dramatischen Umständen in Entebbe in Uganda von einem israelischen Kommandounternehmen zu Ende geführt wurde?« Ich nicke. Klar kann ich mich entsinnen. Ein Flugzeug der *Air France* wurde auf dem Weg von Tel Aviv nach Frankreich gekidnappt und zur Kursänderung nach Entebbe gezwungen. Von arabischen Terroristen. Ich glaube, das war 1976. »Wir erfuhren über die Presse, daß die Terroristen die israelischen Passagiere von den anderen abgesondert hatten, was hierzulande sofort an die ›Selektion‹ von Auschwitz oder dergleichen erinnern mußte, wo die Arbeitsfähigen von den anderen getrennt wurden, die dann sofort in den Gaskammern endeten.« Er macht eine kleine Pause. »Ein Rettungseinsatz der Armee wurde daraufhin ohne große Diskussion in der Knesset genehmigt. Von Rabin und Peres. Die gleiche Führungsequipe wie heute.« Er atmet langsam durch. »Wissen Sie, Angst in Verbindung mit dem Holocaust ist in so mancher israelischen Psyche fest verankert. Nicht, daß ich das gutheiße, aber es ist eine Realität. Als Peres, damals Außenminister, die Regierung um Erlaubnis bat, einen Rettungstrupp nach Entebbe zu schicken, führte er als Grund unter anderem den Holocaust an. Es mag sein, daß er dabei an seinen geliebten Großvater in Polen dachte, den die Nazis in eine Synagoge gesperrt und sie dann angezündet hatten. Der Großvater verbrannte bei lebendigem Leibe.« Er klopft auf meine Hand und schiebt sie mir wieder auf den Schoß. »Die Rettungsaktion des Mossad-Kommandos war triumphal. Aber es gab auch ein paar Tote auf unserer Seite. Deshalb erzähle ich Ihnen das alles. Einer der Toten war nämlich Joni Netanyahu. Haben Sie den Namen schon einmal gehört?« Nicht daß ich wüßte. Ich schüttle den Kopf. »Der ältere Bruder des reizenden Benjamin, der gerade versucht, unseren Ministerpräsidenten mit ordinären Methoden zu verunglimpfen. Haben Sie nichts davon gehört?« Ich muß wieder passen. Ich weiß nicht, wovon er spricht. »Dieser Netanyahu ist seit zwei Jahren Parteichef des Likud, der bräunlichen Sauce hier im Land. Er peitscht die Ängste seiner Zeitgenossen massiv hoch, indem er die Gefahr eines ›palästinensischen Terroristenstaates‹ heraufbeschwört, den dann Rabin natürlich aufgrund seiner Bereitschaft zur friedlichen Koexistenz mit den Palästinensern zu verantworten hätte. Ein Lügner und Volksverhetzer ist das, dieser Netanyahu, ein raffinierter Gauner.« Otto Guttmanns Stimme bebt. Er ist sehr erregt. »Stellen Sie sich vor, dieser Kerl hat doch nichts dagegen unternommen, als bei einer seiner Kundgebungen seine Anhänger mit Plakaten herumschwenkten, auf denen Rabin eine Nazi-Uniform trug. Das ist empörend.« Er nickt vor sich hin. »Ich kann mir vorstellen, warum dieser Herr die Araber nicht leiden kann: Er macht sie verantwortlich für den Tod seines Bruders, und er ist besessen von der Idee, den Terrorismus auszumerzen. In seiner Wut und Trauer kann er nicht unterscheiden zwischen persönlichem Leid und politischem Geschehen. Genau wie mein eigener Sohn. Eine tragische Parallelität.« Er seufzt. »Und eine mit Folgen. Dieser Herr, in Amerika nennen sie ihn *Netanya who?*, hat nämlich kurz nach dem Tod des Bruders eine Institution zur Erforschung des internationalen Terrorismus gegründet, was immer das auch ist, und sich somit ein Forum geschaffen, auf dem er seine fixe Idee, alle Araber über einen Kamm zu scheren, den terroristischen natürlich, verbreiten kann. Und Raffael, dieser Affe, schloß sich mit Begeisterung an. Sie sammelten Akten, hielten Vorträge, reisten in der Weltgeschichte herum, publizierten Bücher. Alles nur mit einem Ziel im Visier: die Araber zu verunglimpfen.« Der alte Herr holt tief Luft, bevor er weiterspricht. »Aber nicht nur das. Er trat der Partei der Rechtsnationalen bei, befürwortete die härtesten Vorgehensweisen gegen die Araber. Stellen Sie sich vor, als der Bürgermeister einer der neuen Westbank-Siedlungen alle Araber verpflichten wollte, beim Betreten des Ortes ein Erkennungszeichen zu tragen, gab Raffael ihm seine Unterstützung. Ein ›Judenstern‹ für alle Palästinenser. Da muß es einem doch den Magen umdrehen, wenn man normal denkt. Raffael wurde zum Siedler, baute sich ein Häuschen in den besetzten Gebieten. *Fest gemauert in der Erden* mit Stacheldraht und Bewachung rund um die Uhr, und nebendran die schiefen Häuser der Araber, denen das Land eigentlich gehört. Können Sie sich die Wut vorstellen, die sich da anstaute? Ich schon. Sogar den unseligen Libanon-Einfall von neunzehnhundertzweiundachtzig hieß mein Sohn gut. Ein Krieg aus Sicherheitsgründen, nannte man das damals. Ein dreckiger Expansionskrieg war es und nichts anderes. Eine Schande für unser Land. Ich versuchte alles, um Raffael zur Vernunft zu bringen, beschwor ihn, sich seiner humanistischen Werte zu besinnen, seine Gefühle in Ordnung zu bringen, wieder Herr seiner selbst zu werden. Ich flehte ihn an, den Namen seines toten Bruders nicht mit unschuldigem Blut zu besudeln. Es half nichts. Raffael war wie besessen von der Idee der Rache.« Klein und zerbrechlich sitzt Otto Guttmann vor mir. Sein Gesicht ist weiß wie Wachs, aus seinen grünen Augen ist jede Koketterie verschwunden. *Jede Minute fängt mit ihm an und hört mit ihm auf,* hatte Raffael geflüstert, als er mir von seinem Bruder erzählte. Von Rache hatte Raffael nicht gesprochen, nur von unendlicher Trauer. »Er war natürlich dabei im Libanon-Krieg. Zum Dank für seinen vaterländischen Einsatz wurde er hoch dekoriert und mit Orden übersät. Oberstleutnant Kidon. Aber ich hatte mit diesem Mann nichts mehr zu tun. Zum ersten Mal war ich froh darüber, daß er einen anderen Namen trug als ich. Ich schnitt ihn mir aus dem Herzen. Von da an hatte ich keinen Sohn mehr.«

Otto Guttmann hält es nicht mehr auf seinem Sessel. Er geht hinüber zu dem kleinen Bodhisattva-Köpfchen mit dem gotisch-feinen Gesicht, das so sehr an die Landgräfin Uta im Dom zu Naumburg erinnert. Er streichelt ihr über die Wangen und sagt wie zu sich selbst: »Ja, so ist das. Als er zum Obersten gekürt wurde, bin ich nicht hingegangen. Ich war nicht mehr stolz auf ihn.«

Ich stehe ebenfalls auf und gehe hinüber zu dem alten Herrn. Er legt den Arm um meine Schultern. Wir stehen eine Weile ganz ruhig, ohne zu sprechen. Ich entsinne mich an die Zeilen einer israelischen Lyrikerin, die sie unter dem Schock über die brutalen Ereignisse während des Libanon-Krieges 1982 geschrieben hatte, als hier im Lande heftigst über die scheußlichen Foltermethoden an palästinensischen Gefangenen und die Massaker in den libanesischen Flüchtlingslagern von Sabra und Schatila diskutiert wurde: *Zurück ins Lager, Marsch! brüllte der Soldat den schreienden Frauen von Sabra und Schatila zu. Ich hatte Befehle zu befolgen.*

Die eigenen Soldaten wurden als »Judeo-Nazis« beschimpft, und ausländische Zeitungen verglichen Israel mit Nazi-Deutschland.

Und der geliebte Sohn auf der falschen Seite, auf der des politischen Extremismus. Ich kann mir gut vorstellen, daß die Begriffswelt eines redlichen Mannes wie Otto Guttmann für diese Hinwendung kein Verständnis aufbringen konnte. Weit weniger gut kann ich mir allerdings Raffael als blutrünstigen Rächer vorstellen. Brutal vielleicht, aber primitiv nicht. Dazu wird sein ganzes Wesen viel zu sehr von einer eiskalten Intelligenz gesteuert. *Ich war nie militant,* hatte er gesagt, *das einzige, wofür ich immer gekämpft habe, ist die Sicherheit meines Landes.*

Otto Guttmann nimmt meine Hand und führt die Finger sacht über das Gesicht des kleinen Bodhisattvas. »Er ist von zeitloser Ebenmäßigkeit, beinahe entmaterialisiert, nicht wahr? Wissen Sie, daß die mildtätigen Bodhisattvas im Buddhismus Erlösungshelfer der Menschen sind, angehende Buddhas, die einzig in der Welt bleiben, um die Menschen aus dem Strom des Leidens zu retten? Weil er das Selbst in sich längst überwunden hat, ist der Bodhisattva mitleidend und mitfühlend mit allen anderen Lebewesen und will ihnen Gutes tun.« Erlösung, denke ich voller Abneigung, jeder Mensch ist anscheinend auf der Suche nach Erlösung. Erlösung von was? Wozu? Ich weiß es nicht. Ich spüre nur, wie sehr ich mich danach sehne, von dieser diffusen Sehnsucht erlöst zu werden, die grundlos und störend mein leichtes Dasein überschattet. Als Raffi mir gestern übers Haar strich und die Linien meines Mundes nachzeichnete, gestern in der Sanddüne von Caesarea, hatte sich die Sehnsucht plötzlich aufgelöst, hatte Platz gemacht für ein zitterndes, erregtes Glücksgefühl, das ich nicht kannte. Warm und wohl war es mir gewesen, in jedem Millimeter meines Körpers. Für einen Moment drehte sich die Erde nicht weiter, blieb stehen und schenkte mir mit dieser sanften Geste einer Hand mehr Genugtuung, als ich je hätte erahnen können. Ich war befreit von allen Gedanken, befreit von allen Spekulationen. Nur einmal noch, ein einziges Mal möchte ich dieses Gefühl spüren. Noch einmal! Noch einmal! Noch einmal! Alles würde ich dafür herschenken: meinen Schmuck, mein Haus in Davos, mein schnelles Auto. Nur einmal noch mit Raffi in der Sanddüne von Caesarea liegen und einfach dasein und von nichts träumen und sich nach nichts sehnen müssen. Alles Ersehnte wäre da.

Otto Guttmann dreht sich und schaut mir ins Gesicht. Gut, daß er nicht weiß, was in meinem Kopf vorgeht, er würde mich für eine Närrin halten. »Sie sind ganz bleich, meine Liebe, nur Ihre Augen glühen. Ich irritiere Sie mit dieser Geschichte, nicht wahr? Sie ist bald zu Ende.« Er führt mich zurück zum roten Sofa. »Wissen Sie, daß ich die ganze Zeit darauf warte, daß Sie sich ein Zigarettchen anzünden! Und mir dann vielleicht so ganz nebenbei eine anbieten.« Jetzt schäkert er wieder. Ich bin froh darüber. Die Zentnerlast der Raffael-Geschichte hat mir die Schultern verspannt. Schon lange lechze ich nach einer Zigarette.

»Ich wußte doch nicht, daß in diesem Heiligtum geraucht werden darf«, sage ich gleichzeitig erstaunt und erleichtert. Ich krame in meinem Rucksack nach der Schachtel und halte sie ihm hin. Wir nehmen beide einen tiefen Zug und lehnen uns zurück.

»Es war, glaube ich, neunzehnhundertneunundachtzig oder -neunzig, als ich wieder von meinem Sohn hörte. Nach langen Jahren des Schweigens. Linda – haben Sie sie kennengelernt? – stand eines Tages vor der Tür. Sie ist nicht gerade die Hübscheste, ein wenig monoton, die Gute. Eine der Frauen, bei denen man sich auf die Suche nach den inneren Werten machen muß.« Er sieht, daß ich ihm mit der Faust drohe. »Entschuldigen Sie, meine Teure. Ich liebe halt Frauen, denen man die Verwandtschaft mit Venus noch ansieht.« Er spitzt die Lippen, zieht die Augenbrauen hoch und zeigt mit der Hand auf mich. Eigentlich müßte ich jetzt böse sein, aber ich bin es nicht. Ich freue mich, daß ich ihn eher an Aphrodite als an Marie Curie erinnere.

»Ich war jedenfalls sehr mit Lindas Vater befreundet gewesen, einem Juristen hier aus der Stadt, dem sein Engagement für die Aufhebung der Todesurteils für Adolf Eichmann die Karriere gekostet hat. Linda, die inzwischen zu meiner dritten Schwiegertochter geworden war, stand im Flur und flehte mich an, nicht länger zu grollen. Raffi bräuchte mich, sie habe Angst um ihn. Ich müsse unbedingt mitkommen und eingreifen. Ich sei ihre letzte Hoffnung, sie habe schon alles versucht. Ihr Einfluß auf ihn sei gering. Aber das wisse ich vermutlich ohnehin. Ja, was ist denn geschehen? So rede endlich! fuhr ich Linda an, deren dicker Bauch zweifellos auf eine erneute Schwangerschaft hindeutete. Enkel Nummer fünf, kaum nachdem Nummer vier aus dem Brutkasten entlassen worden war. Mein Gott, dachte ich, hört das nie auf? Ich war ziemlich wütend, ich wollte nichts mit den Problemen meines Sohnes zu tun haben. Aber Linda war verzweifelt, und so ließ ich mich schließlich überreden, mitzugehen. Im Auto, auf der Fahrt in die psychiatrische Klinik in Haifa, erzählte sie mir, was passiert war.« Er greift nach der Zigarettenschachtel. »Darf ich? Zu Raffaels Kommandobereich gehörte eine Einheit, die in den besetzten Gebieten ihren Dienst tat. Aus irgendeiner unbenannten Quelle war durchgesickert, daß eine Gruppe ihm untergebener Soldaten insgeheim beschlossen hatte, gegen die Araber etwas zu unternehmen. Sie besannen sich der brutalen Methoden der Nazis und bestimmten sie zu ihrem Leitfaden. Bei jeder sich bietenden Möglichkeit setzten sie ihren Beschluß in die Tat um. Als Besatzungssoldaten hatten sie jede Menge Möglichkeiten dazu. Ich erspare Ihnen die abscheulichen Einzelheiten. Als die Presse von diesen Vorgängen Wind bekam, zögerte sie nicht, diese Geschichten zu veröffentlichen. Ebenso wie den Namen der Gruppe. Sie nannte sich ›Mengele-Einheit‹. Die Armee versuchte sofort und mit Erfolg, diese Enthüllungen zu verhindern, und erklärte später, dieser Name sei nur dem schwarzen Humor ihrer Soldaten zuzuschreiben. Ich konnte nicht glauben, was Linda erzählte, versuchte sie zu beruhigen und sagte irgend etwas von Schmutzfinken in der Presse, denen absolut nichts heilig war. Aber darum geht es gar nicht, es geht um Raffael, um deinen Sohn. Er ist es, der in Schwierigkeiten steckt, rief meine Schwiegertochter. Mir stockte für eine Sekunde der Herzschlag. Er wird sich doch nicht an den Greueln beteiligt haben? fuhr es mir durch den Kopf. Wie dieser unselige andere Oberst, wie hieß er noch? Mhm, ja, Jehuda Meir, glaube ich. In Schwierigkeiten? schrie ich, in was für Schwierigkeiten? Ich will ihn nicht sehen, wenn er irgend etwas mit diesen Sauereien zu tun hat. Ich war außer mir und wollte, daß sie sofort mit dem Auto kehrtmachte.« Otto Guttmanns Stimme zittert ein wenig. Er macht eine kurze Pause, um sich zu sammeln, und fährt dann fort. »Gott sei Lob und Dank war es anders. Aber schlimm genug. Raffael hatte es nicht fertiggebracht, es bei der offiziellen Armeeverlautbarung bewenden zu lassen. Er war sich komplett sicher gewesen, daß seine Soldaten nichts Unrechtes getan hatten, daß es anständige und pflichtbewußte Soldaten waren. Das hatte er beweisen wollen. Also hatte er sich zum Detektiv in eigener Sache gemacht. Aber beim Stochern im großen Scheißhaufen der Armee traf er nicht auf die erwartete blütenweiße Soldatenehre, sondern mußte kapieren, daß die Anschuldigungen vollkommen zu Recht ausgesprochen worden waren. Einige seiner Leute hatten sich tatsächlich in brutale Aktivitäten verbissen. Nach ihren Beweggründen befragt, erhielt Raffael Unterweisungen in ihrem Gedankengut. Er hörte Dinge, die sogar sein hartgesottenes Nervenkostüm zum Zittern brachten. Sie erzählten ihm etwas von *Verhinderung der Assimilation von Juden und Nichtjuden, von Vorschlägen zur Rettung der Heiligkeit Israels, von einer Ausgliederung von*

Nichtjuden aus jüdischen Wohngebieten, vom Verbot sexueller Beziehungen oder Heirat zwischen Juden und Nichtjuden, von der Dringlichkeit, Nichtjuden, das heißt Arabern, den Status von ›Fremden‹ zu verleihen und sie damit zu Rechtlosen zu machen. Und so weiter und so weiter. Ein Katalog von Geschmacklosigkeiten, einstmals der Feder Meir Kahanes entflossen, dieses menschenverachtenden Rassisten, nunmehr Glaubensbekenntnis junger israelischer Soldaten, einiger weniger zumindest. Eine ganz üble Sache. Und das schlimmste daran war, daß Kahanes ›Vorschläge‹ in vielen Punkten mit den Rassengesetzen von Nürnberg übereinstimmen.« Otto Guttmanns Hände zittern. Kaum fünfzig Jahre war es her, daß der deutsche Rassismus ihm die Jugend zerstört hatte, und nun keimt im eigenen Land ein jüdischer Rassismus. Gibt es irgendeine Legitimation dafür, grüble ich, mißbraucht man etwa den Holocaust dafür? Ein vollkommen wahnsinniger Gedanke.

»Diese schrecklichen Tatsachen rissen Raffael mit einem einzigen Schlag die sorgsam gehütete militant-patriotische Tarnkappe vom Kopf und die Seele aus dem Leib. Er schloß sich viele Tage ein, war nicht ansprechbar, aß nichts und trank nichts. Er brütete über einem schweren Entschluß. Er entschied, seine Leute vor ein Militärgericht zu bringen. Er mußte es tun, ich verstehe das. Jede andere Entscheidung hätte ihn zum Mittäter gemacht. Es waren nicht viele Soldaten, die es betraf, nur zwei oder drei. Aber für Raffael ging es längst nicht mehr um die Anzahl, es ging ums Prinzip.« Er atmet tief durch, bevor er weiterspricht. »Die jungen Soldaten hatten milde Richter. Zwei wurden zu je sechs Monaten gemeinnütziger Arbeit verurteilt, der dritte wurde freigesprochen. Ein Hohn. Raffael, in dem das einstige Rechtsempfinden wiederaufgelodert war, ließ nicht locker. Er raste von Armeerichter zu Armeerichter, um das Recht einzuklagen. Man

speiste ihn ab, nannte die Gewalttaten ›Exzesse‹ und Einzel-
fälle und ersuchte ihn, seine Arbeit weiterzutun und des weiteren das Maul zu halten.« Otto Guttmann hat den Kopf in
die Hand gestützt und reibt sich die Stirn. »Raffael hielt das
Maul nicht, ging statt dessen an die Öffentlichkeit mit diesen
Geschichten. Seine Generalität steckte ihn darauf kurzerhand
in die psychiatrische Klinik. Schachmatt, Oberst Kidon. Und
dorthin brachte mich jetzt meine schwangere Schwiegertochter. Wie kann ich ihm helfen, um Gottes willen, rief ich, ausgerechnet ich! Er spricht seit Jahren kaum noch mit mir. Du
mußt ihn beschwichtigen, du mußt ihn von seinem Vorhaben
abbringen, hörst du, du mußt, flehte sie. Er zerstört sich, er
zerstört uns, er zerstört alles. Ich habe solche Angst, weinte
sie. Was denn für ein Vorhaben? wollte ich wissen. Wovor
hast du Angst? Ihre Antwort war kaum hörbar. Er will, flüsterte sie, er will seinen Abschied von der Armee nehmen. Er
sagt, er habe seinen Glauben daran verloren.« Otto Guttmann bedeckt mit beiden Händen sein Gesicht. »Wissen Sie,
meine liebe Freundin, was so ein Schritt bedeutet, hier in Israel? Man wird zum Aussätzigen, zum Gebrandmarkten. Ich
kann Ihnen sagen, es erfordert eine Menge Mut, in diesem
Land der Armee den Rücken zu kehren. Aber mein störri-
scher Sohn war nicht mehr davon abzubringen.« Irgendwie
schimmert in seiner Stimme ein wenig Stolz durch. »Mein
Gewissen ist wichtiger als die verdammte Ehre, Vater. War
das nicht immer eine Maxime von dir? Du müßtest mich eigentlich verstehen, erwiderte er mir, als ich ihn vor den Folgen warnte. Er blieb sechs Monate in der Psychiatrischen, än-
derte seine Meinung nicht. Als er in sein Westbankhäuschen
zurückkehrte, war er ein Oberst ohne Brigade, ein simpler
Privatmann, ein Habenichts.«

Ich schaue Herrn Guttmann in die Augen und spüre, wie
ich ungläubig mit dem Kopf schüttele. Mir ist kalt geworden,

die Finger eisig und steif. Ich spüre, wie meine Magennerven rebellieren, der Speichel sammelt sich im Mund, und ich habe Angst, gleich auf den byzantinischen Marmorboden kotzen zu müssen. Das ist also Raffis Geschichte. Jetzt kennst du sie, du indiskrete Henne, sage ich zu mir selbst. Jetzt weißt du Bescheid über die Dinge hinter der Maske. Bist du nun zufrieden?

Als ich Raffael gestern davon erzählte, daß ich zur Universität hinauf auf den Scopusberg gehen würde an meinem freien Tag, um ein paar ugaritische Schriften mit denen des Alten Testaments zu vergleichen, hatte er mich leicht spöttisch angeschaut. Wieso erzählst du mir das? hatte er gefragt. Deine Neugierde ist nicht mehr als Eitelkeit, hatte er hinzugefügt und Blaise Pascal zitiert. *Meist will man etwas nur kennen, um davon reden zu können. Wenn man niemals davon reden könnte, keine Hoffnung hätte, jemandem je davon zu erzählen, nur aus Freude am Sehen, würde man nicht über das Meer reisen.* Ich hatte die Fäuste geballt vor Wut und ihm geantwortet, daß es für einen spatzenhirnigen Obersten auch reichen würde, wenn er nur gerade soviel schreiben könnte, um Exekutionsbefehle zu unterzeichnen. Mir würde das nicht genügen, ich hätte echtes Interesse daran, Dinge zu erforschen und zu hinterfragen. Für eine Sekunde hatte seine rechte Augenbraue gezuckt, aber geantwortet hatte er nichts darauf.

»Er nahm kein Geld von mir«, erzählt Otto Guttmann weiter, »bis heute nicht. Ich wollte ihm den Schritt zurück ins Privatleben erleichtern, aber er lehnte rigoros ab. Sie kennen ihn ja inzwischen ein bißchen, er ist stolz und eigensinnig. Er wollte es allein schaffen. Für die Enkelkinder bekam ich die Erlaubnis zur Unterstützung, für sich selbst verweigerte er sie. Er versuchte alles mögliche, etwas auf die Beine zu stellen, schlitterte von einem finanziellen Fiasko ins andere. Zuerst probierte er sein Glück im LKW-Leasing. Die Leute mieteten zwar seine Lastwagen, aber entweder gingen die Autos in die Brüche, oder die Ganoven von Kunden zahlten nicht. Dann wurde die Idee von einem *Catering*-Service für russische Immigranten geboren. Die lebten ja nunmehr plötzlich in sehr beengten Verhältnissen hier in ihrer neuen Heimat, waren aber riesige Familienfeste gewohnt. Raffael träumte davon, große Hochzeiten, Geburten oder *Bar Mizwen* für sie auszurichten, mietete eine Halle in Ashdod, staffierte sie aus, stellte Köche, Kellner und Musiker ein. Sein Partner war Russe. Das Geld kam von der Bank. Nach ein paar Festlichkeiten blieben die Bestellungen für neue Parties aus. Der Laden wurde dichtgemacht. Der Russe verschwand. Raffael mußte auch dessen Schulden mitübernehmen. Linda, die gute, opferte ihrem Mann ihr gesamtes Erbe. Vermutlich sogar ohne Vorwürfe. Sie würde sich häuten lassen für ihren Mann. Sie war zur einzigen Konstanten in seinem Leben geworden. Ich schied aus, da Ansprüche stellend und deshalb unerwünscht. Von Linda hatte er nichts zu befürchten, ihre Liebe ist bedingungslos. Und das ist gut so, ohne sie wäre er damals sicher draufgegangen.« Er unterbricht sich mit einem Mal. Es scheint ihm etwas eingefallen zu sein. »Mitten in diesem Schlamassel hatten die beiden die *chuzpe,* mich noch einmal zum Großvater zu machen, zum sechsten Mal. Stellen Sie sich das mal vor! Sami, Dani, Amir, Yossi, Uri und jetzt noch Yuval. Eine ewig hungrige, hosennässende Meute kleiner israelischer Muskelprotze. Zukünftige Helden. Deutsch spricht keiner mehr von ihnen.« Er zuckt mit den Achseln und schüttelt leicht den Kopf. »Irgendwann vor drei, vier Jahren bewarb er sich an der Akademie für Reiseleiter, einer sehr elitären Institution hier im Land. Er wurde angenommen, welch Wunder, obwohl in seinem Curriculum natürlich auch seine militärische Vergangenheit aufgelistet war. Ich nehme an, daß sie ihn genommen haben, weil sie knapp an Leuten waren und weil er so gut Deutsch und Englisch spricht, und ständig mehr ausländische Touristen von geschulten Einheimischen geführt werden wollen. Die Ausbildung dort ist sehr gut und sehr teuer.« Das kann ich bestätigen, denke ich, Raffi ist brillant in seinem Job. »Linda und ich gaukelten ihm etwas von einem Stipendium vor, in Wahrheit zahlte ich die zwei Jahre Schule. Wenn er das eines Tages herausfinden sollte, wird er mir jeden einzelnen *Schekel* vor die Füße knallen.« Er preßt die Lippen zusammen und spricht mit einem spärlichen resignierenden Lächeln weiter. »Nun ist er Reiseleiter. Ich schätze das nicht besonders. Es hat etwas Unseriöses, etwas Verschwitztes, beinahe wie Vertreter für Bettwäsche. Aber zuerst kommt wohl immer noch das Fressen und dann erst das Imaginäre.«

»Der Erzengel ist ein verdammt guter Reiseleiter«, sage ich.

»Erzengel?« Otto Guttmann schaut mich überrascht an. »Nennen Sie ihn so?« Er fängt an zu lachen, die grünen Augen blicken amüsiert. »Ich muß schon sagen, das ist famos. Erzengel!« Er malt mit den Armen Flügel in die Luft, faltet die Hände und schneidet fromme Grimassen. »Einfach herrlich. Erzengel! Das paßt wie die Faust aufs Auge.« Er beugt sich zu mir herüber, nimmt meine beiden Hände und küßt sie sanft. »Sie sind ein Geschenk des Himmels, Elisabeth.« Er steht auf. »Darf ich Sie zu einer tiefgefrorenen Pizza einladen?« fragt er galant. Ich hatte schon befürchtet, er würde mich jetzt zum Aufbruch mahnen. Ich nicke erleichtert. »Wenn sie aufgetaut ist, sehr gerne«, gebe ich ihm lachend zur Antwort. »Während ich das gute Stück in den Backofen befördere, dirigiert Sir Neville Marriner für Sie.« Er legt eine CD auf und verschwindet in Richtung Küche.

Ich ziehe die Schuhe aus und lege mich auf das Sofa. Alles dreht sich in meinem Kopf. Die Bilder tanzen in meinem

Hirn, ich kann sie nicht anhalten. *Rüstungstechnik. Psychiatrische Klinik. Ester. Tamarr. Linda. Libanon. Hochdekoriert. Uganda. Mengele-Einheit. Ausgegrenzt. Helden. Mut. Oberst ohne Brigade. Brotlos.* Ich stelle mir vor, wie Raffi russischen Immigranten rote *Borschtsch*-Suppe serviert, und sehe ihn, wie er in der Schulbank sitzt und die Erdschichten des Heiligen Landes auswendig lernt. Was in sein Leben bislang hineingepreßt wurde, würde für zehn weitere ausreichen.

Der Duft aus der Küche bringt mich zurück in die Realität. Ich richte mich auf. Da kommt Otto Guttmann mit zwei Tellern durch den offenen Bogen der Türe. Er hat die Pizza fein säuberlich aufgeschnitten, hält zwei weiße Stoffservietten in der Hand. »Jetzt leisten wir uns noch ein schönes Fläschchen *Montepulciano*«, sagt er liebenswürdig und stellt unser Festessen auf den Tisch. Er öffnet die staubige Flasche, und wir prosten einander zu, der Wein ist dunkel und schwer. »O Orient, hätt' ich dir nie gekennt«, dichtet er und klopft anerkennend an das Kristallglas. »Ich dachte früher, alle Juden sollten hier in Israel wohnen. Nur hier seien wir sicher. Im eigenen Staat. Stimmt wohl nicht ganz, was?« Jetzt ist er wieder der spöttisch-distanzierte Mann von Welt, der Israeli, der immer ein *Jecke* geblieben ist. Als die Flasche beinahe leer ist, lehnt er sich zurück. »Ich fürchte, meine Liebe, für den Rest des Abends müssen Sie sich nach jüngerer Gesellschaft umschauen. Ich bin müde.«

Ein Blick auf meine Uhr sagt mir, daß es beinahe sieben Uhr ist. Für ein Stündchen wollte ich reinschauen und in Otto Guttmanns Welt versinken. Und nun belagere ich sein rotes Sofa schon die fünfte Stunde. Ich stehe rasch auf. »Es tut mir leid, daß ich so lange geblieben bin. Aber in Ihrem Haus bleibt die Zeit stehen«, sage ich entschuldigend. Er nimmt mich bei der Hand. »Ich habe noch etwas für Sie. Ein kleines

Souvenir.« Er zieht mich in den Nebenraum und drückt mir ein Blatt aus Büttenpapier in die Hand. Es ist ein Holzschnitt. Ein Engel mit großen gefiederten Flügeln in einem langen Gewand zückt ein gewaltiges Schwert. Die Figur ist in groben Umrissen geschnitten, ein wenig hölzern und dilettantisch, wie mir scheint. »Jetzt haben Sie einen Erzengel in Natur und einen auf Papier!« lacht er und zeigt mit dem Finger auf die Flügel des Himmelsverteidigers. Rechts unten steht die Signatur des Künstlers. Ich lese *O. Guttmann*. »Sie?« staune ich. »Sie sind auch Maler?«

»O Himmel ist die Kunst doch schwer, die Göttin spröd', die dralle. Ja, Liebe, wenn so leicht sie wär', die Luder malten alle«, antwortet er lachend. »Ja, ja. Ich bin ein bedeutender Künstler. Zumindest hier in Haus Nummer fünf.«

Er begleitet mich vor die Türe. Wir umarmen uns, und ich muß ihm versprechen, wiederzukommen. »Sie dürfen jetzt nicht einfach wieder so aus meinem Leben verschwinden«, sagt er. »Erinnerungen sind schön, aber ich persönlich ziehe ein Paar lebender Augen vor.«

»Keine Sorge«, antworte ich ihm. »Ich werde noch oft in meinem Leben in Ihrem roten Sofa landen.«

Am Ende der Straße drehe ich mich um und sehe, wie Otto Guttmann mir immer noch nachwinkt.

Die Straße ist dunkel, es gibt keine Beleuchtung. Als ich die *Hanevi'm*-Straße überquere, höre ich plötzlich Bremsenquietschen und aufgeregtes Hupen. Ich schrecke auf und sehe, daß mich ein gelbes Taxi beinahe überfahren hat. Ich stehe mitten auf der Straße, die Schnauze des Autos gefährlich nahe an meiner Seite. Der Fahrer schimpft aus dem Auto heraus und droht mit der Hand. Ich winke ihm mechanisch zu, habe überhaupt nicht realisiert, daß ich, ohne nach links oder rechts zu schauen, auf die Fahrbahn gegangen war. Ich zittere ein wenig vor Schreck und gehe weiter. In meinem

Kopf herrscht ein namenloses Durcheinander. Ich weiß nicht, wo ich ansetzen soll, um mir über Raffis Geschichte klarzuwerden. Kann ein Mensch sich so in eine Sache verbohren, daß es eine »Mengele-Einheit«, braucht, um wieder klar sehen zu können? Schwarzweiß, entweder – oder, ein kompromißloser Mensch, stur und störrisch und unendlich stolz. Statt vergeben und verzeihen und damit Oberst zu bleiben, zerstört er, rücksichtslos gegen sich selbst und seine Umgebung, alles und muß bei Null anfangen. *Ich habe noch nichts erreicht in meinem Leben.* Ich habe nicht geahnt, welche Tragik hinter diesem kargen Satz steht. Mein Gott, Raffi, wenn du jetzt nur da wärst und wir könnten noch einmal ganz von vorne anfangen. Ich würde nun besser begreifen, daß in deinem Leben so eine kleine Liebelei nicht von Bedeutung sein kann, daß deine Lage ernst ist und nicht verwöhnt-gelangweilt wie meine.

Ich sehe den hellerleuchteten *Kikar Zion* vor mir, die *Jaffa*-Straße ist erstaunlich leer, ansonsten drängt sich dort ewig eine lärmende Autokolonne hinauf und hinunter. Ich kann jetzt noch nicht in diese aufdringliche Helligkeit. Ich brauche ein paar Minuten Ruhe und biege in die kleine Gasse ein, die zum *Ticho-House* führt. Es sitzen nur wenige Leute auf der Terrasse des Cafés, auf den Tischen vor ihnen steht nichts, keine Tee- oder Kaffeetassen. Eigenartig, denke ich. Aber es herrscht hier genau die Atmosphäre, die ich mir ersehne. Stille, Schweigen, Dunkelheit. Ich gehe die Treppe hinunter zum kleinen Park, setze mich auf eine Bank und starre in die Nacht. Ich rauche ein paar Zigaretten und weiß nicht, wohin ich jetzt gehen soll. Ich habe das Gefühl, als gäbe es überhaupt nichts mehr für mich, irgendwo hinzugehen. Schluß. Aus. Stop. Das war es. Ziel verfehlt. Vielleicht schlafe ich hier einfach ein und wache nie wieder auf. »*Are you from America?*« höre ich plötzlich eine Männerstimme neben mir. Ich fahre herum und sehe einen dunkelhäutigen Mann, der sich sehr nahe zu mir gesetzt hat. Ich sehe sein Gesicht direkt vor meinem, kann seinen Atem fühlen. Ich zucke hoch, und ohne ein Wort zu sagen, greife ich meinen Rucksack und flüchte aus dem schwarzen Garten. Mein Herz klopft wie verrückt. Ich habe einen Augenblick große Angst gehabt.

Auf einmal muß ich über mich selbst lachen, bis hinunter zur Ampel an der *Jaffa*-Straße lache ich vor mich hin. Du bist vielleicht ein Huhn, Elisabeth, murmle ich. Gerade hast du mit deinem Leben abgeschlossen, bist entrückt in eine Metaebene der Leere, und zwei Sekunden später bringt eine sonore Männerstimme dich zu einem Schweißausbruch. Elisabeth, Elisabeth, du hast neuerdings einen Hang zum Melodramatischen.

Ich spaziere die *Ben-Yehuda* hinauf, die Cafés links und rechts der Straße sind leer, die Stühle hochgestellt, die Theken unbeleuchtet. Auf der Straße bin ich ganz alleine. Es ist ein herrlich warmer Sommerabend, erstaunlich mild für November. Wo sind denn nur die Menschen? Ich bleibe einen Moment am Café *Atara* stehen, um durch die Scheiben nach innen zu spähen, vielleicht sitzen die Leute drinnen, und wenn ich Glück habe, erkennt mich jemand und ruft nach mir. Ich würde mich so gerne dazusetzen, plaudern und versinken in lärmigen Gesprächen. Aber niemand meldet sich, das Café ist geschlossen. Ich verstehe nicht, wo sind all die Menschen, die den Boulevard ansonsten bevölkern?

Schlagartig fällt es mir ein: Natürlich, es ist Freitag abend. Der Schabat hat begonnen, das fromme Jerusalem sitzt längst zu Hause und betet. Ich habe nicht einmal die Sirene gehört, die hier in der Stadt den Schabat einläutet, genau in dem Moment, in dem die Sonne versinkt. Dann hält die Stadt den Atem an, oder so gut wie, bis am Samstag abend erneut die Sirene ertönt und den heiligen Tag verabschiedet. Fünf Minuten später sind die Cafés und die Boulevards voller Menschen, Autos verstopfen die Straßen, und in den Geschäften wimmelt es von Einkäufern, als sei nichts gewesen. Schon eigenartig, überlege ich, ich kenne keinen einzigen frommen Israeli. Ich lasse meine Freunde vor mir Revue passieren, aber ich glaube nicht, daß einer von ihnen jetzt am Familientisch sitzt, Gebete spricht und *Schabes*-Lieder singt. Alle, mit denen ich befreundet bin, bekennen sich mit großer Emphase zu ihrer Zugehörigkeit zum Volk der Juden und seiner Religion, aber mit der Religiosität hapert es sehr. *Ich möchte Schriftsteller sein, deshalb studiere ich Bleistift*, antwortete mir Raffi auf meine dümmliche Aussage, wie überrascht ich sei, daß er alles über das Judentum wisse, aber nicht fromm sei.

Mühsam schleppe ich mich weiter durch die dunklen menschenleeren Straßen, das Kuvert mit dem Holzschnitt von Otto Guttmann halte ich fest in der Hand. Ich werde es Rafael nicht zeigen, das bleibt mein Geheimnis. Ich weiß überhaupt nicht, wie ich ihm morgen früh gegenübertreten soll. Ich werde meine Sonnenbrille aufsetzen, ansonsten wird er mir meine Verwirrung sofort anmerken. Ich spüre schon jetzt seinen Laserblick.

»Mengele-Einheit«. Mir will dieses Wort nicht aus dem Kopf. Ich weiß nicht mehr genau, was dieser Doktor Mengele für Unmenschlichkeiten mit wehrlosen Opfern angestellt hat, es rasen nur Bildfetzen von entstellten, massakrierten, aufgequollenen Körpern durch meine Erinnerung. Was für ein Schock muß das sein, wenn man erfährt, daß Menschen, denen man vertraut, willentlich Greueltaten begehen und sich ausgerechnet Dr. Mengele als Vorbild wählen!

Ich stehe mit einem Mal an der Ecke *King-George* und *Bezalel*, drei Minuten von meinem Hotel entfernt. Nur jetzt nicht in dieses leere Zimmer, denke ich voller Schrecken. *Für den Rest des Abends müssen Sie sich jüngere Gesellschaft su-*

chen. Genau, das werde ich, lieber Otto Guttmann. Ich gehe ganz schnell Richtung *Rehavia,* zu Jason in die *Arlosorow-*Straße. Diese Einladung hatte ich ganz vergessen. Sie werden schon alle da sein, Wein trinken und rauchen und über die politische Situation diskutieren. Ich werde mich unter sie mischen. Vielleicht gelingt es mir, mich abzulenken.

Und richtig, schon vom Vorgarten aus höre ich laute Stimmen, die Fenster sind offen. Ich bleibe stehen und überlege, ob ich nicht wieder umkehren soll. Ich verspüre überhaupt keine Lust auf Politik, auf Gewerkschaft, auf endlose Debatten über den Friedensprozeß. Die verlangte Flasche Wein habe ich auch vergessen mitzubringen. Ich möchte so gerne zusammen mit dir sein, Raffi. Warum bist du nicht da? Wir könnten hinüber zur *Montefiori*-Windmühle spazieren, auf die beleuchtete Mauer der Altstadt und den Zionsberg schauen, und ich könnte dir sagen, wie egal mir alles ist, was du einst getan hast, wer du einst warst, daß für mich nur das Jetzt zählt, und jetzt möchte ich dir nahe sein, ganz nahe. Ich gebe mir einen Schubs und gehe durch die offene Tür in Jasons Backstein-Reihenhäuschen. Meine Freunde stehen um einen kleinen runden Tisch, der Qualm ihrer filterlosen Zigaretten hüllt sie ein wie Nebel. Jason. Rachel. Stephan. Mary-Anne. Vehemente Befürworter der Friedensaktivitäten von Premierminister Rabin. Alle vier haben schwarze Jeans und schwarze T-Shirts an. Irgendwie rührt es mich, daß sie ihre Überzeugung im Gewand zur Schau tragen. Ganz ernsthaft. Späte Existentialisten. Im Unterschied zu uns damals in den Sechzigern wissen sie aber wenigstens, was das ist, *Existentialismus.*

»*Schalom*«, sage ich laut, und alle drehen sich um. »*Hi,* Elisabeth, wie wunderbar!« ruft Jason und kommt auf mich zu. »Ich habe schon befürchtet, du kämst nicht mehr.« Er spricht hebräisch mit mir und übersetzt es unmittelbar danach ins Englische. Das gibt mir das Gefühl, leicht beschränkt zu sein. Doch er ist so außerordentlich höflich, daß ich auch diesmal nichts Bissiges sagen mag. Jason ist ein großer, durchtrainierter Junge. Er hat eine klitzekleine, runde Brille auf der Nase und kurzgeschorene blonde Haare. Rachel, seine Freundin, hält ihn an der Hand. Sie ist ein bildschönes Mädchen mit persischen Eltern. Ihre pechschwarzen Haare trägt sie schulterlang, die Lippen sind dunkelrot geschminkt, und um die Augen hat sie dicke, schwarze Balken gemalt. Ich muß sofort an die *fleischfressende Blume aus Persien* denken. Ob sie wohl so ausgesehen hat, die schreckliche Ester? Rachel nimmt ihre Zigarette aus dem Mund, um mich zu umarmen. Ihr Englisch hat einen französischen Klang, was ich unerhört reizvoll finde. Jedes Mal, wenn ich Rachel treffe, kann ich den Blick nicht von ihr abwenden, sie ist schön wie ein Gemälde. Ob sie es wohl weiß? Manchmal zweifle ich daran, sie flirtet nie, sie spricht immer nur von ihrer Arbeit. Sie ist Gewerkschaftssekretärin bei der *Histadrut*. Und das mit Leib und Seele. »Du mußt morgen unbedingt kommen, Elisabeth. Wir sind froh um jeden, der kommt«, sagt sie und zieht mich in den Kreis der anderen. Man drückt mir ein Glas Rotwein in die Hand. Diesmal ist es kein edler *Montepulciano*, Jahrgang 1985. Ich erfahre, daß am nächsten Tag die Gewerkschaft zusammen mit der Arbeiterpartei, der israelischen Intelligenzia, eine Friedensdemonstration organisiert hat. In Tel Aviv auf dem großen *Malchei-Israel*-Platz. Morgen abend um acht Uhr. »Stell dir vor«, erzählt Stephan, »fast alle wichtigen Leute werden dasein. Yitzhak Rabin, Schimon Peres, Yossi Sarid. Die Botschafter von Jordanien und Ägypten und Marokko, fast das ganze Kabinett und der Knessetsprecher Scheva Weiss, sogar ein paar Drusenführer aus Galiläa.« Er ist ganz aufgeregt. »Aviv Gefen wird singen und Jaffa Jarkoni.« Er nennt noch ein paar Namen von israelischen Schlagersängern, aber ich verstehe die Namen nicht. Ich kenne mich im Pop des Landes nicht aus. »Es wird toll. Hoffentlich kommen genügend Leute.« Sie reden alle durcheinander. Sie befürchten, daß sie zuwenig Reklame für die Demo gemacht haben, und zittern bei dem Gedanken, daß die hochkarätigen Politiker und Musiker vor einem halbleeren Platz stehen werden. »Wenn fünfzigtausend kommen, können wir zufrieden sein. Dann sieht der Platz relativ voll aus, und wir blamieren uns nicht«, sagt Stephan. Er ist Mathematiker. Das ist nicht zu übersehen. Er ist ständig mit Messen und Wiegen und Kalkulieren beschäftigt. Ich habe mich schon oft gefragt, wie sein Liebesleben wohl aussehen mag.

Er kam als deutscher Zivildienstleistender hier ins Land, ein Christ, und arbeitete seine »Aktion Sühnezeichen«-Zeit in einem jüdischen Altersheim ab. Danach blieb er in Israel. Jetzt lebt er mit seiner jüdischen Frau und zwei Kindern in einem Kibbuz in der Nähe von Jerusalem, unterrichtet am Tag Mathematik an einem Gymnasium in der Stadt und arbeitet abends in seinem Kibbuz weiter. Fährt Traktor, bringt die Ernte ein, repariert kaputte Möbel, putzt Fenster, installiert Computerprogramme, macht die Buchhaltung. In einem Kibbuz bringt jeder ein, was er vermag, sagt er, und genau das gefalle ihm.

Ken le schalom lo le alimut heißt der Slogan der Friedenskundgebung. Ja zum Frieden, nein zur Gewalt. Endlich wieder ein Großanlaß der Linken, höre ich, nachdem sie viel zu lange geschwiegen hatten, während die Rechtsnationalen sehr eifrig waren mit ihren öffentlichen Auftritten, bei denen sie ihre Hetzparolen in die Menge schrien. »Netanyahu, der Likud-Chef, behauptet dauernd, das Volk sei gegen die Friedenspolitik von Rabin und Peres«, erklärt mir Jason. Schon wieder dieser Name, denke ich, das war doch der, der seinen

Anhängern nicht untersagte, Rabin in SS-Uniform auf ihre Plakate zu kleben. *Netanya who?*

»Dieser Arsch«, sagt Rachel wütend, »dieses Miststück, dieser Koffer ohne Inhalt. Das einzige, was er kann, ist, die Menge aufzuhetzen. Ich hoffe bloß, es kommen genügend Leute morgen. Es ist *die* Chance, zu zeigen, daß die Regierungspolitik okay ist. Und daß die Rechten falsch gewickelt sind, wenn sie das Gegenteil behaupten.«

Sie rauchen und trinken und reden alle durcheinander. Ich höre, daß Mary-Anne, die vierte in der Runde, sich Sorgen macht, ob genügend Sicherheitskräfte bestellt worden sind. Sie ist immer so zaghaft, hat bei der kleinsten Kleinigkeit Bedenken. »Hey, Mary-Anne, du bist in Jerusalem, nicht mehr in Chicago«, lachen die anderen sie aus. Sie ist schon zehn Jahre hier, ihr Hebräisch ist kaum verständlich, so stark ist ihr amerikanischer Akzent. Sie ist Malerin und hat sich ganz dem Umsetzen von alttestamentarischen Geschichten in kleine Bildchen verschworen. Sie verkauft sie sehr gut, aber sie sind schrecklich kitschig. Parkplatzprobleme, Lautsprecherboxen, Plakate, Getränkebuden, Kerzenverkäufer, Absperrungsbänder. Sie gehen noch einmal alles genau durch. »Was meint ihr, wie lange wird Rabin reden? Ob er sich an die Zeitangabe hält? Hoffentlich faßt er sich kurz, sonst wird es langweilig.« Rachel fährt mit der Hand durch ihr schwarzes Haar. Ankunftszeiten der Busse, Toilettenhäuschen, Mikrofonständer, Blumenbouquets, Wegweiser. Sie haben so vieles zu besprechen. Ich fange an, mich zu langweilen. Ich setze mich ans Fenster und schaue hinaus in die Nacht. Die Rechtsnationalen werden sicher auch Leute zu der Kundgebung schicken, denke ich, schon allein, um zu stören. Hat Guttmann nicht gesagt, daß Raffael auch ein Rechtsnationaler ist? Ob er dann auch dorthin nach Tel Aviv fährt und mit aufgerissenem Maul gegen Rabin skandiert? Mich fröstelt bei dem

Gedanken. Ich greife mir um die Schultern und lasse den Kopf nach vorne sinken. Ich habe genug für heute, ich verstehe sowieso nichts mehr. Ich bin plötzlich müde und deprimiert und möchte ins Bett.

»*Elisabeth, are you okay?*« Jason hat mich von hinten umarmt und mir einen kleinen Kuß auf den Nacken gedrückt. Ich erschrecke mich ganz entsetzlich.

»Ja, ja. Es geht mir sehr gut. Ich bin nur vollkommen geschafft. Ich werde jetzt in mein Bett torkeln.«

»Hast du wieder so ein obergeiles Zimmer?« ruft Rachel aus der anderen Zimmerecke. »Mit Clubsesseln, Mahagoni-Schreibtisch und Balkon?«

Ich nicke. »Diesmal bin ich sogar im dreiundzwanzigsten Stock. Der Blick ist irre schön. Aber ich fahre leider übermorgen zurück nach Europa. Sonst hätten wir eine Balkon-Party machen können wie letzten Frühling. Schade.«

Ich stehe auf und beginne, mich zu verabschieden. »Du mußt morgen unbedingt mitkommen. Wir holen dich ab. Sagen wir um sechs Uhr?« sagt Stephan. Ich winke ab. »Ich glaube nicht, daß ich mitkomme. Ich werde die Ansprachen nicht verstehen. Die reden immer so schnell. Außerdem mag ich nicht gerne in der Masse stecken. Da bekomme ich Angst.«

»Es ist eine Frage der Überzeugung, nicht der eigenen Bequemlichkeit«, belehrt mich Rachel. »Du bist doch für den Frieden, oder?«

»Ich rufe euch rechtzeitig morgen an, okay? Sobald ich vom Toten Meer zurück bin. Dann werden wir sehen.« Jeder küßt mich dreimal. A la française. Sie rufen *ciao, bye, see you.*

Jetzt muß ich wieder ewig durch die Straßen wandern, denke ich, bis ich zu meinem Hotel komme. Aber auf ein Taxi habe ich keine Lust. Es könnte ja wieder so ein rothaariger Rassist sein. Ich habe genug für heute. Außerdem sind Taxis am Freitagabend dünn gesät.

»*Schabat Schalom*«, begrüßt mich das Etagenmädchen, als ich aus dem Lift trete. *Ludmilla* steht auf ihrem Schildchen am Schürzenkragen. »Ich habe gerade Ihr Zimmer für die Nacht vorbereitet. Ich hoffe, es ist alles in bester Ordnung.« Sie lächelt mich freundlich an. Ihr Hebräisch ist noch schlechter als meines. Ein harter russischer Akzent dringt durch.

Als erstes reiße ich die Vorhänge in meinem Zimmer auf und gehe hinaus auf den Balkon. Mein Gott, denke ich, in einer solchen Nacht bin ich allein. Der Mond steht genau über der goldenen Kuppel des Felsendoms, Milliarden von Sternen leuchten in der dunklen Nacht. Die Luft ist mild. Für einen Moment schließe ich die Augen, und sofort spüre ich Raffis Körper, seine weichen Hände und seine warme Haut. Ich fühle seinen Blick, der von meinen Augen zu meinem Mund wandert. Mir wird heiß, und die Begierde nach seinem Kuß läßt mich den Mund leicht öffnen. Ich will ihn anschauen und mache die Augen auf und sehe mich alleine auf dem Balkon stehen. Scheiße, fluche ich verzweifelt. Ich drehe mich um und gehe hinein. Das Radio läuft, irgend jemand erzählt von den Reparationszahlungen der Deutschen an die Israelis. Hundertzwanzig Milliarden Mark werden es bis ins Jahr 2030 sein, Geld für enteigneten jüdischen Besitz, der, wie die Stimme im Radio sagt, in deutschen Händen verblieben war. Rein rechnerisch, klingt es kühl aus dem Radio, ergeben sich hundertzwanzig Milliarden Mark für sechs Millionen tote Juden. Zwanzigtausend Mark pro Toten. Für den deutschen Reparationszahler sind das, wenn von sechzig Millionen Deutschen ausgegangen wird, fünfundsiebzig Jahre lang sechsundzwanzig Mark pro Jahr, das heißt fünfzig Pfennig die Woche pro Zahler.

Für historische Mathematik habe ich jetzt gerade keinen Sinn und drehe am Radio herum. Auf allen Sendern *Schabat*-Programm mit frommen Liedern, Gebeten und ein Sender mit klassischer zeitgenössischer Musik. Im Moment auch nicht mein Geschmack. Ich hole mir meinen Kassettenrekorder und lege meinen *Travel-Mix Nummer 3* auf, *bits and pieces* meiner Lieblingsmusikstücke. Ich drücke auf *play* und höre das Rascher-Quartett mit Bachs *Singet dem Herrn ein neues Lied* für vier Saxophone. Bei diesen reinen, schnörkellosen Tönen geht es mir sofort besser. Ich atme tief durch und setze mich für einen Moment auf den kleinen, zierlichen Sessel mit den gedrechselten Beinen. Auf meinem Couchtischchen steht ein Schokoladenkuchen mit der Aufschrift *Schabat Schalom*. In der Vase sind frische Blumen, gelbe Rosen, und daneben ein Silberkörbchen mit Kiwis, Orangen, Feigen, frischen Datteln und Äpfeln. Ich nehme mir eine Dattel und gehe ins Bad unter die Dusche. Ich versuche, meine Gedanken einfach auszuschalten, ein Weiterdenken nicht zuzulassen, ich zwinge mich, die Maschine in meinem Kopf abzuwürgen. Es gelingt mir nicht, ich bin verwirrt und traurig.

Es ist gleich zehn Uhr, rede ich auf mich ein, in ein paar Minuten liegst du im Bett, und wenn du aufwachst, ist ein neuer Tag. *Leave tomorrow for tomorrow, Elisabeth*, wie die Araber mir raten, wenn ich nervös und angespannt Tage im voraus aufs genaueste plane und durchrechne. Erwarte nichts, laß es einfach auf dich zukommen. Sobald die Sonne wieder aufgehen wird, wird deine Vitalität zurückkehren. Der Nacht gehört die Melancholie.

Ich creme mich sorgfältig ein, Arme, Beine, Bauch, hinten und vorne, es duftet im Bad. Ich putze die Zähne, spritze Parfum auf meinen Hals und auf mein Bett. *Du bist wie ein Hund, der sein Revier markiert*, sagt Lucius, wenn ich mit der *Venezia*-Flasche anrücke und fremde Kopfkissen mit »meinem« Duft einhülle. Noch eine kleine Zigarette, denke ich, dann lege ich mich hin. Ich nehme ein Glas Rotwein, zünde mir die Zigarette an und gehe hinaus auf den Balkon. Ich habe nur einen leichten Bademantel an, und trotzdem ist es warm an der Luft, weich umstreichelt mich ein leichter Wind. Ich fühle mich elend. *So habe ich mir das nicht vorgestellt,* hatte Otto Guttmann gesagt. Ich auch nicht, denke ich. Am Ende bleibt man immer alleine und verlassen, mit schmalen Lippen und verkrampften Händen. Ob Brecht recht hatte, wenn er *Galileo* sagen läßt, daß Unglück auf mangelnde Berechnung zurückzuführen sei? Ich ziehe an meiner Zigarette. Wo habe ich mich verrechnet? Was habe ich schlecht kalkuliert? Ist es möglich, das Leben wie eine Schachpartie schrittchenweise vorzudenken?

Ich höre ein Klopfen an meiner Tür. Das wird diese dusselige Ludmilla sein, denke ich, die sicher noch einmal meine Bettdecke zurechtzupfen will. Aber ich habe keine Lust, sie zu sehen. Niemanden will ich jetzt sehen. Ich werde einfach nicht aufmachen, vielleicht haut sie dann ab. Das Klopfen wird wiederholt. Sehr zurückhaltend. Sie hat mich gesehen vorhin auf dem Gang, deshalb weiß sie, daß ich da bin. Sie wird nicht lockerlassen, bis sie ihre Pflicht getan hat. Ich spüre, wie ich wütend werde und diese unerbetene Fürsorge als lästig und aufdringlich empfinde. Ich gehe zur Tür, öffne sie einen Spalt und sage ziemlich schroff: »Ich brauche nichts, Ludmilla, vielen Dank und gute Nacht«, und will die Türe wieder schließen, aber ein Fuß schiebt sich in den Spalt. Ich starre den Schuh an, hebe langsam den Kopf, schaue auf, an dunkelgrauen Jeans entlang, erkenne die Gürtelschnalle aus Silbermetall, und schon blicke ich in goldgrüne Augen, die mich forschend anschauen. Mein Herzschlag setzt aus. Für einen Moment schließe ich die Augen. Ist das möglich, kann das wahr sein? Als ich sie wieder öffne, schauen mich die goldgrünen Augen immer noch an. Es ist wahr! Er ist gekommen. Er ist da, er ist bei mir. Mein Herz fängt an zu rasen.

»Ich habe es nicht länger ohne dich ausgehalten, Elisabeth.

Ich habe es einfach nicht mehr ausgehalten«, höre ich Raffaels Stimme. Ich zittere beim Klang seiner Stimme. Sie ist verführerisch weich, ich spüre sie wie eine Liebkosung. Mein Herz macht Bocksprünge, ich bebe am ganzen Körper. Raffael! Raffael ist zu mir gekommen. In meinem Hirn tobt ein Sturm. Ich denke tausend Sachen gleichzeitig. Ich will, daß er mich in die Arme nimmt, einschließt in seine Wärme und Kraft. Ich mache einen kleinen Schritt nach vorne. Mach die Türe zu, schlag sie zu, ruft eine andere Stimme in mir, hysterisch und laut. Wenn du jetzt nicht das Tor verrammelst, ist es zu spät. Dann bist du dran, dann gibt es kein Zurück mehr. Wenn er erst einmal in deinem Zimmer steht, wirst du dich nicht mehr wehren können. Ich fühle, wie mir der Schweiß ausbricht, wie mir ein heißer Schauer durch den Körper zuckt, und zugleich ist es mir kalt. Ich bin zu keiner Bewegung fähig. Er tritt langsam auf mich zu, streicht sanft mit seiner Hand über meinen Hals, schließt die Türe hinter sich. Ich spüre seine Berührung wie eine Welle warmen Windes, die durch meinen Körper rieselt. Er schiebt meinen Bademantel zur Seite und küßt mich auf die nackte Schulter. »Elisabeth, meine kleine süße Taube«, flüstert er, »ich will dich so sehr.« Meine Hand schiebt sich unter sein Hemd, zum ersten Mal berühre ich seine Haut, ich kann nichts mehr denken, die kleine Erbse zwischen meinen Beinen tanzt wie verrückt. Ich will dich auch, singt mein Herz, ich will dich auch, Raffi, mein warmhäutiger Geliebter!

»Ich kann nicht, Raffi«, sage ich statt dessen laut. »Bitte versuche, mich zu verstehen. Bitte. Ich darf nicht.« Verzweifelt lege ich meinen Kopf an seine Schulter. Ich weiß nicht, was ich tun soll. Der Wunsch, ihn zu berühren, ist so stark. »Ich war nie mit einem anderen Mann zusammen, seit ich verheiratet bin. Bitte geh wieder.« Er schaut mich erstaunt an und zieht ein wenig die Augenbrauen zusammen. Ob er mir nicht glaubt? Oder sagen das zuerst einmal alle Frauen, die er nachts besucht? Ich schiebe ihn ein wenig von mir. »Raffi, ich bringe es nicht fertig, ihn zu betrügen, ich würde es mir nie verzeihen. Ich kann nicht. Bitte, laß mich. Geh wieder. Bitte.«

Er läßt meine Schultern los und nimmt meinen Kopf in beide Hände. »Ich werde nichts tun, was du nicht willst, meine duftende Lilie«, flüstert er. Er tut einen Schritt zurück und legt den Kopf ein wenig in den Nacken. »Eigentlich bin ich sowieso nur gekommen, um deine Aussicht zu genießen. Man sagt, du habest einen schöneren Blick als einst Salomon aus seinem Palast. Zeige ihn mir, meine Fürstin.« Er lacht, völlig entspannt und selbstverständlich, und schiebt mich hinaus auf die Terrasse. Ich zurre den Bademantel ganz fest zu. Raffi lehnt über der Brüstung und blickt herum. »Mann, das ist ja gewaltig«, sagt er. »Schau, Elisabeth, ganz weit hinten siehst du die Lichter von *Ramat Rachel,* und dort, siehst du, das ist die *Montefiori*-Windmühle. Das ist ja toll, sogar das *Davids*-Grab ist beleuchtet. Siehst du den Mond? Mein Gott, ist das schön!« Er ist bewegt vom Blick auf Davids goldene Stadt und erklärt sie mir. Seine Stadt. Als ob ich noch nie hier gewesen wäre. Oder als sei ich als Fremde nicht in der Lage, irgend etwas zu sehen und zu verstehen. Selbstverständlich erkenne ich jedes Gebäude genau wie er, aber er erklärt mir die Straßenzüge genauestens, die Häuser, die Straßen, die Kirchen, die Hotels. »Schau, da drüben ist das Hotel *Ariel.* Die zwei schlanken Front-Bogen symbolisieren die Gesetzestafeln, die Gott an Moses gab.« Sogar den beleuchteten Felsendom benennt er eigens. Ich ärgere mich und fühle mich schon wieder ausgeschlossen. Dürfen wir Fremden nicht einmal erkennen, wenn wir schon nichts begreifen? Die Schweizer machen es genauso, denke ich, nach zwanzig Jahren Basel erklären mir dieselben Leute immer noch dieselben Dinge, als sei ich ein vorbeireisender Tourist. Bei mir würgen sie damit augenblicklich das Aufkeimen eines Wohlgefühls ab. Ich bin dann eine Fremde und benehme mich auch so. Steckt da Absicht dahinter? Bei den Schweizern wohl nicht, denke ich, aber bei meinem Superhirn hier auf dem mondbeschienenen Balkon hoch über Jerusalem könnte ich durchaus recht haben. »Ach, das ist der Felsendom«, rufe ich bissig, »das hätte ich jetzt gar nicht bemerkt. Ich dachte, das sei die Kuppel des *Israel*-Kinos. Es ist schon toll, wenn ein Eingeborener in der Nähe ist.«

»Ja, schon gut, Frau Doktor, ich weiß, wie klug du bist.« Er lacht übers ganze Gesicht, an den Ohren bilden sich die kleinen weichen Fältchen, die ich so gerne berühren möchte. Er streift mit dem Rücken seiner Hand über meine Wange, und sofort stehe ich unter Strom, Tausende von kleinen Nadeln prickeln durch mein Blut. Ich zucke hastig einen Schritt rückwärts. »Kann ich dir etwas zu trinken anbieten, Raffi?«

»Hast du noch von dem Zeug, das du mir neulich angeboten hast?« antwortet er. Ich gehe rasch ins Zimmer und suche den Cognac. Ich habe die Flasche in der Zwischenzeit schon leergetrunken, aber darüber muß ich ja nicht unbedingt Bericht erstatten. Ich hole statt dessen Cognac aus der Minibar, gieße den Inhalt der kleinen Fläschchen in die Cocktailgläser und gehe zurück zu Raffi auf den Balkon. Er lehnt mit dem Rücken am Geländer, die Ellenbogen aufgestützt, die Beine von sich gestreckt. »Oh, Madame hat Stil«, grinst er frech, als ich ihm das Glas überreiche. »Ich schon«, antworte ich schnippisch. »Ich hoffe, es stört dich nicht allzusehr, daß dies hier *Martini*-Gläser sind und keine Cognac-Schwenker.«

»Ach, weißt du«, lacht er fröhlich, »für einen unfeinen Israeli tut's das schon.« Er bleibt keine Antwort schuldig. Nicht Raffael. Wir prosten einander zu. »Ich trinke deine kostbare

Gabe mit zwei Schlucken und dann gehe ich, okay?« fragt er leise und nippt an seinem Glas. Für eine Sekunde schauen wir uns in die Augen. Um mich herum fängt alles zu flimmern an. Ich tauche tief in seine Augen, wie in einen Magneten zieht es mich in ihn hinein. Ich sehe nichts mehr, bin nur noch ein Bündel von vibrierenden Gefühlen.

Er beugt sich zu mir herab und bedeckt mein Gesicht mit vielen kleinen Küssen. Sein Mund ist weich und nachgiebig. Es rieselt in mir. Ich habe keinen Halt mehr, will keinen mehr haben. Er schiebt den Bademantel zurück, der daraufhin auf den Boden fällt. Ich stehe völlig nackt da. Sanft und unendlich zärtlich hüllt er mich ein mit seinen Küssen. Sein Mund bahnt sich seinen Weg von meinem Hals über meine Schultern bis zu meinen Brüsten. Er flüstert leise zarte Liebesworte. »Du bist so schön, Elisabeth.«

Ich ziehe ihn zu mir hoch, knöpfe sein Hemd auf, unsere nackte Haut trifft sich. Es ist wie ein Hineinschlüpfen in den anderen, grenzenlos, warm und voller Verlangen nach Ewigkeit. Er schaut mich an und lächelt ernst. »Willst du wirklich, Elisabeth? Wirklich? Wirklich?«

»Ja, Raffi. Wirklich.« Er hebt mich auf und trägt mich hinein ins Zimmer, auf das Bett mit den damastenen Laken. Er streichelt und küßt mich am ganzen Körper. Jeden Zentimeter erobert sein warmer Mund. »Du bewegst dich so schön, Elisabeth«, raunt er mir ins Ohr. »Dein Körper ist wie eine tanzende Schlange.« Ich spüre seinen Mund, seine Lippen, seine Zunge, seine Zähne, seinen Speichel, seinen Atem, und ein Strom von Glück durchläuft mich, besetzt meine Poren und Kapillaren und Fußspitzen, ich höre Geigen und Celli, Flöten und Triangel. »Komm zu mir, Raffael.« Und endlich, endlich höre ich auf zu denken.

Fünfter Tag

Ich spüre, wie ich aus einem tiefen, fernen Traum zurückkehre, von weit, weit her dreht sich die Spirale meines Bewußtseins langsam zurück, von der somnambulen Ohnmacht zurück zu den eckigen Umrissen der Realität. Ich will mich nicht lösen von dem schönen Traum, der mich noch immer einhüllt wie in eine weiche Decke, aus Wolkengarn gewebt. Behaglich fühle ich mich, weich gebettet, sicher und entspannt. Ich halte die Augen geschlossen, rekle und drehe mich ein wenig, strecke die Glieder, will nicht zu mir kommen, und doch weiß ich, daß die Nachtwandlerei vorüber ist. Aber da merke ich, daß mein Bett nicht aus Traumwatte gebaut ist, ich ruhe in einer weichen Höhle aus Menschenfleisch, ich liege in den Armen meines warmhäutigen Geliebten. Mein Kopf an seiner Schulter, unsere Körper festumschlungen. Ich öffne die Augen und blicke in Raffis lächelnde Augen. Es war kein Traum. Ich schaue ihn an, meinen Geliebten, und sehe, daß auch er glücklich ist, entspannt und samten glänzen seine Augen.

»Es ist schön, dich aufwachen zu sehen. Und es ist schön, dich schlafen zu sehen. Du hast im Traum gelächelt. Galt das mir, meine Königin? Elisabeth. Elisabeth.« Seine Finger streichen leicht über mein Gesicht. »Komm und wache auf, meine Gazelle, die Nacht ist noch nicht zu Ende.« Seine Lippen berühren meine, biegsam und seidenweich verschmelzen unsere Zungen miteinander. Wie von selbst öffnen sich meine Beine, ich hole Raffi zu mir, tief hinein, dorthin, wo alle Sehnsucht ein Ende findet.

»Sieh, ich bin der Südwind«, flüstert er, »und der Nord-
wind, der durch deinen Garten weht. Laß mich ein, ich will
Lilien und Granatäpfel pflücken.« Er flüstert mir tausend
Liebesworte ins Ohr, die Lust, die wir uns bereiten, ist grenzenlos und gewaltig, wie die Eruptionen am Tage der Schöpfung.

Ich hebe ein wenig den Kopf und sehe den Abdruck meines
Ohres im weichen Fleisch von Raffis Oberarm. Ich habe ihn
im Schlaf markiert, denke ich lächelnd, jetzt gehört er mir, ich
werde ihn nie wieder hergeben. Ich seufze und kichere wohlig vor mich hin, drehe die Zeit zurück und erlebe noch einmal die herrlichen Schauer der Erregung der letzten Stunden.

Raffis Hand liegt in der meinen, kraftlos und schlaff. Er ist
eingeschlafen, mein maßloser Geliebter, der mir mit der Stär-
ke seiner Stöße und der Zärtlichkeit seiner Lippen und Hände jedes Bewußtsein geraubt hat, mich hinübergeleitete in
eine Welt des Rausches und der Sinnlichkeit, die ich, Nichts-
wissende, nie vermißt hatte, da ich von ihrer Existenz nichts
ahnte. Er liegt auf dem Rücken und schnurrt zufrieden wie
ein vollgefressener Löwe. Ich atme den leichten Schweißge-
ruch seiner Achselhöhlen ein und bin schon wieder erregt.
Zwischen meinen Beinen sammelt sich die Feuchte der Lust.
Elisabeth, Elisabeth, denke ich vergnügt, du überraschst
mich. Der Mann neben dir riecht nach Schweiß, leise grun-
zend stößt er seinen Atem aus, und du schaust ihn an dabei,
lächelst und denkst *Ich liebe dich, Raffi.*
   Ich rolle mich vorsichtig zur Seite, um ihn nicht zu stören,
stehe auf und gehe ins Bad. Vor dem Spiegel suche ich nach
Brandzeichen meines Ehebruchs. Ich sehe nichts, nur glit-
zernde Augen und ein besänftigtes, glückliches Gesicht. Ich
müßte mich schämen, sollte bereuen, auf die Knie sinken vor

schlechtem Gewissen und Ekel. Aber ich empfinde nur Glück, bis hinunter in die Zehenspitzen taucht mich die Liebe in ein strahlendes Rosarot. Ich finde mich wunderschön und lache mich zufrieden an. Ich streife über meine Hüften, meine Brüste. Die Haut ist weich und empfindsam, ich verstehe seine Begierde nach mir und schäme mich nicht. So einfach ist das, denke ich, und so natürlich. Einer ist gekommen, der mich über die Grenze geführt hat, jetzt gehören wir zusammen, und seine Küsse werden mir alles ersetzen, was ich zurücklasse.

»Mein Schinkenröllchen, mein Dickerchen, wach auf, der Morgen graut.« Ich zwicke ihn in den Oberschenkel und küsse ihn zwischen den Beinen. Er zieht mich hinauf zu sich und reibt seine Nase an der meinen. »Ich wußte vom ersten Moment an, daß es schön sein wird mit dir, Elisabeth. Es wird eine kostbare Erinnerung bleiben.« Ich stutze einen Moment. Erinnerung? Aber sein Mund gleitet zwischen meine Schenkel und läßt mich die leise Irritation vergessen.

»Ich muß gehen«, sagt er dann ernst. Das Zimmer ist schon erfüllt von Tageslicht. »Laß dir nichts anmerken, Elisabeth. Die Touristen haben scharfe Augen. Wenn sie deine Verliebtheit erkennen, bist du nichts weiter als eine Nutte für sie. Also, gib acht. Bis heute abend spielen wir beide ein perfektes Theater, dann werde ich dich wieder betäuben mit meiner Gier.« Er schlüpft in seine Hosen, zieht den Reißverschluß hoch, zwinkert mir zu und verschwindet aus der Tür.

Wir fahren die steile Straße hinunter durch die judäische Wüste zum Toten Meer. In weniger als einer Stunde überwinden wir eine Höhendifferenz von 1200 Metern. Ich habe mich vorsichtshalber auf den Einzelsitz neben dem Fahrer gesetzt und nicht wie sonst neben Raffael. *Perfektes Theater* verlangt er. Er beherrscht es besser als ich, er verzog keine Miene, als er mich sah. Mir zittert das Mikrofon leicht in der Hand, als ich den Touristen vom Leben der Beduinen in der Wüste erzähle.

»Jetzt, wo du dem Land Israel tiefen Einlaß gewährt hast, kann ich dir wohl unbesorgt das Mikrofon übergeben. Erzähl mal was Schönes.« Mit diesen Worten hatte mich der Erzengel begrüßt und dabei über das gesamte Gesicht gegrinst, als ich in die Kühle des Jerusalemer Morgens hinausgetreten war und mich zur Gruppe gesellt hatte, die sich vergnügt plappernd und erzählend um Raffael scharte. Die Plastiktüten mit den Badesachen für den genußreichen Nachmittag am Toten Meer wurden im Bus verstaut. Raffael überreichte jedem Touristen eine Orange als Morgengabe, mir gab er keine.

»Kannst ruhig schnell fahren. Dann haben wir die Scheiße bald hinter uns. Ich bin müde und will schlafen«, sagt er zu Khalil, der den Bus gerade startklar machte. Zu ihm, wie auch zu mir, spricht er heute morgen nur auf hebräisch. Der Sprache der Sieger, zuckt es mir durch den Kopf.

Wir fahren am Ufer des Toten Meeres entlang. Grau und unansehnlich liegt die Dreckbrühe im Morgenlicht. Ich weiß, ich müßte den Touristen jetzt allerlei von diesem See erzählen: Grabenbruch, Mineralgehalt, Länge, Breite, Nutzen, pollenlose Atmosphäre. Aber ich kann nicht. Mir wehen die Gedanken im Hirn herum, ich bin völlig verunsichert. Ich möchte mich umdrehen und Raffi in die Augen schauen. Nutte, hat er gesagt, wenn sie es merken, wirst du für sie eine Nutte sein. Mein Gott im Himmel, was habe ich nur getan? Wieso ist er so merkwürdig kühl heute morgen? Ist es wirklich nur die Schauspielerei vor den Touristen? Oder ist für ihn mit dem Morgengrauen das Interesse an mir erloschen? Ich muß dauernd schlucken, ich kämpfe mit den Tränen, mein Mund zuckt. Ich reibe mir die verkrampfte Stirn, in meinem Rücken stecken messerscharfe Klingen. Nutte! Am Ende hält er mich für eine. Verdammt noch mal, was habe ich nur getan?

Wir halten in Qumran. Ich kann mich nicht konzentrieren, ich müßte von den Schriftrollen, von den Essenern und dem ganzen Mist erzählen, aber ich finde den Anfang nicht. Die Schweißperlen stehen mir auf der Stirn, meine Beinmuskeln schmerzen und erinnern mich an die vergangene Nacht. Er wird doch nicht, um Gottes willen, er wird doch nicht nur zu mir gekommen sein, um mich aufs Kreuz zu legen? In meinem Kopf herrscht ein chaotisches Durcheinander. Ich kann jetzt nicht hinübergehen zu den Ausgrabungen, meine Knie zittern. Ich muß mich irgendwo hinsetzen.

»Meine lieben Damen und Herren«, sage ich so fröhlich ich kann ins Mikrofon. Hoffentlich merkt niemand, wie belegt und blechern meine Stimme klingt. »Raffael wird Ihnen jetzt ein bißchen Qumran zeigen. Ich werde inzwischen die Rerservierungen in der Badeanstalt vornehmen«, flunkere ich. »Wir sehen uns dann in einer halben Stunde am Bus wieder.«

Ich springe schnell aus der kaum geöffneten Tür und verschwinde in Richtung Toiletten. Ich setze mich auf die Kloschüssel und heule. Ich bleibe sitzen, bis jemand wütend an die Tür klopft. Einmal tief durchatmen, befehle ich mir, und dann mit hoch erhobenem Kopf hinausstolzieren. Genau das mache ich. Ich würdige die dicke Frau vor der Toilettentüre, die sich schon die Hose aufgeknöpft hat, so scheint es ihr zu eilen, keines Blickes. Ich halte mein Gesicht unter den Strahl des Wasserhahnes, richte mir die Frisur ein wenig und gehe hinaus in die brütende Hitze. Ich lehne mich an den Baum hinter dem Klo und starre vor mich hin. Nutte. Nutte. Du bist eine Nutte. Ich kann nichts anderes denken.

»Elisabeth«, es ist Raffaels Stimme. Sie klingt herrisch und kalt. Ich zucke zusammen. »Dreh dich um, und schau mich an.«

Ich wende mich ihm langsam zu, er nimmt mir vorsichtig die Sonnenbrille ab. Seine Augen tasten über mein Gesicht, sein Blick ist angespannt, beinahe aggressiv. Als unsere Blicke sich treffen, versinke ich augenblicklich im tiefen Grün seiner Augen.

»Warum bist du so abweisend?« Die Schlagader an seinem Hals ist weit hervorgetreten und pulsiert heftig, seine Stimme ist barsch. »Hast du schon genug von mir?«

»Ja, aber Raffi, du hast doch …« Ich schlinge die Arme um seinen Hals, bedecke sein Gesicht mit tausend Küssen. Es ist mir ganz egal, ob uns jemand beobachtet. »Raffi, mein Geliebter.« Sein Gesicht entspannt sich langsam. »Ich meine, du wolltest doch, daß wir uns ignorieren vor den Leuten … Ich versuche nur …« Ich stottere Unzusammenhängendes vor mich hin. Die Erleichterung ist so grenzenlos, daß ich gleichzeitig lache und weine. Ich spüre, wie das Strahlen in mein Gesicht zurückkehrt. Er nimmt mich behutsam in den Arm und flüstert leise. »Psst, kleines Mädchen, es ist schon gut.« Er hält mich ganz fest an den Schultern. »Ich war mir für einen Moment nicht mehr sicher. Du bist eine verdammt gute Schauspielerin.«

Er läßt mich los und kramt in seiner Hosentasche. »Wir werden das schon durchstehen, ja?« Er legt mir etwas in die Hand. »Hier, nimm das. Ich habe mich noch nie von ihr getrennt. Behalte sie bis heute abend. So bin ich ganz nah bei dir.« Er lächelt mich an, mir wird ganz schwindlig vor Glück. »Vorsicht, Elisabeth, sie kommen.« Er dreht sich um und verschwindet im Toilettenhäuschen.

Ich öffne meine Handfläche und sehe eine abgegriffene, kleine Münze darin liegen. Ich betrachte sie näher, sie ist uneben und hat zwei Einkerbungen an den Seiten. Sie muß echt

186

sein, keine dieser fabelhaft intakten Kopien. Jetzt erkenne ich, was darauf abgebildet ist. Mir bleibt beinahe das Herz stehen vor Überraschung: Es ist eine vergoldete *Judaea-capta*-Münze. Die trauernde Frau unter der Palme ist kaum noch zu erkennen. Das Gold ist abgeblättert. Mich hat schon einmal eine solche Münze begleitet. Damals war sie ein Abschiedsgeschenk gewesen.

»Raffi, rutsch mal auf die Seite«, rufe ich gut gelaunt und von einer gewaltigen Last befreit, als ich in den Bus klettere. »Ich kann nicht länger da vorne sitzen, es ist so heiß, daß ich mir vorkomme wie ein Spiegelei.«

»Na, wenn es denn sein muß«, knurrt der Erzengel und macht mir Platz neben sich. Er schaut in die andere Richtung, pfeift vor sich hin. Er ignoriert mich. Es ist wunderbar. Ich setze mich neben ihn und muß mir das Lachen verkneifen. Die Bank ist so eng, daß ich Raffis nackte Arme berühre. Ein herrlicher Schauer durchjagt mich. Ich könnte schreien vor Glück, würde am liebsten die Arme in die Höhe reißen und *Halleluja* singen. Aber ich darf ja nicht, muß stillhalten. Statt dessen umklammere ich die kleine Münze in meiner Hosentasche.

»Schauen Sie nur, meine Damen und Herren, wie wunderschön das Wasser des Toten Meeres in der Morgensonne glitzert und sich die Berge jenseits des Ufers darin spiegeln.« Ich kann mich nicht sattsehen an dem prächtigen Bild. Wie ein feines Pastellgemälde liegt der Zaubersee in seiner Mulde, 400 Meter unter dem Meeresspiegel.

Die ersten Heilbäder tauchen am Ufer auf, mit Mineralquellen, die schon die Römer benutzten. Zusätzlich unterstützt von der pollenreinen Luft, kann dort vom Hexenschuß bis zur Schuppenflechte alles mögliche geheilt werden.

»Aber bevor wir einen faulen Nachmittag einlegen, werden

wir noch die Festung Massada erobern.« Wie ein Schiffsbug taucht in weiter Ferne der hohe Felsen des israelischen Nationalheiligtums »Massada« vor uns auf. Herodes ließ die Festung einst bauen, die ihm als Zuflucht dienen sollte vor dem drohenden Einmarsch der Pharaonin Kleopatra in Judäa. Doch das, was Massada zum Mythos erhob, gleichsam zum geographischen Hauptdarsteller in der zionistischen Ideologie des 20. Jahrhunderts, geschah hundert Jahre später, nach der Zerstörung Jerusalems im Jahre siebzig, dem Beginn des 2000jährigen Exils der Juden.

Ich schiele kurz zur Seite. Diese Geschichte ist eigentlich Raffaels Revier. »Na, erzählst du uns von deinen heroischen Vorfahren dort oben auf dem Felsen?« frage ich ihn grinsend. Er nickt und nimmt mir das Mikrofon ab. Dabei berührt er wie zufällig meine Hand, und schon fängt mein Herz zu tanzen an.

»Nach der Zerstörung von Jerusalem durch die Römer verschanzten sich an die tausend Zeloten in der Wüstenfestung Massada.«

Ich werde das Haus in Frankfurt verkaufen, überlege ich. Ja, genau, so werde ich es machen. Ich werde das Haus versilbern. Wozu habe ich es denn? Soll ich warten, bis ich alt und klapprig bin? Dann nützt mir das viele Geld auch nichts mehr. Ich werde das Haus verkaufen und mit dem Geld ein neues Leben anfangen. Ein Leben mit Raffael.

»Sie leisteten zwei Jahre Widerstand gegen General Flavius und seine große römische Legion. Als keine Hoffnung auf Sieg mehr bestand, beschlossen die Zeloten, lieber frei zu sterben als unfrei zu leben.«

Meine Schwestern werden schon einverstanden sein, daß ich meinen Anteil verkaufe. Vielleicht haben sie selber Interesse daran, dann bleibt der alte Kasten wenigstens in der Familie. Wieviel Geld ich wohl dafür bekomme? Blöd, daß ich mich nie für Geldgeschäfte interessiert habe, jetzt könnte es mir nützlich sein. Mir fällt ein, daß wir eine Schätzung machen ließen, als Großvater uns das Haus vererbt hatte. Wieviel kam denn dabei heraus? Herrgott noch mal, weshalb bin ich nur so unkonzentriert, wenn es ums Geld geht! Ich glaube, es waren sechs Millionen Mark oder vielleicht auch sieben. Was weiß denn ich. Auf jeden Fall war es viel. Bahnhofstraße Frankfurt ist ja schließlich eine gute Adresse. Na, eine gute vielleicht nicht, aber eine teure. Und das ist jetzt im Moment viel wichtiger.

»Die Folge war ein Massenselbstmord, den nur zwei Frauen und fünf Kinder überlebten.«

Sechs Millionen geteilt durch vier Schwestern, hieße für mich eineinhalb Millionen. Das müßte doch reichen, denke ich, auch wenn der Staat noch was abzwickt.

»Diese Geschichte hat der jüdisch-römische Historiker und Kriegsberichterstatter Josephus Flavius aufgezeichnet. Sie ist hier in Israel sehr bekannt.«

Es sollte doch möglich sein, ein Mietshaus mitten in der Innenstadt von Frankfurt schnell zu verkaufen, grüble ich. Mit dem Geld werde ich dann nach Jerusalem gehen. Ich brauche Bargeld. Wie lange das wohl dauern wird, bis ich die Moneten im Sack habe?

»Das beinahe zweitausendjährige Exil von uns Juden endete erst 1948 mit der Staatsgründung von Israel. Sie ist die Fortsetzung der mit den Zeloten abgebrochenen Geschichte jüdischer Staatlichkeit. Wir, die Nachkommen der Widerstandskämpfer von einst, haben eine der schlagkräftigsten Armeen der Welt aufgebaut.«

Ich werde mir eine Wohnung in Jerusalem kaufen, unter der *Montefiori*-Windmühle, mit dem herrlichen Blick auf die alte Stadtmauer. Dann kann Raffi zu mir kommen. Wir brauchen niemanden, ich habe genug für uns beide. Ich werde das, was ich habe, mit ihm teilen. Es wird elegant gedeckte Tische geben bei uns, kein Pappgeschirr und Nescafé, dafür aber Kerzenschein und Stoffservietten. Ich werde ihm die Welt schön dekorieren, und er wird sich an Mozart und Beethoven erinnern.

»Die Rekruten unserer Armee legen bei Fackelschein im nächtlichen Massada ihren Soldateneid ab: ›Massada soll nie wieder fallen!‹«

Ob er sich scheiden läßt? Ich bin sicher, daß er es tun wird. Ja, ja, sicherlich wird er sich scheiden lassen, anders geht es ja gar nicht. Er wird zu mir ziehen, und dann werden wir für immer zusammenbleiben.

»Berühmt wurde Massada durch das Gedicht von Isaac Lamdan. Er hat es neunzehnhundertsiebenundzwanzig geschrieben. Es ist ein langes Gedicht, das von der Jugend der dreißiger Jahre mit Leidenschaft gelesen wurde. Massada trat dadurch aus der Geschichte hervor und erlangte den Rang eines Symbols.«

Meine Jungen werden es verstehen. Sie sind in einem Alter, wo sie begreifen können, daß ihre Mutter bei dem Mann bleiben muß, den sie liebt, den sie endlich, endlich lieben kann. Ich werde es ihnen erklären, und sie werden es verstehen.

»Massada ist ein jüdisches Symbol geworden, ein Mythos. Unser Mythos. Wir werden es nicht dulden, daß wir noch einmal vertrieben werden aus unserem Land.«

Sie werden mich verstehen, ich bin mir absolut sicher. Sie werden es sicher verstehen. Wir werden Freunde bleiben können. Sie werden meine Freunde bleiben. Mir rasen die Gedanken fieberhaft durch den Kopf, in alle Richtungen, ich denke tausend Dinge gleichzeitig.

»Seit Ende der zwanziger Jahre organisierten Gymnasiasten aus Jerusalem und Tel Aviv und aus den vielen Kibbuzim Rundreisen um das Tote Meer. Der Höhepunkt dieser Fahrten war die Besteigung des Felsens von Massada. Damals gab es natürlich noch keine Seilbahn. Im Rucksack hatten die Jungs und Mädchen Isaac Lamdans Gedicht *Massada* oder Josephus Flavius' *Jüdischen Krieg.*«

Und Lucius? Was mache ich mit Lucius? Ob er wohl überhaupt reagieren wird, wenn ich ihm sage, daß ich einen anderen liebe? Er wird sich hinter seinem verdammten Edelmut verbarrikadieren und mir das gesamte Paket schlechten Gewissens überlassen. Ich schiebe den Gedanken schnell weg. Ich kann es nicht mehr ändern, es ist jetzt so, und ich werde nicht wegen Lucius' Moralvorstellungen auf mein Glück verzichten. Nein. Nein. Nein. Ich werde es nicht. Ganz bestimmt werde ich es nicht. Ich schaue hilfesuchend zu Raffael hinüber. Was erzählt er da eigentlich? Ich muß schmunzeln über ihn. Er ist so ein begeisterter Patriot, mein bezaubernder Erzengel, daß er immer noch Lamdans Gedicht hochhält, diesen Faschistendreck, an den hier heute nur die ewig Gestrigen noch glauben.

»Viele Menschen in Israel erinnern sich, wie sie hoch oben auf dem Felsen im Morgengrauen einen Abschnitt aus dem siebten Buch des *Jüdischen Krieges* deklamierten. Am beliebtesten war die Rede des Eleazar ben Jair, des Anführers der Zeloten und Initiators des Massenselbstmordes.«

Er wird mich nicht ernähren können. Er hat ja so viele Kinder zu unterstützen. Und Linda kann er auch nicht im Dreck sitzenlassen. Was mache ich dann? Ich muß unbedingt autark bleiben. Unbedingt. Sonst falle ich ihm zur Last und gehe ihm auf die Nerven. Wenn ich mich eingerichtet habe in Jerusalem, werde ich mir sofort eine Arbeit suchen. Vielleicht gehe ich zurück ins Israel-Museum, oder ich arbeite als Reiseleiterin. Mir wird schon das Passende einfallen, mir ist immer etwas eingefallen. Was wird Otto Guttmann sagen? Ob Raffi wohl will, daß ich konvertiere?

»Einer der jungen Leute, die nachts mit einer Gruppe von Kameraden den Felsen von Massada erklommen hatten, war Yigal Yadin. Er wurde später der Leiter der archäologischen Ausgrabungen auf Massada. Die Erfolge seiner Grabungen und sein Enthusiasmus bewirkten, daß der Mythos Massada in der israelischen Öffentlichkeit noch tiefer verwurzelt wurde.«

O je, mein Liebling, was erzählst du da! Yadin, der einheimische Archäologen-Star, der nebenbei auch noch General im Unabhängigkeitskrieg war, vergriff sich oft vor lauter patriotischer Begeisterung in der Interpretation seiner Funde auf Massada. Alles hatte bei ihm nur einen Zweck und Sinn: die Scherben der Vergangenheit als Symbol der Tapferkeit und Ehrung der großen jüdischen Nationalhelden heranzuziehen. Fand er eine *Ostraka* mit dem Namen Ben Jair eingeritzt, waren es für ihn sofort Scherben, mit denen die Zeloten die Kandidaten ausgelost hatten, die die übrigen umbringen mußten. Einmal grub er 25 Skelette aus und behauptete noch vor der genauen Untersuchung der Knochen, sie stammten von den Verteidigern Massadas. Vieles, was Yadin tat, hatte nur bedingt mit Wissenschaft zu tun. Bei allem Respekt.

»Bist du auch da oben vereidigt worden?« frage ich.

»Ja, ja. Als es bei mir damals soweit war, wurde allen israelischen Soldaten auf Massada der Eid abgenommen. Heute finden die Vereidigungen meist nur noch in den Kasernen statt.« Das klingt fast enttäuscht. Mein kriegerischer Engel hängt an alten Zöpfen. Ist das goldig. Er scheint es zu bedauern, daß die Arbeiterpartei und mit ihr die Armeeführung auf diesen nationalistischen Kitsch nunmehr weitgehend verzichtet.

Er schaltet das Mikrofon aus. »Wir sind gleich da«, sagt er, legt verstohlen seine Hand zwischen unsere Beine und streichelt meinen Schenkel. Mir zieht es die Nervenstränge zusammen. Ich liebe ihn so. Vorsichtig lege ich meine Hand in seine, versteckt und heimlich, und sehe, daß er die Augen zudrückt und tief durchatmet. Ich stoße ihn sachte an, er drückt meine Hand, und ich denke, wenn es nur endlich schon Abend wäre.

Der Parkplatz ist voll. Es ist Schabbat und Massada immer noch ein beliebtes Ausflugsziel. Wer keine Lust zum Beten hat, fährt mit dem Auto im Land herum. Wir werden eine Ewigkeit an der Seilbahn anstehen und warten müssen.

»Ich laufe voraus«, sagt Raffi, »komm du mit den Leuten nach. Aber stell dich nicht hinten an, sondern komm direkt nach vorne.« Als ich mit meiner Gruppe im Schlepptau an den wartenden Ausflüglern vorbeigehe, höre ich unmutiges Gebrummel. Raffi winkt uns herbei, er steht direkt am Eingang zur Bahn, vor der langen Menschenschlange. Er dreht den wartenden Ausflüglern sein breites Kreuz zu, hat sein eisernes Gesicht aufgesetzt und schiebt uns völlig ungerührt durch die Kontrolle. Die wütenden Rufe aus der Warteschlange ignoriert er. Kaum stehen wir in der Kabine, hebt sie ab, und wir schweben hinauf auf den Felsen.

In rasender Eile erklärt Raffi oben die touristischen Höhepunkte. Es ist erst halb elf Uhr, aber bereits brütend heiß. Die Touristen sind froh, daß sie ihm nicht lange zuhören müssen. Es gibt auf Massada so gut wie keinen Schatten. Die Sonne knallt unbarmherzig auf das sandige Hochplateau. Ich lehne an der Mauer der uralten Synagoge und betrachte meinen Geliebten. Er ist einer, der mit beiden Beinen fest auf der Erde steht, überlege ich, ein Mann von geballter Kraft und spielerisch eleganten Bewegungen, eine rare Kombination. Der Wind weht ihm durch die goldenen Haare, den Strohhut hält er in der Hand. Er erzählt etwas von *Sikariern* und davon, daß Josephus Flavius auf griechisch geschrieben hat und eigentlich Josef ben Mattitjahu hieß und ein Jude aus Jerusalem war. Ich verstehe die Zusammenhänge nicht, von mir aus könnte er aus *Mein Kampf* zitieren, ich würde den Unterschied gar nicht bemerken, so vertieft bin ich in den Anblick des Mannes, den ich liebe. Mein Glück ist grenzenlos, ich fühle mich friedfertig, mein Hunger ist gestillt. Ich habe endlich mein Heim gefunden, meine Lichthöhle, mein Sternenhaus.

Als er merkt, daß ich ihn beobachte, lächelt er mir zu. Eine wohlige Flut durchwärmt meinen Körper. Die Welt steht still.

Kaum sind wir an der Badeanstalt in En Gedi angekommen, verteilt Raffael die Eintrittskarten für die Schwimmanlage mit Schwefelbecken, Schlammlöchern, Sonnenschirm am Strand, Mittagessencoupons. »Wenn Sie die Eintrittskarte vorweisen, erhalten Sie zehn Prozent Ermäßigung im Selbstbedienungsrestaurant. Es gibt Salate und frische Hühnchen vom Grill. Ein Getränk ist im Preis inbegriffen.« Sein Ton ist unnötig scharf. Als ich etwas sagen will, schiebt er mich in den Sitz zurück und legt den Finger an den Mund. »Ganz ruhig, Prinzessin, laß mich nur machen.«

»Am besten, Sie gehen zuerst zum Essen, dann in aller Ruhe in die Schwefelbecken. Danach können Sie sich mit dem Schlamm einreiben, abduschen und am Toten Meer liegen. Als letzte Station empfehle ich Ihnen den Swimmingpool, hier gerade hinter dem Haus. Um fünfzehn Uhr fahren wir von hier ab, zurück in Richtung Jerusalem. Teilen Sie sich die Zeit ein, damit Sie pünktlich zur Abfahrt hier sein werden. Ich wünsche Ihnen viel Spaß.« Die Stimme ist unnachgiebig. Niemand getraut sich, noch etwas zu fragen. Man spürt, daß er die Touristen loshaben will. Die Gruppe folgt wie gewohnt brav den Befehlen des Erzengels und trollt sich in Richtung Restaurant.

»Na?« lacht er mich an. Seine grünen Augen schimmern. »Habe ich das nicht gut gemacht? Jetzt sind wir beide allein.« Er nimmt meinen Arm und führt mich am Restaurant vorbei auf eine kleine, verborgene Terrasse. Es stehen nur zwei leere weiße Tische und ein paar Stühle dort.

»Bis deine Leute gegessen haben, verstecken wir uns hier. Wenn sie dann schwimmen gehen, rücken wir langsam nach. So können wir die nächsten Stunden ganz für uns sein.« Er schnalzt mit der Zunge und lacht mich an. Jung und fröhlich sieht er aus. Sein Gesicht hat die scharfe Konzentriertheit der ersten Tage verloren.

»Bist du glücklich?« frage ich ihn. Er nickt bejahend und küßt meine Fingerspitzen.

»Ich habe eine Zauberin getroffen«, sagt er. »Sie hat mir einen Liebestrank gegeben.«

»Mein Tristan!« rufe ich beschwingt. »Meine Isolde!« antwortet er pathetisch. Wir lachen. Es ist schön hier und behaglich. Die Terrasse mit den billigen weißen Plastikstühlen ist von einer dichten lilafarbenen Bougainvilleas-Hecke umwoben. Ihre Äste drehen sich elegant um den Nato-Stacheldrahtzaun, der die Terrasse schützt. Vor was wohl, denke ich. Die kleinen scharfen Messerchen des Zaunes blinken in der Sonne. In der Ferne erkenne ich die braunrosa Zacken der Berge auf der jordanischen Seite, die aus dem Blaßblau des Toten Meeres herauswachsen. Von dort oben hat Moses zum ersten Mal das Gelobte Land gesehen, nach vierzig Jahren Wüstenwanderung. Wie muß sein Herz jubiliert haben, als Gott ihm endlich das verheißene Land zeigte! Von Gilead bis Dan und Naftali und das gesamte Land Ephraim und Manasse und Juda bis an das Meer im Westen und das Südland und die Gegend um den Jordan, die Ebene von Jericho, der Palmenstadt, bis nach Zoar.

»Wo liegt eigentlich Zoar?« frage ich.

»Da, schräg gegenüber, am Ende des Salzmeeres, in Jordanien.« Er deutet auf die andere Uferseite. »Lot hatte sich nach Zoar geflüchtet, als Sodom in Flammen aufgegangen war.«

»Ja, ich weiß. Es muß eine sehr frühe christliche Kirche in Zoar stehen. Warst du mal da?«

»Bist du verrückt? Was soll ich da?« antwortet er. »Ich werde den Arabern da drüben sicher keinen Besuch abstatten, auch wenn sie uns neuerdings, schön abgezählt und kontingentiert, ja kein Jude zuviel, hinüberbitten.«

»Na, na«, beschwichtige ich eilig. »Du könntest dich wenigstens ein bißchen über die friedliche Entwicklung zwischen euren Ländern freuen. Es ist doch eine schöne Sache, auch für euch.«

»Ich traue diesem sogenannten Friedensprozeß nicht. Mir geht alles viel zu schnell. Rabin hat seine Freude daran entdeckt, den Friedensapostel zu spielen. Er akzeptiert neuerdings alles, was diese Palästinenser wollen, ohne eine Gegenleistung zu verlangen. Er hat die Frage der Sicherheit überhaupt noch nicht geklärt und spricht schon von palästinensischer Autonomie und offenen Grenzen. Weißt du, wie gefährlich das ist? Offene Grenzen mit Leuten, die uns hassen, die Mörder sind und unschuldige Frauen und Kinder umbringen? Wer garantiert für *unsere* Sicherheit? Kannst du mir das sagen? Wer schützt uns dann und unsere Kinder?«

Ich mag es nicht, wenn Raffael so abwertend über die Araber spricht, als sei von vorneherein klar, daß jeder Araber automatisch ein Terrorist sei. Rasch wechsle ich das Thema.

»Raffilein, ich habe Hunger. Kannst du mir etwas zu essen bringen? Am liebsten Schinkennudeln mit grünem Salat.« Ich klatsche bittend in die Hände dabei. »Oder gehört das Bedienen von Nichtjuden zu den neununddreißig Arbeiten, die am Schabbat verboten sind?«

Er lacht mich an und zwickt mich in die Nase. »Ganz genau, mein gojischer Engel. Aber für dich drückt Gott gerne ein Auge zu. Was darf es denn sein, die Dame? Pommes frites auf Plastiktellern mit Ketchup und Gummiadler *Totes*

Meer? Oder lieber koschere Wiener Würstchen in Phosphat getaucht mit Senf, der nach Seife schmeckt?« Er setzt sich wieder hin, stützt seine Hand am Kinn auf und betrachtet mich lächelnd. »Ich könnte den Rest des Tages einfach dasitzen und dich anschauen. Weißt du, Elisabeth, daß du schön bist? Dein Mund, deine Zähne, deine Ohren, deine Haare, deine Hände. Aber am schönsten sind deine Augen. Wie Quellwasser. *Siehe, meine Freundin, du bist schön, schön bist du, deine Augen sind wie Taubenaugen. Du bist wie eine Traube von Zyperblumen in den Weingärten von En-Gedi –«*

»O nein, Raffi, nicht schon wieder Salomon.« Ich streichle ihm lachend die Wangen, er legt seinen Kopf sanft dagegen. Ich schließe die Augen, spüre den warmen Kuß seiner Lippen. Raffi, sag mir, daß du mich liebst und daß ich bei dir bleiben soll, sag es mir endlich, denke ich voller Sehnsucht.

»Raffi, ich liebe dich.« Wie von selbst formen sich die Worte, die ich noch nie ausgesprochen habe. Er schaut mich lange und eindringlich an, liebkost mich mit seinen Augen, die über mein Gesicht wandern. Er fährt mit dem Finger die Linien meines Mundes nach. »Weißt du, was du da sagst?« fragt er nach einer Weile. Seine Stimme ist tief und ernst.

»Komm, Walhalla«, er zieht mich vom Stuhl hoch, »auf daß ich dir deinen teutonischen Ranzen fülle.« Giggelnd gehen wir in Richtung Restaurant. »Bei dir geht aber mehr hinein.« Ich klopfe auf seinen Bauch. »Ich brauche auch mehr. Heute nacht muß ich wieder vier mal viertausend Meter Staffellauf rennen.« Er lacht mich von der Seite an. »Vielleicht sogar noch weiter, was meinst du?« Ich werde ein bißchen rot und halte mir die Hand vor den Mund. Kichernd betreten wir das Lokal.

Alles in Kunststoff. Genau, wie er es gesagt hatte. Stellagen voller Plastikessen, fein in Zellophan gehüllte farblose Schnellkost. Ich würge einen faden Salat hinunter, das Brot dazu schmeckt wie Papier. Das lauwarme Mineralwasser ist ohne Kohlensäure. Die Tische des Lokals sind aus moosgrünem Resopal, die Stühle dunkelbraunes Holzimitat, die Wände ockerfarben bemalt. »Mein Gott, ist das häßlich hier«, platze ich heraus.

»Für uns ist es schön genug.« Raffi reagiert sofort mit aller Schärfe.

»Ist ja schon gut, mein Liebling. Ich finde es ganz bezaubernd hier. Reg dich nur nicht auf. Ich greife dein göttliches Israel schon nicht an.« Vergnügt blitze ich ihn an. Der hitzige Verteidiger von *Eretz Israel* ist vierundzwanzig Stunden im Einsatz.

»Möchtest du unbedingt in den Schlamm?« fragt er, und ich schüttle verneinend den Kopf. »Ins Meer?«

»Nein, eigentlich auch nicht.«

»Ah, wunderbar.« Er nickt zufrieden. »Dann gehen wir kurz in die Schwefelbecken und dann in den Pool. Gut?«

»Mhm, sehr gut.« Überall folge ich dir hin, denke ich, es ist mir ganz egal wohin. Ich laufe einfach hinter dir her. Nie war ich so glücklich. Weggeblasen ist die bittersüße Wehmut, die mein Leben überschattete. Wie ein *allegretto*-Satz kommt mir das Leben vor, leichtfüßig und fröhlich, seit mich Raffaels Hände berührten und ich ihm gehöre.

Feuchte Luft hängt in der Eingangshalle der Badeanstalt. Die hohen Fensterscheiben sind beschlagen, auf dem Boden steht abgestandenes Wasser. Im Nu kleben meine Haare am Kopf. Ich spüre, wie Schweißperlen mein Gesicht bedecken. Wir müssen über Holzstege gehen, darunter quietscht schmuddeliges Wasser. Ein dicker Mann in grünem Mantel fragt unfreundlich nach unseren Eintrittskarten. Wir zeigen sie vor, jeder bekommt wortlos ein plattgedrücktes Handtuch aus dünnem Flies und ein Plastikkettchen mit einem Schlüssel daran ausgehändigt. Mein Schlüssel trägt die

Nummer 468. Hinter der Kontrollschranke stehen unzählige weiße Plastikliegen im Dunst der Halle, die von halbnackten Menschen belagert sind. Männer mit behaarten Körpern und dicken Bäuchen und viel zu kleinen Badehosen, über deren Rand die Fettringe hängen. Den Frauen kleben die feuchten Strähnen über die feisten Schultern. Ich sehe nichts als unappetitliche Menschen in einer Wabe stinkenden Nebels. Mir graust. Wenn ich da nur nicht hineinmüßte, denke ich angewidert. Mir wird gleich schlecht. Raffael schiebt mich weiter. »Wir müssen uns hier trennen«, sagt er und schaut mich an. »Keine Angst, nur für ein paar Sekunden. Weißt du, auch bei uns müssen sich Männer und Frauen getrennt umziehen.« Ich zögere einen Moment, ich will nicht weitergehen. Mich schüttelt es vor Ekel. Was soll ich hier? Badeanstalten waren für mich immer schon widerwärtige Orte, verschwitzt und abgewetzt, von Proleten bevölkert. »Ist es hier nicht schön genug für *Germania*?« höre ich ihn fragen. »Hast du in deiner Villa etwa auch ein Privat-Thermalbad?«

»Ach, Raffi, jetzt sei doch nicht so empfindlich. Ich finde es halt schrecklich hier. Ganz einfach«, antworte ich. Nicht nur jedes Wort, das ich sage, muß ich mir vorher genauestens überlegen, auch meine Empfindungen stehen unter strenger Kontrolle. »Ich bin nicht gleich Antisemit, nur weil es mir hier unangenehm ist.«

»Unangenehm?« Er packt mich am Arm. »Ist dir klar, daß dies hier für mich ziemlicher Luxus ist, den ich mir höchstens zu den hohen Feiertagen leisten kann? Verstehst du das, du Operettendiva?«

Ich hole tief Luft. Nur jetzt keinen Streit.

»Scht, mein Süßer.« Ich hake mich bei ihm ein. »Du mußt nicht gleich Amok laufen. Ich suche jetzt ganz brav meine Kabine und treffe dich dann im Schwefelteich. Okay?«

Auf dem Weg zu den Kabinen gehe ich an unförmigen Frauen in Strickröcken und schwarzen Pullovern vorbei. Mir ist schon heiß, wie mögen sich diese Matronen erst fühlen? In der Umkleidekabine ist der Kleiderhaken abgebrochen, ich muß meine Wäsche auf den feuchten Boden legen. Ich zwänge mich in meinen Badeanzug. Um mich herum riecht es nach Fußschweiß und billigen Deodorants. Ich knülle meine Kleider samt Schuhen in die Plastiktüte und stopfe sie in das Kästchen Nummer 468. Vor dem Schwefelpool steht ein großes Schild. »Duschen Sie sich vor dem Benutzen.« Ich kehre um und gehe in den Waschraum. Es ist keine Dusche frei, ich muß mich einen Moment auf die Holzbank setzen. Neben mir lagert eine nackte Frau von kolossalen Ausmaßen. Wie halbleere Luftballons hängen ihre gewaltigen Brüste auf den mächtigen Bauch. Übergangslos reihen sich an die Fettringe des Bauches die der Schenkel. Die Oberfläche ihrer Fettberge ist übersät von großen Poren mit Löchern in der Mitte. Sehen aus wie Geysire, denke ich, gleich wird das Fett herausspritzen. Ich bin abgestoßen und kann doch meinen Blick nicht von dieser monströsen Riesin abwenden. Sie merkt es und haut mir mit einem gurgelnden Lachen ihre schweren Pranken auf die Schultern.

»*Mala moja, ti si ko tschatschkalitza*«, sagt sie fröhlich und seift sich weiter ein. Die goldenen Schneidezähne glänzen. *Tschatschkalitza*, was das wohl heißen mag? Und in welcher Sprache? Oh, mein Gott, ich bin hier in einer Irrenanstalt gelandet.

»Was ist das, *tschatschkalitza*?« versuche ich es auf hebräisch. Sie nimmt eine Hand und puhlt sich graziös wie mit einem imaginären Zahnstocher den Mund. Ach so, denke ich, sie meint, ich sei so dünn wie ein Zahnstocher! Sie klopft mit einer Hand auf meine Hüften.

»Nur Knochen!« sagt sie mit einem harten Akzent. Russisch? Serbisch? Polnisch? »Da tun sich die Männer ja weh. Schau, mein Täubchen, bei mir stößt sich keiner«, quietscht sie begeistert und offeriert mit ausgebreiteten Armen ihren ausufernden Leib. Sie nimmt mich prustend in die Arme, und ich versinke in ihrem glitschigen Fleisch. In mir entlädt sich eine heiße Welle der Abneigung. Ganz ruhig, Elisabeth, ganz ruhig, befehle ich mir, zähl bis drei und mach dich aus dem Staub. Weshalb verläßt mich nur der Humor stets dann, wenn ich ihn am dringendsten brauche? Ich befreie mich aus den Klauen des glucksenden Fruchtbarkeitsmonsters und stürze zur Dusche. Du wirst dich in diesem Land schon einleben, rede ich auf mich ein, und an den hohen Feiertagen werden wir einfach zu Hause bleiben.

Raffi liegt schon in der heißen, grünen Brühe, als ich aus dem Duschraum haste. Ich atme tief durch und steige die Treppen hinunter, die ins Wasser führen. Leichter Schwefelgeruch weht mir entgegen.

»Komm, meine Gazelle«, lächelt er mir zu, »dieses Wasser macht deinen Körper weich.« Er nimmt meine Hand und küßt sie auf die Innenfläche. Der leichte Hauch seines Kusses tänzelt durch meinen Körper, mir wird warm dabei. Ich erwidere sein vertrautes Lächeln. »Du bist mein Weichmacher, Raffi, ich brauche dieses Wasser nicht.« Und du wirst es immer bleiben, denke ich, nur du zählst noch in meinem Leben. Sonst gar nichts mehr. Bald wird er mich fragen, ob ich bleibe, und ich werde sagen: Ja, natürlich.

»Leg dich auf den Rücken«, sagt Raffael.

Das Wasser trägt mich ohne Schwimmbewegungen. Den Rest meines Lebens wird mich das lustvolle Verlangen nach diesem Mann begleiten, träume ich glücklich vor mich hin. Mein Herz hämmert wild, wenn ich mir all die Dinge vorstelle, die wir zusammen tun werden. Ein herrliches, sinnliches Leben liegt vor mir. Endlich kann ich die phönizischen

Tontafeln in die Ecke knallen. Wirklich interessiert haben sie mich eigentlich nie.

Wir liegen auf dem Rücken und treiben durch das Bassin, Hand in Hand. Nur die Fußspitzen schauen aus dem Wasser heraus. »Beinahe zwanzig Prozent Salz hat dieses Wasser und ist mit Schwefel angereichert. Damit bekommst du sogar ein Reibeisen glatt«, sagt er und zieht mich an sich. »Ich möchte dich lieben, Elisabeth, immerzu lieben«, flüstert er mir ins Ohr.

»Versuch es doch! Liebe mich, Raffi. Jetzt! Hier!« Lachend gebe ich ihm einen kleinen Schubs, er taucht unter, kommt schnaufend auf mich zugepaddelt.

»Warte nur! Warte! Ich erwisch dich schon«, prustet er. Ich stoße ihm mit dem Fuß leicht in den Bauch, er packt mich an den Beinen. Für einen Moment liegen wir aufeinander.

»Ah, herrlich, Elisabeth! *Cosi, cosi, ti voglio!*« brüllt er und stöhnt genußvoll. Die Badenden in den anderen Becken unterbrechen für einen Moment ihre Gespräche und schauen zu uns rüber.

Im milden Sonnenlicht des tiefsten Ortes der Erde sitzen wir am Poolrand, die Beine baumeln im Wasser. Ich betrachte Raffi, wie er auf die gekräuselten Wellen schaut. Das Glitzern des Wassers spiegelt sich in seinen grünen Augen. Sie sind durchsichtig wie Glaskugeln. Er erzählt überhaupt nichts von sich selbst, denke ich, alles, was ich über ihn weiß, stammt von Otto Guttmann.

Ich unterhalte ihn mit kleinen Geschichten aus meinem Leben und bin mir gar nicht sicher, ob er überhaupt zuhört. Jedenfalls reagiert er nicht.

»Weißt du, Ari hat in seinem Garten einen kleinen privaten Hangar. Darin steht seine *Ultralight.* Ganze fünfzig Kilo wiegt der winzige Vogel. Stell dir das vor! Ari zieht das Flugzeug mit einer Hand aus dem Hangar und startet auf einem klitzekleinen Acker hinter seinem Haus. Ein paar Mal hat er mich mitgenommen. Es war wunderschön. Man fliegt nicht hoch mit so einem Ding. Vielleicht achtzig Meter. Manchmal sind die Hochspannungsleitungen im Weg. Mit ein paar Schleifen läßt Ari dann sein Vöglein durch die Drähte tanzen.«

»Mhm«, macht Raffi. Ich stoße ihm in die Rippen. »Erzähle doch du auch mal etwas aus deinem Leben«, fordere ich ihn auf.

»Hinter mir liegt nur Scheiße. Weshalb sollte ich davon sprechen?« bekomme ich zur Antwort.

»Raffi?«

»Ja?«

»Ich liebe dich.«

Er antwortet nicht. Er nimmt meine Hand und betrachtet sie lange. Dann stößt er sich wortlos am Beckenrand ab und schwimmt mit kräftigen Schlägen durch den Pool.

Raffael lehnt am Tresen des Kioskes in der Eingangshalle, den Ellenbogen aufgestützt, ein Bein lässig über das andere gestellt, als ich aus der Umkleidekabine komme. Er sieht aus wie ein fleischiges Raubtier, ich möchte ihm über die Hüften streichen.

»Du mußt unbedingt das Eis hier probieren. Es ist einfach himmlisch«, sagt Raffael. Er bestellt zwei Vanilleeis. Die Blondine an der Eismaschine reicht ihm die Waffel mit zwei Kugeln.

»Ich bin Reiseleiter«, sagt er, als sie drei Schekel dafür haben will.

»Ah, okay. Für dich kostet es dann nur einen Schekel«, antwortet sie und gibt mir meine Portion über den Tresen. Ich nehme die Waffel und drehe mich dem Ausgang zu.

»Hey«, ruft die Blondine, »wie wäre es mit Bezahlen? Her mit den drei Schekeln.«

Ach so, denke ich erschrocken und spüre, wie ich rot werde. Das war doch eine Einladung. Oder? Ich blicke zu Raffi hinüber. Er schleckt voller Genuß an seinem Eis, zeigt keinerlei Interesse. Eiligst zahle ich die drei Schekel.

Raffi pfeift leise die Melodie von Bachs *Air* mit, die mit Geigen, elektronischer Orgel und Rhythmussynthesizer verkitscht aus den Lautsprechern klingt. Wir gehen zum Bus. Mag ja sein, daß er viel weiß, folgere ich mit leichtem Unbehagen, aber Benehmen hat er keines.

»Du wirst schon sehen, meine Taube, deine Leute werden die gesamte Fahrt über bis Jerusalem beglückt schlafen. Wir müssen ihnen nichts mehr erzählen, der Schlamm und das Wasser sind die besten Schlaftabletten.« Er lächelt mich verschmitzt an, streckt die Zunge ein wenig aus dem Mund und zieht die Nase kraus. »Bald haben wir es geschafft, Elisabeth.« Ich sehe seine rosarote Zungenspitze, und zwischen meinen Beinen beginnt die Lust auf ihn zu pulsieren. Wie ein Fischmaul öffnen und schließen sich meine erregten Schamlippen. Mir wird heiß vor Verlangen. Bald, ganz bald, werden wir auf dem weißen Damast meines Bettes liegen und all die Liebesworte flüstern, die unserer Begierde entwachsen. Raffael, denke ich, mein König Salomon, mein furchtloser Eroberer, mein finsteres Tier.

»Ich muß nur noch schnell zu Idas *Schiwa*, heute ist der letzte Tag. Aber das dauert nicht lange. Höchstens eine Stunde. Sobald der Schabbat ausgeläutet ist, gehe ich hin«, sagt er in meine Träumereien hinein. Was? Noch länger soll ich warten? Ich atme tief durch, er soll meine Enttäuschung nicht bemerken.

»Echt? Dann nimm mich doch mit.« Mir ist nicht im mindesten nach Trauersitzung zumute. Aber neugierig bin ich schon auf diese fremde Sitte. »Ich war noch nie auf einer *Schiwa*. Das interessiert mich sehr.«

»Was solltest du da wollen?« Er betont das *Du* und mustert mich mit dem raschen, scharfen Blick, den ich beinahe schon vergessen hatte. »Da gehörst du nicht hin. Du bist keine Jüdin.«

»Wenn ich ein Araber wäre, würde ich dich Rassistenschwein jetzt mit einem Dumdum-Geschoß in tausend Stücke zerfetzen, du riesengroßes, verdammtes Arschloch. Und ich würde mich an dem Anblick freuen.« Ich zittere vor Wut. Wie kann er es wagen, mich wie ein lepröses Ungeziefer zu behandeln, einfach auszuschließen aus seiner heiligen Judenwelt, eindeutig und knallhart. Zugang nur für die Auserkorenen, die Auserwählten. Die unwürdige Deutsche muß draußen bleiben. Ins Bett geht er mit mir, denke ich aufgebracht, aber trauern will er alleine.

»Hoppla, mein Fräulein«, er lacht laut auf, seine kleinen Fältchen an den Ohren ziehen sich zusammen. »Du amüsierst mich, Elisabeth. Ich wußte gar nicht, daß in dir ein Terrorist steckt. Deine Augen schielen ja geradezu vor Aggression.« Er verschluckt sich, so lustig findet er meinen Ausbruch. »Aber wenn du gerne trauernde Juden besuchen möchtest, dann komm nur mit. Ich werde dich für eine Stunde zu einer Cousine der Familie ernennen. Eine Zufallsverwandte aus den Restbeständen des deutschen Zweiges der Familie meiner Mutter. Merk dir, sie hieß Hannah Saloschin. Und du bist die Tochter ihrer Cousine Hedwig, die einen Goj geheiratet hat. Bei dem bist du aufgewachsen, das erklärt dann auch gleich, weshalb du nichts weißt.« Er liebkost meine Wange und schaut mir belustigt in die Augen. »Nu? Was hat dich so verärgert, mein Juwel? Ich sehe gefährliche Lavaglut in deinen Augen funkeln.« Ich winde meinen Kopf in seiner warmen Hand, die Berührung beruhigt mich, mein Zorn ist verweht. Hysterische Kuh, denke ich, und schäme mich.

»Es ist nichts«, sage ich leise.

Wir fahren am Toten Meer entlang und biegen kurz vor Jericho hinauf nach Jerusalem. Im Bus ist es still. Ich drehe mich um und sehe, daß alle Gäste schlafen. Ihre Köpfe wackeln leicht vor sich hin, der Mund von Herrn Albertz steht weit offen, das Gebiß hat sich vom Oberkiefer gelöst und hängt lose in seinem Mund.

»Was meinst du, Raffi, können wir noch rasch am Ölberg anhalten? Das Licht ist so schön, und ich würde den Touristen gerne den Blick hinüber zur Altstadt gönnen.«

»Wenn du dich beeilst«, antwortet er.

»Ja, ja, fünf Minuten reichen leicht.«

Er gibt Khalil Bescheid und weist ihn an, nicht über die arabischen Dörfer zum Ölberg hinaufzufahren, sondern den längeren Weg über die israelischen Straßen. In der scharfen Rechtskurve zum Aussichtsplatz am Ölberg wachen die Gäste auf. Raffi greift zum Mikrofon.

»Ihre fürsorgliche Reiseleiterin will Ihnen zum Schluß des heutigen Tages noch einen besonderen Blick auf die Altstadt von Jerusalem bieten.« Die Gäste stimmen freudig zu. »Wir halten fünf Minuten an der Terrasse am Ölberg. Achten Sie auf Ihre Portemonnaies und Ihre Kameras. Wir sind auf arabisch bewohntem Gebiet.«

Ich halte diese Bemerkung für vollkommen überflüssig. »Kannst du nicht einmal deine blöden Sticheleien lassen?« raune ich ihm aufgebracht zu. Er wischt meinen Einwand mit einer abwertenden Handbewegung beiseite.

Die Sonne steht tief im Westen. Die Mauern der Stadt schmiegen sich um den Hügel und werfen lange Schatten. Die goldene Kuppel des Felsendoms glitzert im Nachmittagslicht. Die Aussicht ist von einer unwirklichen Schönheit. Mein kleines deutsches Grüppchen kann sich dieses Reizes auch nicht erwehren. Die neun Reisenden stehen still und schauen fasziniert hinüber.

»Wir müssen weiter. Bitte einsteigen«, rufe ich und bitte Khalil, er möge doch über *Rehavia,* dem traditionellen Wohnviertel der *Jecken,* der deutschen Juden hier in Israel, ins Hotel fahren.

»Wieso das denn?« fragt mich der Erzengel. »Das ist ein Umweg.«

»Ach«, sage ich leichthin, »ich möchte einfach noch ein paar Worte zu euch *Jecken* sagen.«

»Das *Euch* kannst du dir schenken. Ich bin kein Jecke. Ich bin Israeli und sonst gar nichts«, erwidert er aggressiv.

»Jecke hin oder her, jetzt geht es nach *Rehavia*«, befehle ich gut gelaunt und freue mich über seinen Zorn.

Wir fahren die *Arlosorow*-Straße hinunter und biegen in die *Gaza-Road* ab, dem Herzen von *Rechavia*. Die Häuser sind gepflegt, die Bäume in den Vorgärten gestutzt, die Bürgersteige sauber gefegt, die Messingschilder mit den eingravierten Namen blank poliert.

»Im Jahre von Hitlers Machtergreifung gab es fünfhunderttausend Juden in Deutschland. Das war etwa ein Prozent der Bevölkerung. Ein Drittel wurde ermordet, der Rest konnte entkommen. Aber nur jeder zehnte Jude aus Deutschland floh nach Palästina. Die meisten unter ihnen zogen die Vereinigten Staaten vor, darunter auch die sieben jüdischen Nobelpreisträger Deutschlands und andere bekannte deutsche Juden wie Kurt Weill, Lion Feuchtwanger und Hannah Arendt. Keiner ging nach Palästina, aber alle gingen fort von Deutschland.« Ich mache eine kleine Pause. »Sie fragen sich weshalb, nicht wahr?« Ich krame in meinem Rucksack nach meinen Notizen und finde sie nicht. Jetzt muß ich halt improvisieren. Ich atme tief durch und versuche, mich zu konzentrieren.

»*Da gab es diesen Kerl namens Hitler in Deutschland, und die Juden begannen auf einmal, hierherzukommen.* Diese spöttische Bemerkung stammt von Ben Gurion«, beginne ich. »Auch wenn die damaligen Immigranten aus Deutschland und ihre Nachkommen größtenteils in Israel geblieben sind, kamen die meisten doch in der Tat ganz gegen ihren Willen: als *Flüchtlinge*. Das waren keine Zionisten. Dementsprechend lagen sie von Anfang an im Clinch mit den fundamentalen Werten der zionistischen Ideen. ›Hitler-Zionisten‹ nannte man sie hier im Land abfällig.«

Ich werfe Raffael einen kurzen Seitenblick zu. Er starrt mich wütend an. Ich kann auch gemein sein, denke ich, dieses Monopol gehört nicht dir allein, mein allerwertester Herr Oberst aus dem Land der Auserwählten. »Aber das gilt natürlich nicht nur für die deutschen Juden«, fahre ich fort. »Die meisten Einwanderer, sowohl Holocaust-Überlebende als auch Juden aus der islamischen Welt, waren nicht nach Israel eingewandert, weil sie dem Exil entfliehen wollten. Sie kamen ganz einfach deswegen, weil kein anderes Land auf unserer Erde sie aufnahm. Sie waren Flüchtlinge, keine zionistischen Idealisten. Deshalb waren viele von ihnen alles andere als begeistert, daß sie ihre angestammte Kultur und Identität als Juden gegen die hypothetische Identität des ›neuen Menschen‹, einer Phantasmagorie von Ben Gurion, eintauschen sollten.« Nur noch zwei Minuten, und wir sind am Hotel. Ich überspringe jetzt einfach wichtige Zusammenhänge. Die Geschichtsschreibung ist mir im Moment vollkommen gleichgültig. Raffael gelten meine Worte. Und heftig schmerzen sollen sie ihn. »So kommt man zwangsläufig zu dem Schluß, daß die heutigen Mitglieder der jüdischen Gemeinschaft ›Israel‹ zwar eine doppelte Identität als Israelis wie auch als Juden haben, das Ziel aber, einen sogenannten ›neuen Menschen‹, was natürlich nichts anderes heißt als einen besseren, zu schaffen, verfehlt wurde.«

Khalil stoppt den Bus an der eleganten, blumenumrankten Auffahrt zum Hotel.

»Mußte das sein?« knurrt mich der Erzengel an.

»Gegen die Historie kannst selbst du nichts machen, mein Herz.« Ich lache ihn vergnügt an. Der Schlag hat gesessen, ich bin zufrieden. »Aber weißt du, Raffi, das ist ja nur die Meinung eurer neuen Historiker, nicht meine. Für mich bist du der Größte, und ich bin dir untertan.« Ich trällere ihm Evas demutsvolle Arie aus der *Schöpfung* vor. »*Und dir gehorchen und dir gehorchen, bringt mir Freude, Glück und Ruhm. Und deine Liebe sei mein Lohn.*«

Bevor wir aus dem Bus steigen können, kommt Frau Albertz auf uns zu, nimmt unsere Hände und drückt sie fest.

»Es ist unser letzter Abend in Israel«, sagt sie traurig. »Wir wollen uns gerne angemessen von Ihnen verabschieden. Dürfen wir Sie nach dem Abendessen zu einem Gläschen Wein einladen?«

Das ist ein rührender Gedanke, aber diese unerwünschte Einladung paßt überhaupt nicht in unser Programm.

»Nach dem Abendessen werden Sie alle Koffer packen wollen.« Ich muß jetzt schnell reagieren. »Wäre es nicht besser, wir würden uns vorher treffen? Ich weiß auch schon wo.« Ich darf keine Widerrede zulassen. Also rede ich rasch weiter. »Ich habe das unverschämte Glück, eine wunderschöne Terrasse vor meinem Zimmer zu haben. Dahin lade ich Sie ein. Zum Sonnenuntergang. Dann können Sie Jerusalem noch einmal im goldenen Abendlicht fotografieren.« Ich bin stolz über diesen Einfall. »Vergessen Sie also Ihren Apparat nicht. Ich sorge für Gläser und Stühle. Sie bringen den Wein mit, ja? Zimmer Nummer 2208.« Alle nicken begeistert.

Die Sirene, die den Schabbat ausläutet, schallt über die heilige Stadt.

»Kannst du in fünf Minuten wieder unten sein?« fragt Raffael mich im Lift. Er hat den Knopf mit der *Zwei* gedrückt. Ich wohne zwanzig Stockwerke über ihm.

Ich nicke. »Was muß ich anziehen?« Meine Finger sind schon wieder feucht von Schweiß, wie vor meinem Besuch bei Otto Guttmann.

»Egal.« Der Lift hält. Raffael stellt den Fuß in die offene Tür, legt seine Hand um meinen Hals und zieht mich an sich. Zart berühren seine Lippen die meinen, weich und geschmeidig umschmeichelt er meinen Mund, er zieht und saugt an meinem Fleisch mit kleinen, schmatzenden Geräuschen. Ich spüre seine Zunge, wie sie sich feucht und flatternd ihren Weg durch die Spalte meines Mundes sucht. Unsere Zungen treffen sich und tanzen einen kurzen, erregten Tango miteinander. Er stöhnt und hält mich fest umschlungen. Ich kann sein steifes Glied spüren. Hart wie Stein, denke ich. Wenn wir nur jetzt die Gelegenheit hätten – ich habe solche Lust! Dieser Rausch darf nicht aufhören. Ich will ihn spüren. In mir. Jetzt. Er soll sich in mir bewegen.

»Ach, Elisabeth, ich begehre dich so.« Ich höre seine Stimme wie aus weiter Ferne. Gott, was ist aus mir geworden? Nie habe ich solche Gedanken gehabt, nie war ich geil auf den Schwanz eines Mannes. Und jetzt stehe ich in einem Jerusalemer Aufzug und will gevögelt werden und sonst nichts. »Ich will dich, Elisabeth.« Sein nasser Mund ist ganz nah an meinem Ohr. »Ich will dich. Ich will dich so. Keinen anderen Gedanken habe ich mehr im Kopf. Deine Brüste will ich berühren, deine Schenkel, ich will hinein zu dir, tief, ganz tief. Ich will dir die Besinnung rauben, Elisabeth, ich will dich besitzen. Ich. Nur noch ich. Keiner außer mir soll dich je mehr haben.« Seine Stimme ist heiser. »Du machst mich zum Tier, Elisabeth, zum brünstigen Minotaurus.« Er schiebt mich heftig von sich und starrt mich mit roten Augen an. Sein Gesicht ist von Schweiß bedeckt. »Ich habe die Kontrolle über mich verloren. Das ist nicht gut.« Seine Hände krallen sich in meine Arme, so fest, daß es schmerzt. Abrupt läßt er mich los.

»Sei in fünf Minuten in der Halle«, befiehlt er. »Sonst fahre ich ohne dich.« Die Lifttüre schließt sich vor ihm.

Was ziehe ich nur an? denke ich aufgeregt. Was trägt man bei einer *Schiwa*? Ich zerre eine schwarze Hose aus dem Schrank und schlüpfe schnell hinein. Schwarz ist gut, überlege ich. Damit mache ich bestimmt nichts verkehrt. Ich stülpe mir ein langärmliges schwarzes Hemd über, rase ins Bad, kämme die Haare streng nach hinten, male die Lippen dunkellila an und stehe schon wieder im Lift.

In der Halle sehe ich Raffael nirgends. Ich gehe hinaus in die Einfahrt und blicke suchend umher. Der Platz ist leer. Ich spüre einen scharfen Stich im Kopf und begreife, daß er ohne mich gefahren ist. Mein Magen krampft sich zusammen. Als mir schwindlig wird, merke ich, daß ich nicht atme. Ich japse nach Luft. Das ist das Ende, schreit es in mir, er ist, ohne zu warten, gefahren. Er hat Schluß gemacht.

Ich mache kehrt, um zurück ins Hotel zu gehen. Da plötzlich sehe ich ihn, wie er mit verschränkten Armen an einer Mauer lehnt und auf die marmornen Platten des Fußbodens starrt. Neben ihm steht ein rotsilbernes Motorrad. In dem Moment, als ich ihn erblicke, schaut er auf und winkt mir zu.

»Komm, meine Tulpe«, ruft er mir zu, »steig auf.«

»Auf das da?« rufe ich erstaunt. »Du hast ein Motorrad?« Ich bin begeistert und klettere sofort auf den Hintersitz.

»Ich habe gar nichts. Kapier das doch endlich«, sagt er und läßt den Motor an. »Es gehört meinem Sohn. Ich darf es benutzen, solange er in Amerika ist.«

Seine Bitterkeit tut so weh. Wenn wir erst für immer zusammen sind, wird sie langsam verschwinden. Das muß mein Ziel sein. Ich werde den nagenden Verdruß aus seinem Herzen verscheuchen. Mit mir an seiner Seite wird er es lernen, wieder ausgelassen und leichtlebig zu sein, seinen *bezaubernden Charme*, den Otto Guttmann so vermißt, wiederzufinden. Ich schlinge meine Arme um ihn und lege meinen Kopf auf seinen Rücken. Warum nur habe ich so überspitzt reagiert und diese Hitlerzionisten erwähnt? Das war geschmacklos und unnötig. »Sorry, wegen vorhin, Raffael«, schreie ich ihm ins Ohr. Als Antwort beißt er mich leicht in die Finger. Ich zwicke ihn in die linke Pobacke, er steuert das Motorrad scharf um eine Linkskurve. Beinahe falle ich herunter, ich schreie laut auf und halte ihn ganz fest. Wir fahren lachend durch das abendliche Jerusalem. Der Wind ist warm und zerzaust meine Haare, es ist herrlich. Ich liebe ihn. Und ich weiß, er wird mich bitten, hier bei ihm zu bleiben.

Zuallererst werde ich ihm ein Motorrad kaufen, beschließe ich. Ja, das ist eine gute Idee. Aber kein japanisches Billigmodell wie das seines Sohnes. Es wird eine BMW sein.

Wir halten im Bucharischen Viertel vor einem großen Haus aus bossierten Kalksteinblöcken. Eine Freitreppe mit Säulen führt zum Eingang. Die schwere Holztüre steht offen.

»Ich weiß wirklich nicht, was du dir davon versprichst«, sagt Raffael und steckt den Motorradschlüssel in die Tasche. »Für mich ist es eine lästige Pflicht, und du reißt dich darum, mitzukommen.« Er zieht eine *Kippa,* eine Gebetskappe, aus der Hose, setzt sie auf seinen Hinterkopf und klemmt sie mit einer Spange an seinem Haar fest.

Wir steigen die Treppen hinauf und betreten das Haus. In der Halle ist es finster, die großen Spiegel sind mit schwarzen Tüchern verhängt.

»Wessen Haus ist das?« frage ich.

»Tante Idas, natürlich«, antwortet er knapp. »Die *Schiwa* findet immer im Haus des Verstorbenen statt.« Er mustert mich mit einem scharfen Blick. »Wundere dich nicht, wenn die feinen Pinkel dieser alten *Jecken*-Familie ein wenig schmuddlig und ungepflegt aussehen. Sie haben seit der Beerdigung die Kleider nicht wechseln dürfen, noch durften sie sich waschen oder rasieren. Sieben Tage lang.« Er nimmt meinen Arm und schiebt mich die Stiege in den ersten Stock hinauf. »Na, eigentlich stimmt es nicht ganz, was ich dir da sage. Am Schabbat wird das Trauern unterbrochen, um die *Schabbes*-Gebete nicht zu versäumen. Und weil die in reinlichem Zustand abgehalten werden müssen, darf der Trauernde am Schabbat ein Bad nehmen.« Mit einer Hand kontrolliert er rasch den Sitz seiner *Kippa*. »Du hättest ruhig ein Kleid anziehen können.«

»Aber ich ...« Bevor ich weitersprechen kann, kneift er mich in den Arm. »Psst.«

Eine Frau in einem dunklen Kostüm kommt aus einem der Zimmer und geht vorsichtig und leise über den Gang.

»*Schalom,* Yael.« Als sie Raffaels Stimme hört, blickt sie auf und sinkt ihm mit einem Seufzer in die Arme.

»*Schalom,* Raffilein, mein Lieber. Wie schön, daß du gekommen bist.« Er streichelt ihr fürsorglich über den Rücken, während er eindringlich auf sie einredet. Sie schluchzt verhalten und klammert sich an seinen Armen fest. Ich verstehe nicht, was er sagt, er spricht sehr leise, seine Stimme klingt beruhigend und melodiös. Ich habe sie nie so gehört. Schließlich hört sie zu weinen auf. Er wiegt sie behutsam im Arm. Sie scheinen einander sehr vertraut zu sein. Durch alte Wurzeln miteinander verbunden, denke ich verstört. Beim Anblick dieser Heimatlichkeit beißt sich ein kaltes, trostloses Gefühl der Fremdheit in mein Herz.

»Yael, das ist Elisabeth aus Deutschland. Tante Hedwigs Tochter. Damit ist sie so etwas wie eine Cousine dritten Grades von uns. Sie ist gerade bei meinem Vater zu Besuch«, sagt Raffael einsilbig. Auf deutsch. Er schiebt mich Yael in die Arme, dreht sich um und verschwindet in einem der Zimmer.

»Wie schön, dich kennenzulernen, Elisabeth, wenn auch der Anlaß traurig ist. Ich bin Yael, Idas Tochter«, sagt sie sanft. Ihr Gesicht schimmert durchsichtig wie eine Gemme. Wir sind etwa gleich alt, schätze ich. »Mama war immer sehr bedrückt darüber gewesen, daß deine Mutter mit ihrer Familie zurück nach Deutschland gegangen war. Aber dein christlicher Vater, Elisabeth, konnte sich nicht einfügen in die jüdische Welt. Vielleicht wollte er auch nicht. Wer weiß das?« Einfügen? Ich stutze. Was soll denn das bedeuten? So wie ein Stück Blech, das zurechtgeschnitten, angepaßt und an einem Ort eingefügt wird, an dem es fugenlos zu passen hat? Ein untergeordneter, abgerichteter Ackergaul, der auf leisen Sohlen und in stiller Dankbarkeit jüdische Felder pflügt? In meinem Kopf dröhnt es, ich spüre, daß sich auf meiner Nase ein Schweißfilm bildet. Schnell wische ich mir über das Gesicht.

»Komm jetzt, meine Liebe.« Yael führt mich in den Trauerraum.

Er ist groß und düster. Es brennt kein Licht, die Vorhänge sind geschlossen. Auch hier sind die Spiegel schwarz verkleidet. Es riecht nach verbrauchter Luft und feuchten Kleidern. Anscheinend darf während der Trauerwoche auch nicht gelüftet werden.

In dem geräumigen Salon stehen keine Möbel. Lediglich einige Holzhocker, auf denen die Trauernden sitzen, in zwei einander gegenüberstehenden Reihen. Die Abdrücke von Schränken, Tischen und Stühlen sind deutlich auf dem Parkettboden zu sehen. Ein leergeräumtes Trauerzimmer, vermutlich auch das eine streng einzuhaltende Regel.

»*Schiwe*-Besuch ist da. Elisabeth, Hedwig Saloschins Tochter. Aus Deutschland.« Fast unhörbar stellt mich Yael den Trauernden vor. Ich schäme mich für die Lüge, fühle mich wie ein ertappter Brandstifter. Vor Unsicherheit ziehe und zerre ich an meinen engen Hosen. Wenn ich nur wenigstens ein Kleid anhätte. Die dunkelgewandeten Menschen, die im Dämmerlicht auf ihren kleinen Stühlchen sitzen, alttestamentarische Gebetssprüche murmeln und dabei mit dem Körper hin und her schaukeln, erscheinen mir wie bizarre Gespenster aus dem Schattenreich. Als sie meinen Namen hören, unterbrechen einige ihr Gemurmel, heben zitternd die Köpfe und starren mich an. Ich blicke in die wäßrigen Augen alter Menschen. Ein kurzer interessierter Blick streift mich, sie erkennen nichts an mir, keine Erinnerung belebt die Leere ihrer Augen, sie wenden sich wieder dem Gebet zu. Es muß wohl das *Kaddisch* sein, das Totengebet, das sie in gemeinsamem, leisem Singsang vortragen. Ich verstehe nichts, denn der uralte Spruch wird immer auf aramäisch rezitiert.

Yael schiebt mich auf einen der Hocker. Mein Herz klopft dumpf. Ich fühle mich wie eine grell geschminkte Hure in dieser abgeschlossenen, starren Welt. Ein ungebetener, unerwünschter Gast. Ein Voyeur. Weshalb bin ich nur mit hierher gegangen? *Du bist nichts als eine frivole Europäerin.* Wieso fällt mir das jetzt ein? Lachend hatte Raffael diesen Satz zu mir gesagt. Gestern abend. *Das ist der erste beschnittene Penis, den ich sehe,* hatte ich amüsiert zu meinem Geliebten gesagt. *Du bist überhaupt der erste Jude in meinem Leben.*

Ich sitze am Ende der Reihe, an meiner Seite Frauen in Pumps und mit kleinen Hüten auf den Dauerwellen, mir gegenüber nur schwarze Hosenbeine. Männer und Frauen trauern vereint, nach Geschlechtern geordnet. Vorsichtig hebe ich meinen Blick und taxiere die Männerriege. Keiner trägt Schläfenlocken, Bart oder einen *Streimel,* den pelzbewehrten Hut der Frommen. Vertraut sehen sie irgendwie aus, hellhäutig, schlank, mit gestochen scharfen Gesichtszügen. Wie die Geschäftspartner meines Vaters in ihren dunklen Anzügen und ihrem ernsthaft vornehmen Gebaren. Deutsch.

Was nur macht sie mir dann so fremd? Meine Blicke wandern umher. Endlose Gebete, langweilige Trauerbesuche, öde

Liturgien. Das alles kenne ich auch, habe tausendmal in harten Kirchenbänken gekniet, gestanden, gesessen. Immer unkonzentriert, nie ganz dabei, die klebrige Hostie als peinlich empfindend. Den wichtigsten Teil meiner Selbst, die Seele, haben fromme Traditionen nie erreicht.

Ich betrachte jeden einzelnen der Männer mir gegenüber genau. Unter den Greisen sitzen auch Männer um die Vierzig, Teenager, Knaben. Wie von einem unsichtbaren Gewebe tiefer Übereinstimmung umgeben, hocken sie in Andacht versunken auf ihren Schemeln. Die Ernsthaftigkeit ihrer Gebete, der Gebrauch der längst verwehten Sprache, das Wiederholen von Texten, so alt wie Abraham und Jesaja, scheint sie mit einer unzerbrechbaren Eisenkette aus Traditionen zusammenzuschweißen. Nichts Frömmlerisches oder Aufgesetztes kann ich in den Gesichtern der Männer entdecken. Nach innen verlagert ist ihr Wesen, die äußere Hülle für Momente zurücklassend, um der verwandten Toten den Weg ins Jenseits mit höchster Sammlung zu erleichtern. In einem der Gesichter erkenne ich Raffael. Ist er es wirklich? Ich muß zweimal hinschauen, um sicher zu sein. Grau und schmal, die Augen halb geschlossen, ganz der Konzentriertheit des Totenzeremoniells hingegeben, sitzt er zwischen seinesgleichen. Sprach er nicht vorhin von lästiger Pflicht? Die jahrtausendealte Verwurzelung mit seinem Volk hat das fleischige Tier aus ihm verdrängt. Die gierigen Lippen meines warmen Geliebten flüstern Gebete, der erregende Blick seiner smaragdenen Augen ist einer spirituellen Fahlheit gewichen. Die Judenkappe sitzt fest auf seinem Hinterkopf. Jude, denke ich plötzlich, Raffael ist zuallererst immer Jude. Ein Jude in Israel: für ihn das einzige, was zählt. *Ich liebe unser Land und bin bereit, jeden, der es uns wegnehmen will, kaltzumachen.* Blitzartig sehe ich, wie sich eine unüberwindbare Mauer zwischen uns aufrichtet. Werde ich sie einreißen können? Oder übersteigen? Wird er es mir gestatten? Reicht es, daß ich ihn liebe?

Mit einem Mal friert es mich. Wie eine kalte Schicht blauen Eises legt sich die Fremdheit zwischen diese Menschen und mich.

»Nachdem dir Hedwig sicher nichts davon beigebracht hat, was uns betrifft, sprechen wir das *Kaddisch* für dich auf deutsch«, sagt plötzlich einer der trauernden Greise und schaut mich dabei ausdruckslos an. »Raffael, würdest du bitte so freundlich sein.«

Raffi zögert einen Moment. Die alte Wut ist in seine Augen zurückgekehrt. Los, lies schon, befehle ich ihm stumm und ignoriere seinen rebellischen Blick. Du warst es, denke ich zornig, du hast mich zur Cousine gemacht. Ich wäre lieber gleich als *Goj* aufgetreten, als die Christin, die deine Frau sein wird. Das mußt du jetzt wieder in Ordnung bringen. Ohne mich. Deiner Sippe mußt du unsere Lüge selbst beichten.

»... *Erhoben und geheiligt werde Sein großer Name in der Welt, die er nach Seinem Willen erschaffen hat, und Sein Reich erstehe in eurem Leben und in euren Tagen und dem Leben des ganzen Hauses Israel schnell und in naher Zeit, sprechet: Amen* ...« Raffael spricht die vielen geheiligten Worte leise. Mich wundert in dem langen Text, daß der Tod nicht ein einziges Mal erwähnt wird, obwohl es ein Totengebet ist. Mir scheint es eher eine Hymne auf das Leben zu sein.

Nach dem letzten *Amen* wendet sich Raffael zu mir. »Komm nach nebenan. Dort gibt es etwas zu essen.« Er hat ins Hebräische gewechselt. Weshalb? Alle sprechen hier anscheinend mit Vorliebe deutsch, haben die einstige Muttersprache in die neue Heimat hinübergerettet.

In der Küche werden kalte Fischfilets auf Kopenhagener Porzellan serviert. Fleisch darf keines gereicht werden während der Trauerwoche, höre ich, Fisch dagegen schon. Machen die es sich kompliziert, denke ich, mit ihren tausend Regeln, eine antiquierter als die andere.

»Es ist schon spät. Wir müssen gehen«, sagt Raffael. Seine Stimme hat wieder diesen schneidenden, unnachgiebigen Tonfall. »Elisabeth reist morgen früh zurück nach Deutschland.«

Nein, nein, will ich rufen, das tue ich nicht. Ich bleibe hier. In Jerusalem. Bei Raffael. Aber eine undeutliche Ahnung verhärtet für Sekunden mein Herz und macht mich schweigen.

Wir verabschieden uns. »Elisabeth, wenn du wieder ins Land kommst, dann mußt du bei mir wohnen. Ich würde mich sehr freuen, dich näher kennenzulernen.« Yaels Einladung rührt mich. Sie klingt aufrichtig. Am liebsten würde ich ihr um den Hals fallen und um Verzeihung bitten für unsere rohe Lüge. Raffael drängt mich zur Türe hinaus.

»Einfügen«, sagt er grinsend auf der Treppe zu mir. Sein Gesicht hat wieder Farbe, seine Augen glitzern vor Spott. Erkenne ich ihn nun wieder, meinen unverschämten Geliebten, meinen unbeugsamen Partisanen, meinen verschwenderischen Seeräuber? »Bei diesem Ausdruck hat es dir ganz hübsch die Kinnlade runtergerissen, meine Taube. Nicht wahr? Einfügen ist wohl nicht dein Ding!«

»Nein, das ist es ganz und gar nicht.« Ich blinzle ihn an und schüttle mich wie ein nasser Hund. Jetzt, wo sich das Tor des Totenhauses hinter mir geschlossen hat, löst sich meine Starrheit und macht der gewohnten Beschwingtheit langsam Platz. »Sollte ich mich denn einfügen?«

»Nun«, sagt er, »ich denke schon. Nachdem wir uns über zweitausend Jahre überall einfügen mußten, seid ihr nun mal an der Reihe. Hier bei uns.«

»Ja, ja. Aug' um Aug'.« Kaum erlöst von der Frömmigkeit des düsteren Trauerrituals, will ich jetzt nicht streiten. »Immer schön reaktionär«, sage ich fröhlich. »Je älter die Regeln, desto lieber sind sie euch. Ha? Zahn um Zahn. Aber diese schöne Sitte stammt gar nicht von euch. Weißt du das überhaupt? Die gab es schon unter Hammurabi in Babylon. Fünfhundert Jahre vor dem guten alten Moses.« Raffi hebt seinen Arm. »Zückst du das Schwert, mein Luzifer?«

»Aber nein, meine Elfe, ich liebe es, wenn du Gift spritzt. Dann sieht man dir deine siebenundvierzig Jahre endlich mal an«, antwortet er mir mit einem wundersam sanften Lächeln. »Schau mal auf die Uhr! In zehn Minuten stehen die Deutschen vor deiner Türe. Wir sollten uns beeilen.«

Schweigend fahren wir zurück ins Hotel. Ich habe meine Arme um Raffi gelegt, aber es ist mir nicht behaglich dabei. Es ist gemein von ihm, mich an mein Alter zu erinnern. Ich weiß, ich benehme mich wie ein verliebter Backfisch und könnte doch schon Großmutter sein. Ich habe es eine Sekunde lang vergessen.

»Bereite du die Stühle vor, ich bringe Gläser«, ruft er mir zu, als wir die Einfahrt erreichen. So schnell ich kann, springe ich vom Motorrad herunter und laufe zum Lift. Kaum im Zimmer, schiebe ich die Stühle auf den Balkon, rücke die Tischchen zurecht. Aschenbecher, Obstkorb, Blumen. Alles steht an seinem Platz, da klopft es schon. Meine Gäste und mein Geliebter sind da.

Frau Albertz hat ein holpriges Gedicht verfaßt, das sie mit großer Rührung vorträgt. Sie überreicht Raffael, Khalil und mir im Namen der Gruppe ein Kuvert mit Geld.

»Das Berührendste an dieser Reise«, sie wendet sich an Raffael, »war sicherlich die Begegnung mit Ihnen. Ihre einzige Liebe gilt Ihrem Land, und Sie haben uns, lieber Raffael, an dieser Liebe teilhaben lassen. Ohne Einschränkung. Dafür danken wir Ihnen. Und«, sie macht eine kleine Pause, um Luft zu holen. Ihre Stimme zittert ein wenig, »auch dafür, daß Sie uns Deutsche so vorbehaltlos akzeptiert haben. Wir waren, vor allem die Älteren unter uns, voller Sorge, ob wir auf dieser Reise unsere unerfreuliche Vergangenheit ständig vorgehalten bekämen. Diese Sorge haben Sie uns genommen. Wir haben uns in Ihrem Land sehr wohl gefühlt.« Ich schaue schnell hinüber zu Raffael. Er steht mir gegenüber und lehnt am Balkongitter. Gleichgültig hat er die Augen auf Frau Albertz gerichtet. Sie hebt ihr Glas. »Wir danken unseren drei großartigen Begleitern. Sie sind ein wundervolles Team. Auf Ihr Wohl!«

Ich müßte der Gruppe jetzt sagen, daß ich sie morgen nicht nach Deutschland zurückbegleiten werde, sondern in Israel bleibe. Du zählst bis drei, weise ich mich energisch an, und dann redest du.

»Es ist bereits spät, meine lieben Herrschaften«, beginne ich, »und wir sollten zum Essen gehen. Die Köche warten sicher auf uns!« Ich zupfe nervös an meiner Nase. Sie ist erneut von Schweißperlen übersät. »Aber bevor wir aufbrechen, muß ich Ihnen noch rasch etwas gestehen.« Mein Herz pumpt und hämmert. Vor Kurzatmigkeit fällt mir das Sprechen schwer. »Ich habe mich gar nicht auf diese Reise gefreut. Lieber wäre ich, ehrlich gesagt, nach Syrien gefahren, weil dort eine Sonderausstellung von gerade entdeckten phönizischen Texten läuft.« Was lüge ich denn da zusammen? Warum sage ich nicht die Wahrheit? »Texte von Tontafeln, die ich noch nie zu Gesicht bekommen habe. Das hätte mich natürlich sehr interessiert.« Ich sehe in die lachenden Gesichter meiner Mitreisenden. Sie fanden meine Leidenschaft für Altertümliches immer sehr amüsant. »Aber dadurch, daß Sie eine so reizende und liebenswerte Gruppe waren, uns das Leben leichtgemacht und viel Humor mitgebracht haben, habe ich doch tatsächlich diese Ausstellung gänzlich vergessen. Und so danke ich auch Ihnen für die schöne gemeinsame Reise.« Du bist feig, Elisabeth, denke ich voller Zorn, du hast das Herz eines Hasen, du bist ein verdammter Waschlappen. »Und dir, Raffi, danke ich natürlich auch.« Mehr kann ich nicht herauspressen. Aber er lacht mich ungezwungen an, ahnt nichts von dem Gefecht in meinem Herzen, das ich soeben verloren habe.

»Ich komme gleich nach«, rufe ich und winke meine Gäste zur Türe hinaus. Rasch laufe ich zum Telefon und wähle Jasons Nummer. »Es tut mir so leid, aber ich kann nicht mitkommen nach Tel Aviv. Ihr müßt ohne mich zur Friedenskundgebung fahren. Wir sind gerade erst vom Toten Meer zurückgekommen.« Ich lüge schon wieder. »Ich bin vollkommen verschwitzt und müde, und es gibt so viele Dinge, die ich heute abend noch erledigen muß. Weißt du, wir fliegen morgen vormittag.«

Jason ist in Eile, die Freunde warten an der Türe. »Wir müssen uns beeilen, Elisabeth, wir sind schon spät dran. Melde dich, wenn du wieder im Lande bist. *Schalom.*«

»Leb wohl, Jason.« Ich lege den Hörer auf. In einem der Weingläser ist noch ein Rest. Ich schütte ihn hinunter, zünde mir eine Zigarette an und gehe hinaus auf die Terrasse. Es ist dunkel geworden, die Sterne funkeln über der heiligen Stadt, die mir in ihrer abgründigen Schönheit zu Füßen liegt.

Was will ich denn eigentlich, denke ich beklommen, weiß ich das überhaupt noch? Warum gehe ich nicht einfach zurück in die behagliche Langeweile der Schweiz und vergesse dieses schmerzhafte Abenteuer? Lucius würde mich niemals so demütigen wie der Erzengel. Wie aus Stein gehauen fühle ich mich, erstarrt und kalt.

Ich kann nicht mehr, ich kann nicht noch mehr einstecken, flüstere ich und spüre, wie mir die Tränen herunterlaufen. Was hat denn dieser verdammte kotzige Typ nur an sich, daß mir allein der Gedanke, ihn morgen zurückzulassen, eine solch unvorstellbare Angst einflößt, mir ein Zittern durch den Körper jagt, als sei ich in Todesgefahr? Nein, nein, denke ich, lieber springe ich vom Balkon, als daß ich auf ihn verzichte. Aber was finde ich nur an ihm? Er ist unnachgiebig, arrogant, aggressiv. Er hat keinen Humor, dieser Bastard. Und er hat mich nicht gefragt, ob ich bleibe. Ein Gefühl trostloser, ohnmächtiger Wut durchsengt mein Herz. Ich ahne, daß er mich morgen ungerührt ins Flugzeug steigen lassen wird, sich beim Anblick der abhebenden Maschine leicht lächelnd der netten Stunden mit mir entsinnend. Er wird ein bißchen an seinen schmalen Fingern drehen, sich abwenden und in sein banales Leben zurückkehren. Ich schlage mit den Fäusten auf die Balustrade. »Verdammt, verdammt, verdammt!« kreische ich in das nächtliche Jerusalem hinaus. »Dann geh doch zurück in dein kleinkariertes Nest, das nach Babypisse stinkt und wo es nur Sonderangebote aus den billigsten Supermärkten gibt. Ich will dich überhaupt nicht. Verdammte Scheiße.« Ich hämmere mit Gewalt auf die Brüstung, schluchze und schreie aufgebracht. »Also gut«, brülle ich die Nacht an, »dann werde ich morgen in das Flugzeug steigen und dich fetten Zuhälter einfach vergessen. Einfach so.« Meine Stimme ist verzerrt und mißtönend, schrill wie ein falsch gestimmtes Instrument. »Was hast du schon Besonderes an dir, du überheblicher aufgedunsener Hausierer, du fantasieloses Stück Kameldreck. Du warst für mich auch nur ein Objekt. Was bildest du dir nur ein? Allein Spaß wollte ich mit dir haben. Sonst nichts. Ich habe mich bedient an dir. Nicht du dich an mir. O nein, bilde dir das nur nicht ein. Und jetzt kannst du gehen. Ich will dich nicht mehr.« Ich bin so laut, daß der Widerhall meiner Stimme an der Terrassenwand schallt. Zitternd schmettere ich das Weinglas an die Wand. Die winzigen Scherben glitzern für einen Moment wie Wunderkerzen, dann fallen sie klirrend auf den Boden. Dieses Geräusch bringt mich zur Besinnung. Beschämt von meinem enormen Ausbruch sammle ich die Glassplitter vom Boden auf.

Als ich mit großer Verspätung bei Tisch erscheine, ist die Gruppe bereits teilweise bei der Nachspeise angelangt. Ich murmle eine Entschuldigung und setze mich auf den einzigen freien Stuhl.

»Nein, nein, die Erbsensuppe in Amman war bedeutend schmackhafter als die hier«, redet Frau Albertz auf Frau Matthäus ein. Beide löffeln eine luftige Schokoladencreme mit viel Schlagsahne, stecken Mandelbiscuits mit Nougatfüllung in den Mund und sprechen über Erbsensuppen.

»Also ich fand die Erbsensuppe heute abend viel besser«, antwortet Frau Matthäus energisch. Ihre Stimme klingt fast beleidigt.

»Nein, nein, die Erbsensuppe in Amman war bedeutend cremiger, robuster in der Konsistenz«, beharrt Frau Albertz trotzig. Es hört sich an, als wolle sie Frau Matthäus klarmachen, daß sie nun aber wirklich gar nichts von Erbsensuppen verstünde.

O Gott, denke ich, zuerst fabriziert sie ein Gedicht für Stotterer, und dann mutet sie uns ihre Erbsensuppen-Philosophie zu. Ich schwöre mir, daß ich niemals anfangen würde, pausenlos vom Essen zu quasseln, wie anscheinend besonders gerne die es tun, die zuviel davon haben. Sicher mehr als die, denen es daran fehlt. Warum schwatzen diese Leute überhaupt ständig? Als ob sie Geld dafür bekämen. Können sie Schweigen nicht ertragen?

»Morgen früh lege ich Ihnen meine Mängelliste vor«, bemerkt Herr Dr. Nerwenka und deutet mit dem Zeigefinger auf mich. »Die werden Sie dann unterzeichnen.«

Ganz bestimmt werde ich das nicht tun, denke ich und schenke ihm ein falsches Lächeln. An mir kannst du dir die Zähne ausbeißen, du Bluthund.

»Ach wissen Sie, meine liebe Frau Tobler«, das ist Frau Rütimeier, »der Hausmeister der Schule, an der meine

Freundin Lehrerin ist, war letztes Jahr in Israel. Und er hat mir erzählt, daß ihn Jerusalem an diese Stadt, wie heißt noch mal diese Stadt in Italien, Sie wissen schon, gell? Also, daß ihn Jerusalem so sehr an diese Stadt, ich glaube, sie ist in der Toskana. Ach, wie heißt sie nur, also, daß ihn Jerusalem so sehr an diese Stadt erinnert. Finden Sie das nicht auch?«

Morgen bin ich sie los, denke ich und trommle mit den Fingern auf dem Tisch. Jetzt nimmst du dich noch ein paar Minuten zusammen, befehle ich mir. Ich reibe mir die Stirn, ein leichter Kopfschmerz sitzt dahinter.

»Ja, der Khalil, der war schon nett«, meldet sich Frau Vogel. »Aber wissen S', wenn ich den am Bahnhof in Rosenheim sehen würde, hätte ich schon Angst. Da würde ich sofort davonlaufen. A so ein schwarzer Teufel.«

»Am schönsten fand ich eigentlich die *Via Dolores*«, sagt Herr Vogel da und wiegt nachdenklich mit dem Kopf. »Jetzt kann man sich doch vorstellen, wie das war mit dem Jesus und dem Kreuz und so.«

»Wissen Sie, aber diese Kopfkissen sind furchtbar hier in Israel. Viel zu groß und zu dick. Ich habe keine Nacht richtig schlafen können.« Herr Rütimeier gießt sich einen großen Schluck aus der Karaffe mit stark chloriertem Leitungswasser ins Glas. Es schmeckt abscheulich, ist aber gratis. »Also, ich mache bei dieser Touristen-Abzockerei nicht mit.« Er winkt dem Kellner. »So viel Geld für ein Bier zu verlangen. Das grenzt an Unverschämtheit. Als müßten wir in Deutschland nicht hart arbeiten für unser Geld.« Er drückt dem Kellner die leere Karaffe in die Hand. »Mach sie noch einmal voll. Aber ein bißchen dalli, wenn möglich.« Er duzt ihn selbstverständlich.

»*It is my pleasure*«, antwortet der Kellner höflich. Er ist Araber.

»Ja, und die Steckdosen gehen auch nicht für unsere Apparate. Und wenn, dann muß man unter Schränke und hinter Tische kriechen, um den Stecker hineinzubekommen.« Gerlinde Kampfhans Suche scheint heute abend erfolgreich gewesen zu sein. Ihre blonde Mähne strahlt frisch gewaschen, stabilisiert mit drei Litern Haarspray.

»Kleinchen«, ruft Frau Matthäus. Sie meint ihren Ehemann damit. »Reiche mir doch das Salz herüber. Ach, ich kann diesen Fraß nicht mehr sehen«, stöhnt sie und beugt sich über die mit frischen Kräutern und Weinblättern gefüllte Aubergine, die in einer Zitronenrahmcreme auf Minzenblättern schwimmt. »Wie ich mich auf *Spätzle* freue. Die mache ich mir gleich morgen, wenn wir heimkommen. Gell, Kleinchen, das magst du auch?«

Kleinchen nickt und lächelt seine Frau ergeben an. Zwischen seinen Zähnen quellen Essensreste hervor. Seiner Nase entwachsen lange Haare. »Hei jo«, sagt er, »am schönsten ist es doch zu Hause.«

Meine Hände ballen sich zu Fäusten, ich presse die Lippen fest zusammen, um nicht laut herauszuschreien und mit den Fäusten auf den Tisch zu hämmern. Die Erbsensuppen sollen ihnen ins Gesicht spritzen, die Erdbeertorten über ihre blöden gestickten Schwabenblusen schwappen, und das kostenlose Chlorwasser soll ihnen die Tränen in die Augen jagen. Ich hasse diese Leute, denke ich, ich hasse sie aus tiefster Seele. Wie kann ich in ein Land zurückkehren, wo solche Dinge Gesprächsthemen sind, wo die Menschen mich erdrücken und erdrosseln mit ihrem banalen, dummen Geschwätz.

»*Motek*, meine Süße, was brütest du hinter den Schatten deiner Augen für grausame Ideen aus?« Durch den Nebel meines Zorns höre ich diesen Satz. Auf hebräisch. Es ist Raffaels Stimme, sie klingt wie eine Aufforderung zum Tanz, melodiös und einladend. Die fröhlich hüpfenden Putten seiner Worte schwingen sich über den Tisch, drehen einen kleinen

Kreis, verneigen sich kokett, die rechte Hand auf die Brust gelegt, nicken mir verschwörerisch und mit einem kleinen Augenzwinkern zu und setzen leichtfüßig den Bogen an zum Schuß in mein Herz. Ihre Pfeilchen zwicken und kitzeln. Ich muß lachen und öffne meine Augen. Mir gegenüber sitzt mein Erzengel, lichtumflutet, wie in einer Mandorla. Um ihn herum leuchtet ein Strahlenkranz, der alles übrige entschwinden läßt. Die Silhouetten der Menschen lösen sich im Glanz von Raffis gewaltiger Kraft einfach auf. Ich verliere mich in seinem Anblick, er ist atemberaubend gegenwärtig, nicht tot, wie diese fahlen Touristen. Sein Hunger auf Leben ist herrlich. Wie konnte ich nur einen einzigen Moment lang zögern. Er ist es, den ich will, und sonst gar nichts. Meine eigenen Landsleute sind mir fremd, nicht er. Grau sind sie und langweilig wie das Wetter unserer Heimat, ein farbloser Faden eintönigen Regens. Ich werde alles in Kauf nehmen, denke ich, mag kommen, was will. Hier, bei ihm, ist mein einziger Platz.

»Du bist so stark wie Samson«, antworte ich auf hebräisch. Ich tauche in das Leuchten seiner smaragdgrünen Augen wie in einen vertrauten Weidegrund. Wir beide werden uns in blühenden Wiesen lieben und einen Dreck auf alle Konventionen geben.

»Hoffentlich bist du nicht Dalilah und wirst mich verraten.« Er schaut mich versonnen an.

»Das glaubst du doch wohl selbst nicht!« lache ich begeistert. »Ich werde dich besoffen machen mit meiner Zärtlichkeit. Für immer und ewig.« Ich pfeife ihm Dalilahs betörenden Liebesschwur vor: *Ah, Samson, Samson, réponds à ma tendresse, verse-moi l'ivresse.* In der Oper antwortet Samson mit leidenschaftlichen Koloraturen: *Dalilah, Dalilah, je t'aime, je t'aime, je t'aime.* Mein Erzengel grinst amüsiert, ein Strahlen füllt sein ganzes Gesicht. Aber er sagt kein Wort.

Ich stehe auf, schiebe den Stuhl artig zurück an den Tisch und verabschiede mich höflich von meiner Gruppe. »Ich werde versuchen, meinen Koffer zuzubekommen«, lächle ich sie an und ernte dafür ein mitfühlendes Kopfnicken.

Überall in meiner riesengroßen Suite liegen bunte Kissen aus gewirkter Damaszener Seide, auf der kleinen niedlichen Couch, auf den Sesseln und den Balkonstühlen. Ich sammle sie ein und werfe sie auf mein Bett. Als einziges Licht habe ich den Messingleuchter mit den vielen durchlochten Kreisen, der über dem Schminktischchen baumelt, brennen lassen. Der leichte Wind, der durch die offene Balkontür hereinweht, läßt die Lampe drehen und ihr Licht tausendfach an den Wänden zittern. Ich liege inmitten der Kissen und schaue dem Lichterspiel zu. Mein Zimmer ist ein Palast aus Tausendundeiner Nacht, ich bin Sheherezade, und gleich wird mein Fürst ans Tor klopfen. Er wird einen goldenen Turban tragen und persische Schnabelschuhe mit Diamanten besetzt, den Krummdolch hat er aus der Scheide genommen und in seinen Gemächern zurückgelassen. Zur Nacht der Liebe kommt er unbewaffnet. Er wird sich über mein Lager beugen und mit begehrlichen Lippen meinen Mund küssen.

Ich liege tief in den Kissen, herrlich entspannt, und spüre die Glut des warmen Feuers in meinem Körper. Mitten im Herbst beginnt für mich das Leben, denke ich träumerisch. Ich bin ein Apfelbaum im rosa Frühlingskleid, die Äste mit unzähligen zarten Knospen weit ausgebreitet und stolz der Sonne darbietend. Ich bin eine blauschwarze Wasserlilie, die graziös ihre Schwünge zieht, getrieben vom Maiwind, der ihr keß eine rosarote Apfelblüte aufs dunkle Haupt geblasen hat. Endlich ist es hell in meinem Herzen, klar und rein, der finstere Sommer ist vorüber, mein Leben hat begonnen. Soweit ich in meiner eigenen Geschichte zurückdenken kann, so weit reicht das Gefühl, daß mein Sinnesleben ein permanenter Stillstand war. Untertourig und lauwarm. Der erste Kuß, den ein Mann mir gab, war ein Versprechen, eine Ahnung dessen, was ich seither vergebens ersehnt hatte und erst in Raffaels Umarmung fand. Gestern. Ein paar Monate noch, und ich werde achtundvierzig sein. Mein Gott, denke ich, oft geküßt, aber immer falsch. Jahrzehntelang. Jetzt erst reckt sich die Rose zur Blüte. Wie lange werde ich sie blühen lassen können?

Giovanni hieß der erste, der mit weichen Lippen mir sanft den Mund berührte. Die Wolken rissen damals auseinander, noch heute entsinne ich mich des unvorstellbaren Erstaunens über die Blitze von ungeahntem Wohlempfinden, die mich durchjagten, als er meinen Mund berührte. Ich hatte schreckliche Angst, eine Todsünde begangen zu haben. Vielleicht würde ich sogar schwanger werden. Ich muß grinsen. Giovanni. Seinen Nachnamen habe ich vergessen. Es war bei irgendeinem Skirennen in Südtirol, und er hatte eine Schmalzlocke in die Stirn hängen.

Die Türe öffnet sich einen Spalt, mein Geliebter tritt ein. Er hat keine Geschmeide in die Stirn hängen, sein Gewand glitzert nicht im changierenden Glanz handgewobener Seide, sein Gesicht ziert kein duftender, dunkler Lockenbart, in dessen Kringeln Diamanten und Rubine schimmern. Aber er erscheint mir schöner und willkommener, stärker und ersehnter, als es je ein Märchenprinz sein würde.

»Schau, Raffi«, strahle ich ihn an und zeige auf die tausend Lichter, die die sich drehende Lampe auf die Wände wirft, »das Firmament spielt Karussell für uns. Komm ganz schnell zu mir, sonst wird es mir schwindlig.«

»Hier bin ich, meine Prinzessin«, flüstert der geliebte Mann sanft, und ein unendlicher, ein nimmerendender Traum beginnt.

Sechster Tag

Den Himmel habe ich mir aufs Haupt gesetzt, denke ich versonnen, dunkel leuchten die Sterne in meiner Krone. Die Menschen sind ängstliche Vögel, ich aber bin die Herrin des Universums, mutig und unbesiegbar. Eine Blüte aus poliertem Lapislazuli mit geschwungenen Blättern in hauchdünn geschlagenem Gold hat er mir gebracht, der Geliebte. Heilige Hochzeit feiern wir. Ich habe ihn zum Gott erhoben, nicht länger wird er mit gebücktem Kreuz meine Gärten pflegen. Er wird neben mir auf dem Thron sitzen, die Muskeln mit Weihrauchöl getränkt, um die Hüften ein luftblaues Seidentuch, die Fransen golddurchwirkt. Meine Karawanen haben es aus China gebracht. Der fremde Mann, der wildgeborene, aus der Steppen Ferne, wird für alle Zeit mein purpurnes Lager teilen. Mein göttlicher Schoß wird ihn befrieden. Ich lächle dem Mond, meinem silbernen Bruder, zu, der sein sanft schimmerndes Licht auf unsere weichen Kissen schickt und meine Haut wie Alabaster scheinen läßt.

Der kratzende Laut eines metallenen Reißverschlusses, der ungeduldig zugezogen wird, läßt meine Bilder vom mächtigen prunkvollen Liebesschloß am Schilfufer des ewigen Tigrisflusses brechen, zerstäuben wie ein buntes Mandala, in das der Wind fegt, auflösen in tausend Sandkörner, vergehen, verlöschen. Das ekelhafte Geräusch zerstört meine Träume, reißt die Mauern meines zinnenbewehrten Zauberpalastes ein und jagt ihn in die nebligen Tiefen der finsteren Unterwelt. Mach die Augen auf, befehle ich mir.

Ich sehe Raffael am Ende des Bettes stehen. Er stopft sein Hemd in die Hose. »Ich muß für eine halbe Stunde verschwinden.«

»Was?« rufe ich benommen. Ich werfe einen schnellen Blick auf die Uhr. Es ist zehn Minuten nach Mitternacht. Wo will er denn jetzt hin?

»Ich muß nur ganz schnell mal weg.« Er streicht sich rasch durchs Haar. Seine Stimme klingt verlegen.

»Wohin gehst du?« frage ich verschlafen und richte mich langsam im Bett auf.

»Ich muß für eine halbe Stunde auf mein Zimmer«, antwortet er, ohne mich dabei anzusehen. »Meine Frau ruft immer zwischen Mitternacht und halb ein Uhr an«, fügt er hinzu.

»Was?« schreie ich. Plötzlich bin ich hellwach. Aber Raffael hat die Tür bereits hinter sich geschlossen. Ich stürze aus dem Bett und laufe zwischen Balkon und Badezimmer hin und her. Das gibt es doch nicht, denke ich verstört. Das kann doch gar nicht stimmen! Seine Frau veranstaltet nächtliche Kontrollanrufe, und er läßt sich das bieten. Jetzt, wo er mich getroffen hat. Nein! Nein! Das darf nicht sein. Wie in einem Gewittersturm jagen die Gedanken durch meinen Kopf, giftige Pfeilspitzen eines grausamen Verdachtes verankern sich schmerzvoll in meinem Herzen. Er hat mich geschächtet, denke ich, und nun blute ich aus. Wie ein Opfertier. Wenn er zurückkommt, wird er eine Tote finden, die Geliebte, die er mit kaltem Herzen hingerichtet hat. Schnell drehe ich zweimal den Schlüssel im Schloß herum. Ich werde ihn nicht mehr hereinlassen.

Im dunklen Zimmer kann ich die Zigaretten nicht finden. Ich erinnere mich nicht, wo der Lichtschalter ist. Meine Knie geben nach, ich setze mich auf den Rand des Bettes. Im Zimmer hängt noch der Duft unserer wunderbaren Liebe. Hormondurchtränkt, süßlich und weich. Ich atme den herrlichen Geruch ein, und meine Tränen lösen sich. Wieso tut er mir so weh? Raffi, wieso tust du das? Ich verstehe dich nicht. Weshalb stößt du mir das Messer ins Herz? Wieso du? Du. Du. *Ach, ich sehne mich nach Tränen, Liebestränen, schmerzenmild* ... Wie habe ich dieses Gedicht geliebt, ich romantische Närrin, ich Unwissende. Im sicheren Elfenbeinturm meiner Weltfremdheit träumte ich von den Verfolgungen der Leidenschaft, den prickelnden Qualen der großen Liebe, während an meiner Seite der treue Lucius mich langweilte. Jetzt bin ich ihm begegnet, dem einzigen, einmaligen, großen Gefühl. Die Ozeane meines Tränenstromes werden mich austrocknen. Als vergilbte, zerknitterte Mumie wird man mich auf die Müllhalde schleudern.

Ich stehe auf und stelle den Airconditioner an. Er wird für kalte, neue Luft sorgen. Wenn du diesen Mann willst, mußt du kämpfen, Elisabeth, eröffnet mein Verstand den Dialog mit mir. Ja, antworte ich laut, ich will ihn. Und ich werde kämpfen. Du hast völlig recht. Ich muß zuallererst Linda aus dem Weg räumen. Das wird sich nicht vermeiden lassen.

Meine Überspanntheit legt sich langsam. Ich mache den kurzsichtigen, wütenden Entschluß, ihn einfach auszusperren, rückgängig. Ich schließe die Türe wieder auf. Mein unberechenbarer Geliebter soll zurückkommen, ich bin bereit.

Dennoch zucke ich zusammen, als es an der Türe klopft. Ich werde so tun, als sei nichts gewesen. Souverän muß ich sein und zurückhaltend. Mit einem energischen Schwung öffne ich die Türe.

»Raffi, mein Lieb ...«, meine Worte ebben erschrocken in ein Gegurgel ab, als ich ihm ins Gesicht sehe. Sein Mund ist verzerrt, seine Augen starren durch mich hindurch, er versucht die Schultern zu heben, aber es gelingt ihm nicht. Wie gelähmt steht er da, versteinert, bewegungslos.

»Was ist passiert?« schreie ich. »Um Gottes willen, was ist mit dir?«

»Sie haben ihn umgebracht«, flüstert er so leise, daß ich ihn kaum verstehen kann.

»Wen denn? Um Himmels willen? Wen? Sag schon!« Er bewegt langsam seine Hand nach oben und läßt sie sofort wieder sinken. Einem seiner Söhne muß etwas zugestoßen sein, denke ich entsetzt. Er sucht meinen Blick mit Augen, die ihre Konturen verloren haben. Wie zerstört wirken sie, ein Meer von grünen Splittern. Ein wildfremder Mann steht vor mir.

»Rabin«, sagt er heiser. »Sie haben Yitzhak Rabin umgebracht.« Schwach und müde klingt seine Stimme, er kann die Worte nur schwer herauspressen.

Gott sei Dank, bloß der, schießt es mir als erstes durch den Kopf.

»Komm, mein Liebster«, sage ich und nehme ihn bei der Hand. Ich führe ihn zu dem eleganten Sofa und drücke ihn in die Polster. Ein geschlagener, armseliger Heimkehrer sitzt auf der seidenen Pracht.

»Jetzt mal der Reihe nach«, fordere ich ihn auf. Ich habe noch nichts begriffen, außer daß irgend jemand den Ministerpräsidenten ermordet hat, eine Mitteilung, die in mir einen Anflug von Zorn hervorruft. Wieso zerstört mir dieser Mann meine Liebesnacht, denke ich. Und meinem Ritter hat er das blitzende Schwert aus der Hand geschlagen. Als gewaltiges Mammut hat Raffael meine Gemächer verlassen, als kraftloses Lamm kehrt er zurück.

»Es war nach dieser Friedensdemonstration in Tel Aviv, von der du so geschwärmt hast«, beginnt er leise.

Mir stockt das Blut. Das ist genau dort, wo Jason und all die anderen gerade sind. Wo ich auch hätte sein sollen. »Ja, aber was ist passiert?« Ich kann mir überhaupt nichts zusammenreimen. Die Sicherheitsvorkehrungen waren schließlich millimetergenau geplant. Ein gewaltiger Kordon von Bodyguards sollte den prominenten Mann schützen. Ich war dabei, als sie alles genauestens überdachten, immer und immer wieder. Vorgestern. In Jasons Haus.

»Ich weiß es nicht genau. Jemand hat ihn in der Garage erschossen, als er in sein Auto steigen wollte. Ich habe es gerade im Fernsehen gesehen und bin sofort zu dir heraufgelaufen.« Raffaels Gesicht ist aschgrau. Ich verstehe seinen gewaltigen Schock nicht ganz. Er hat doch diesen Mann nicht leiden können, sprach dauernd von ihm als einem Verräter, hoffte auf eine politische Veränderung im Lande oder wenigstens auf eine Abkehr der Friedensschritte des Ministerpräsidenten. Und nun hat sein Tod ihn so über alle Maßen erschüttert.

»Wer denn? Um Gottes willen«, sage ich mit rauher Stimme. »Wer hat ihn erschossen? Wer tut so etwas?« Fetzen des soeben Gehörten formen sich in meinem Hirn zu flirrenden Bildern. Ich sehe einen Araber, der mit haßerfüllten Augen, in den verkrampften Händen ein Gewehr, auf den Ministerpräsidenten zielt. Und schießt und schießt. Er drückt ab und schießt und schießt weiter, bis Rabin, der die Hände schutzsuchend vors Gesicht hebt, zu Boden fällt. Der Araber schießt weiter und weiter, bis sich Rabin nicht mehr rührt, bis das Leben aus dem mutigen Mann, der die Zeit des Friedens eingeläutet hat, entschwunden ist.

Mein Gott, das heißt Krieg, denke ich fröstelnd. Das werden sich die Israelis nicht gefallen lassen. Sie werden alle Araber dafür verantwortlich machen. Und die Antwort darauf kann nur Krieg heißen. Während wir hier zitternd das Unfaßbare zu verstehen versuchen, heulen in den Kasernen schon die Sirenen, werden Panzer bestückt und Uzis geschultert. Ich packe Raffi bei den Schultern und schüttle ihn. »Wer? Sag schon endlich! Wer hat ihn erschossen?«

Raffael öffnet den Mund, er will reden, aber keine Silbe dringt hervor. Er macht eine verzweifelte Bewegung mit den Schultern.

»Wer? Ein Palästinenser?« brülle ich.

Er fährt sich mit der Hand über die Stirn und sagt so leise, daß ich es kaum verstehen kann. »Nein. Einer von uns.«

Einer von uns. Einer von uns. Die Worte hallen in meinem Kopf. *Einer von uns.* Ein Jude also. Ein Jude hat einen Juden ermordet. Das ist es also, das Unfaßbare. Ein Brudermord. Mir wird kalt vor Grauen.

Ich lasse mich langsam auf das Sofa gleiten, wie unter einem Elektroschock spüre ich meine Nerven heiß und schmerzhaft durch meinen Körper jagen, ich zittere und kralle meine Hände in Raffis Hemdärmel. Wie in Zeitlupe festigen sich die Bilder des Ungeheuerlichen, und ich beginne Raffaels Erschütterung zu erahnen. Ein Jude tötet keinen Juden, das ist ein ewig gültiges Gesetz. Heute abend wurde es gebrochen. Den Menschen in diesem Land wurde der Boden unter den Füßen weggezogen. Ich muß die Fäuste ballen, um nicht laut zu schreien.

»O nein. Nein. Nein.« Ich lege meinen Kopf erschöpft auf Raffis Schulter. Er stößt mich weg und schaltet den Fernsehapparat ein.

Bleiche Männer, die um einen Tisch sitzen und aufgeregt durcheinanderreden, erscheinen auf dem Bildschirm. Ich erkenne keinen einzigen, verstehe nur Bruchstücke ihrer Diskussionen. *Yigal Amir* heißt der Mörder, soviel bekomme ich mit. Ein religiöser Fanatiker sei er, mit Eltern, die aus dem Jemen eingewandert sind. Irgend etwas studiert er an einer religiösen Universität, ein Bursche von siebenundzwanzig Jahren.

»Was erzählen sie genau?« frage ich Raffael.

»Sei ruhig. Sonst verstehe ich nichts«, herrscht er mich an und rückt noch ein Stück weg von mir.

Filmaufnahmen der Friedenskundgebung werden eing
streut, eine wogende Menge singender Menschen ist zu se
hen, die Kerzen in den Händen halten. Auf der Tribüne ste
hen Rabin, Peres, Sarid und eine Schlagersängerin, die dem
Ministerpräsidenten das Mikrofon hinhält. Sehr zögerlich,
mit einem winzigen Lächeln, beginnt er heiser und in falscher
Tonlage, das Friedenslied mitzusingen. Er ist von der Situation sichtlich gerührt. Noch nie vorher habe er das getan, in der
Öffentlichkeit zu singen, sagt der Nachrichtensprecher mit
bebender Stimme. Sein Tod sei nun offiziell bestätigt, spricht
die Stimme weiter, Ministerpräsident Rabin ist um 23.15 Uhr
verstorben. Sein Mörder hat ihm auf dem Nachhauseweg von
dem überwältigend erfolgreichen Friedensfest aufgelauert.
Wir weinen um dich, Yitzhak, sagt die Stimme, *du tapferer
Kämpfer.* Jetzt kann auch ich meine Tränen nicht länger
zurückhalten. Es ist also wahr, kein nächtlicher Alptraum,
nein, grausame Wirklichkeit. Yitzhak Rabin ist tot. Ob am
Ende sein Traum vom Frieden mit ihm gestorben ist? Ich
schaue zu Raffi hinüber, er starrt auf den Fernsehapparat.
Vorsichtig lege ich meine Arme um ihn, er sinkt auf meinen
Schoß, seine Schultern zucken, ich spüre seine heiße Tränen-
flut auf meinen nackten Armen.

»Das ist das Ende«, höre ich seine in Tränen aufgelöste
Stimme. Sie ist ganz hohl und rauh. »Wir werden unser Land
verlieren. Sie werden es uns wegnehmen.«

»Schsch, mein Liebling, nichts werden sie euch wegnehmen.« Ich wiege ihn in meinen Armen wie ein krankes Baby.
»Weine nur.«

Der große Mann schluchzt hemmungslos. Ich streichle
über seine Haare, halte seine kalten Hände fest. Lieber Gott,
bete ich, gib mir die Kraft, laß mich diesen Horror überstehen. Der Mann in meinen Armen hört nicht auf zu weinen,
immer wieder flüstert er dieselben Worte. »Wir werden un-

rlieren.« Wie groß ist sein Schmerz, denke ich
...eid und hoffe, daß mein geduldiges Wiegen ihn be-
...wird.

...aste nach der Fernbedienung für den Fernsehapparat
...rücke auf *Aus*. Ich kann dieses Gerede, dieses minutiö-
...erpflücken einer grauenhaften Mordtat, diese wortreiche
...che nach einem Motiv, dieses detektivische Auseinander-
nehmen des Tathergangs nicht länger aushalten. Er ist tot,
rufe ich den erregten Rednern stumm zu, ihr könnt ihn mit
eurem Gerede nicht wieder lebendig machen. Schweigt doch
endlich. Da fährt Raffael aus meinen Armen hoch und
schlägt mir das kleine schwarze Gerät aus der Hand.

»Laß den Apparat an!« schreit er mich mit geschwollenen
Augen an. »Du hast wohl schon genug? Langweilt dich unsere Trauer bereits?«

»Aber ...« Ich bin erschrocken über seinen aggressiven
Ton, ich hatte geglaubt, er sei in meinen Armen eingeschlafen, hätte ein wenig Ruhe gefunden.

Er steht auf, geht auf den Balkon und klammert sich an das
Gitter.

»Wir haben so gekämpft um dieses Land. Alles haben wir
dafür gegeben. Und nun macht es einer von uns zunichte«,
sagt er bitter.

»Aber Raffi, ich verstehe dich doch«, sage ich betroffen.

»Wie willst du etwas verstehen?« antwortet er schneidend.
»Gar nichts verstehst du. Du bist eine Fremde. Du hast überhaupt keine Ahnung. Von nichts.«

»Wie kannst du nur ...«, beginne ich, aber er fällt mir ins
Wort.

»Meinst du, weil du ein paar Brocken Hebräisch sprichst,
kannst du unsere Seelen verstehen?« schreit er. Sein Hemd
hängt ihm aus der Hose. »Deine kümmerlichen Kenntnisse
über mein Land hast du in Luxushotels gesammelt. Aber in

seidene Kissen gebettet, kapiert man die Geschichte meines Volkes nicht.« Er steht im Türrahmen, hinter ihm brennt die Lampe des Balkons, die seinen Schatten ins Zimmer wirft. Weit hat er seinen Mund aufgerissen, ich sehe seinen Speichel daraus rinnen.

»Hör auf.« Ich kann mich kaum beherrschen, gleich fange ich auch an zu brüllen. »Hör auf.«

»Aufhören?« fragt er eisig. »Immer wenn es der Gnädigsten nicht paßt, soll ich Trottel das Maul halten, ja? Ist es das, was du willst? Für dich ist doch alles in meinem Land Dreck und Proletenscheiße. Aber ich glaube an dieses Land. Ich liebe es.« Er kommt auf mich zu, packt mich an den Schultern und schüttelt mich, bis mir schwindlig wird. »Ich liebe dieses Land, auch wenn das in dein verwöhntes Schafshirn nicht hineingeht. Ich liebe dieses Land. Es ist das einzige, was ich habe.«

»Aber ich liebe es doch auch, Raffi, das weißt du genau. Was ist nur mit dir?«

»Ha! Liebe!« äfft er mich nach. »Du kannst dieses Land nicht in deinem Herzen tragen. Du nicht.« Er macht eine Pause. »Du bist keine von uns.«

Er spuckt mir diesen Satz vor die Füße. Der Speichel ist giftig, ich spüre die Wirkung. Das goldglänzende Gesicht meines Geliebten wandelt sich vor meinen Augen zu einer abstoßenden Fratze. Ist das der Mann, der mich gerade noch in einer blühenden Oase aus Zärtlichkeiten umfangen hielt? Nein, nein, verschwinde, häßliches Bild, flehe ich und bedecke mir mit einer hastigen Bewegung das Gesicht mit beiden Händen.

»Aber der Mörder war einer von euch«, antworte ich leise und schaue ihn wieder an.

Er nickt unmerklich, sein Gesicht ist hart, wie eine vertrocknete leblose Landschaft.

»Dir wäre wohl ein Araber als Mörder lieber gewesen?«
bohre ich entgeistert nach.

»Ja, allerdings, das wäre mir lieber gewesen.«

»Obwohl«, ich muß mich räuspern, um einen Ton heraus-
zubekommen, mein Mund ist mit einem Mal wie ausgedörrt,
»obwohl das Krieg hätte bedeuten können?«

»Warum nicht«, antwortet er kühl, »den Krieg hätten wir
gewonnen. Wir haben alle Kriege gegen sie gewonnen.« Er
reibt sich mit den Fingern über die Stirn. »Meine Angst hat
nichts mit diesen Dummköpfen von Arabern zu tun. Ich
fürchte eine weit wichtigere Konsequenz für uns.« Mit
schmalen Augen schaut er mich an. »Mein Volk wird aufhören zu existieren, wenn Juden anfangen, Juden zu ermor-
den.«

»Oh, *dramatically yours*!« spotte ich nun. »Mein Gott,
Raffi, du übertreibst maßlos.«

»So?« zischt er mich an. »Dann erkläre mir, was aus uns
werden soll? Aus unserem Stamm, aus unseren Familien,
wenn wir nicht mehr ehern zusammenhalten, wie es die Bibel
als ewiges Gesetz verlangt, wenn wir anfangen, uns gegensei-
tig abzuknallen.« Seine Stimme ist bitter. »Keiner will uns
Juden auf dieser Welt, alle hassen sie uns. Wohin sollen wir
gehen, wenn wir diesen Staat nicht mehr haben?«

»Was soll das Gejammere?« rufe ich empört. »Ihr produziert diese Ablehnung doch selbst. Ich träume von einer Welt,
in der Hunderte und Tausende von Zivilisationen, Sprachen,
Religionen, Traditionen miteinander leben. Und du redest
von ehernem Gesetz, von Stamm und Land! Du bist kein
Prophet aus dem Alten Testament. Wie wäre es, wenn ihr
endlich mal akzeptieren würdet, daß die Araber auch Menschen sind, Menschen, mit denen man durchaus zusammen-
leben kann?«

»Du brauchst mich nicht zu belehren, was die Araber für

uns Juden bedeuten. Sie haben immer gerne Juden getötet. Daran wird sich auch in Zukunft nichts ändern«, weist er mich zornig zurecht.

»Muß denn Streit im Tod enden?« Dieser Mann wird mir mit jedem haßerfüllten Wort fremder. »Raffi, du bist ein kluger Mann. Bleib vernünftig.«

»Ihr im fernen Europa habt ununterbrochen eine große Klappe, wenn es darum geht, uns den richtigen Weg zu zeigen. Aber ihr müßt nicht mit dem Gewehr neben dem Bett schlafen. Ich schon.«

»Das müßtest du nicht, wenn du endlich aufhören würdest, in den Arabern nichts als gemeine Halunken zu sehen. Die PLO und Arafat sind eure Partner, nicht eure Feinde.«

»Was?« schreit er so laut, daß ich zusammenzucke. »Einen Partner nennst du diesen Terroristen? An seinen Händen klebt literweise jüdisches Blut. Meinst du, das könnte ich je vergessen?«

Wie kann so viel blinder Zorn in einem Menschen wohnen, denke ich entsetzt.

»Ich bin kein Mörder, Elisabeth, aber ich schwöre dir, wenn diese lausige Kreatur hier vor mir stünde, nicht eine Sekunde würde ich zögern, ihn zu töten. Es wäre mir ein Vergnügen, ihm das Messer ins Herz zu stechen.«

Sein Mund zittert vor Wut, als er diese verhängnisvollen Worte hinausplärrt. Er ist so häßlich in diesem Moment, so abstoßend, daß ich erschrocken einen Schritt zurückweiche. Ich stolpere über einen Hocker und falle zu Boden. Wie betäubt bleibe ich liegen. Raffael hilft mir nicht auf, atmet nur schwer und setzt sich auf das Sofa. Ich höre, wie er den Fernsehapparat einschaltet.

Ich krabble auf allen vieren zu einem Sessel und verkrieche mich darin. Wie Peitschenhiebe haben sich seine Worte in mein Fleisch gegraben, die Blutspuren brennen. Ich weiß nicht, was ich denken soll. Hat er diese fanatisierten, grauenhaften Dinge ernst gemeint? Ist er verrückt geworden, durchgedreht in seinem immensen Schmerz?

Ich bleibe eine Weile zitternd in dem Polsterstuhl sitzen. Raffi hockt vor dem Fernsehapparat, ich sehe sein breites Kreuz von hinten. Er hat mein Zimmer in Beschlag genommen, mich hat er vergessen. Was soll ich jetzt machen? Soll ich ihn hinauswerfen? Dann fängt er womöglich wieder zu schreien an. Das kann ich nicht noch einmal aushalten.

Ich stehe langsam auf und gehe zu ihm.

»Vielen lieben Dank für deinen Besuch, Raffi«, sage ich leise und küsse ihn auf die Stirn. »Gute Nacht.«

Er reagiert nicht, starrt weiter auf den Bildschirm. Ich gehe ins Schlafzimmer und schließe die Türe hinter mir. Nur jetzt nichts denken, nicht urteilen, rede ich auf mich ein. Das einzige, was du jetzt tun mußt, ist ein wenig schlafen, ausruhen, Luft holen. Ich ziehe mich aus, wische mir mit einem nassen Lappen die verschmierte Schminke aus dem Gesicht.

Was ich brauche, ist ein Bier, denke ich, das wird mich beruhigen. Ich hole mir eine Büchse *Maccabi* aus der Minibar. Alles in diesem Land ist alttestamentarisch, sogar das Bier muß zur historischen Legitimation herhalten. Das Geschlecht der Makkabäer, das den Juden ein letztes Jahrhundert nationaler Unabhängigkeit vor der weltweiten Zerstreuung gebracht hatte, als schäumendes Lager-Bier. Eine groteske Welt, denke ich, nehme einen tiefen Schluck und lege mich ins Bett. Es wird alles vorbeigehen, Elisabeth. Du wirst schon sehen, wenn du aufwachst, sieht die Sache halb so schlimm aus, dann wird er wieder der wunderbare Mann sein, den du liebst. Ich werde schläfrig und spüre, wie mein Hirn langsamer arbeitet und hinüberdriftet in die federleichte Wohligkeit des Vergessens.

»Ach, du schläft schon?« Wie aus weiter Ferne höre ich Raffis Stimme, laut und zornig. Er hat mir die Bettdecke weggerissen, ich liege unbekleidet in der kühlen Nachtluft. Mein Herz klopft zum Zerspringen. Ich fürchte mich plötzlich, bin zu Tode erschrocken. Im ersten Moment weiß ich gar nicht, wo ich bin.

Bevor ich einen ersten Gedanken fassen kann, stürzt er sich mit seinem massigen Körper auf mich, er ist nackt, sein erigiertes Glied steht drohend wie ein Beil zwischen uns. Nur das zerknautschte, karierte Hemd hat er noch an. Die Knöpfe stehen offen. Seine goldenen Haare hängen ihm in wirren Strähnen über das zerfurchte Gesicht. Dieser Mann macht mir angst. Ich greife nach der Bettdecke, will meine Nacktheit bedecken. Er reißt mir das leinerne Tuch aus den Händen.

»Wie kannst du schlafen in einer solchen Nacht? Hast du kein Herz? Weißt du nicht, was Schmerzen sind?« brüllt er mich an. »Nein, das weißt du nicht. Du kennst kein Leid, für dich ist das Leben ein einziger Selbstbedienungsladen. Du bist hochnäsig und arrogant. Und du weißt nicht, wie es ist, wenn man stirbt vor Schmerz.«

Ich versuche, mich im Bett aufzurichten, er schleudert mich zurück, drückt mich mit der gewaltigen Kraft seiner schmalen Hände zurück auf das Kissen. *Nimm dich in acht vor mir, kleine Prinzessin,* hatte er mir gestern zärtlich ins Ohr geflüstert, *ich bin ein gefährlicher Mann. Ich brauche keine Waffe, ich kann mit den Händen töten.* Ich fand diesen Gedanken sehr amüsant. Jetzt liegt er auf mir, den Mund weit geöffnet, ich kann seine scharfen Zähne sehen, den Speichel auf seinen Lippen, und spüre seinen riesigen Phallus zwischen meinen Beinen.

»Ich habe Angst vor dir, Raffi, große Angst«, presse ich atemlos heraus und stemme mich gegen sein Gewicht. »Hör auf. Bitte. Es ist genug.« Ich versuche mich zu wehren, doch ich bin machtlos gegen so viel gewalttätige Kraft. Er reißt mir die Beine auseinander.

»Nein, nein Raffi.« Ich kann nur noch flüstern. »Wach endlich aus deinem Irrsinn auf, Raffi. Tu es nicht. Nein! Nein! Tu es nicht.«

Aber der Erzengel Raffael schlägt mir wütend sein Schwert zwischen die Beine. Es schmerzt so unsagbar, so entsetzlich, als er sich tief in mich hineinbohrt, in meine verzerrten Muskeln, die ihn nicht empfangen wollen, die ihn verabscheuen und verwünschen. Wie mit einem rostigen Messer zerfetzt er meine Haut, die Schmerzen machen mich jaulen und winseln.

»Hör auf, hör auf. Raffael. Bitte.« Ich schreie jetzt vor Ekel, spucke ihm ins Gesicht, versuche, ihn zu beißen, ihn aus mir zu drängen, aber ich kann mich nicht befreien. Das wilde, grausame Tier ist bei weitem stärker als ich.

»Du tust mir so weh, Raffi«, wispere ich stöhnend.

»Ich tu dir weh, ja?« flüstert er heiser. Er läßt mich unvermittelt los, zieht seinen brünstigen Stachel mit einem Ruck aus mir heraus. Ein brennendheißer Schmerz durchzuckt mich. »Ich tu dir weh«, wiederholt er tonlos. Sein aufgequollenes Gesicht ist noch immer dicht über mir. Er stößt sich von mir ab und rollt sich auf die Seite.

Es ist plötzlich unheimlich still im Zimmer. Ich liege wie gelähmt, unfähig, mich zu bewegen, zerstört und verwüstet. Von dem Mann, den ich liebe. Geschändet, entwürdigt hat er mich, wie ein Beutestück. Zerrissen hat er mich und vernichtet. Wie werde ich jemals wieder von diesem Bett aufstehen können, denke ich verzweifelt, oder hinausgehen in den Sonnenschein? Ich drehe meinen Kopf ein wenig, meine Glieder schmerzen von dem ungleichen Kampf, wie gerädert fühlt sich mein Körper an. Ich stöhne ungehört.

Das bestürzende Gefühl von unendlicher Enttäuschung krallt sich in mein Herz. Es will sich in Tränen entladen. Ich unterdrücke mein Schluchzen mit letzter Kraft. Nur jetzt keinen Laut von dir geben, Elisabeth, rede ich auf mich ein, halte dich ganz still, damit sich dieses Schwein nicht deiner Anwesenheit erinnert. Wenn er jetzt aufwacht, wird er sich noch einmal auf dich stürzen und dir in seinem grenzenlosen Zorn den Tod bringen.

Ich versuche langsam und ruhig Luft zu holen, damit sich mein zitternder, verkrampfter Körper entspannt. Eins, zwei, drei und ausatmen, zähle ich stumm. Du mußt dich eisern auf den Atem konzentrieren, Elisabeth, an nichts anderes denken. Du mußt. Du mußt. Werde deiner Erregung Herr, das ist das einzige, was zählt. Dann erst darfst du mit Denken einsetzen. Ich verfolge meinen Atem durch die Nase. Auf und ab. Hinein und heraus. Nur an nichts anderes denken, rede ich ohne Pause auf mich ein. Du darfst an nichts anderes denken. Nur atmen. Atmen.

Ich kann es beinahe nicht glauben, aber nach einer Weile im gedankenleeren Raum geht mein Atem ruhiger. Vorsichtig hebe ich den Kopf und blicke voller Angst an mir hinunter. Ich sehe kein Blut, keine Wunden, mein Körper scheint unverletzt. Nur ein zerwühltes Bett zeugt noch von dem Grauen, das mir geschah. Und neben mir liegt der mächtige Leib des Mannes, der seinen Haß an mir ausgetobt hat. Gleichmäßig röchelnd stößt er seinen Atem aus. Er ist eingeschlafen.

Nichts wie weg von hier, denke ich voller Panik und blicke automatisch auf die Uhr. Es ist drei Uhr zwanzig. In vier Stunden klingelt der Wecker. Ich werde es nicht riskieren, Raffael jetzt aufzuwecken. Soll er doch ruhen. Er hat so viel Schuld auf sich geladen. Womöglich gelingt es ihm, sich im Schlaf zu schälen, seinen Haß, der wie eine nagende Schlange sein Leben zerstört, als dürre, abgestorbene Haut abzustreifen.

Leise steige ich aus dem Bett, gehe auf Zehenspitzen zur

Türe. Ich drücke die Klinke hinunter. Sie macht ein winziges schmatzendes Geräusch. Um Gottes willen, hoffentlich wacht er nicht auf, bete ich, ich habe solche Angst vor ihm. Vorsichtig drehe ich den Kopf zum Bett, aber er schläft tief und ruhig, sein Kopf liegt auf seinen feingliedrigen Händen. So gerne möchte ich ihm über die Haare streichen. Was für ein wahnsinniger Wunsch. Behutsam rückwärts gehend schleiche ich aus dem Zimmer und werfe ihm einen letzten Blick zu. Noch im Traum ist sein Glied erigiert. Erschrocken schließe ich sachte die Tür.

Wieder starre ich auf das goldene Jerusalem hinunter. Meine Hände beben, als ich mir eine Zigarette anzünden will. Wie oft habe ich während der letzten Tage hier gestanden. In den unterschiedlichsten Gemütsverfassungen, sehnsüchtig, glücklich, zweifelnd, zornig. Eine jede hatte ausschließlich mit Raffael zu tun. Nichts von all diesen Gefühlen ist geblieben, ein wuchtiger Keulenschlag hat meine Gefühle zerschmettert, meine Welt entgleisen lassen. Die Stadt zu meinen Füßen war einziger Zeuge dieser Besessenheit, die mein Dasein aus den Angeln gehoben hat und die nun enden muß.

Die Stadt ist immer noch dieselbe. Die Lichter tanzen glitzernd im nächtlich lauen Wind. Du, geliebtes Jerusalem, wirst nie meine Stadt sein können, er hat mir den Einlaß verwehrt. Mit Gewalt. *Sie haben sich doch hoffentlich nicht mit ihm eingelassen.* Otto Guttmanns Worte. Jetzt weiß ich, was er meinte. Doch, schreie ich stumm hinüber ins Äthiopierviertel zu Otto Guttmann, doch, ich habe mich mit ihm eingelassen. Aber er hat meine Seele verbrannt und die Asche achtlos in den Wind geblasen.

»Ich hasse dich, Raffael«, höre ich mich flüstern. Im selben Moment noch ist mir klar, daß das nicht stimmt. Ich empfinde keinen Haß für ihn.

Ich hasse ihn nicht, weshalb denn nicht, denke ich verzweifelt. Warum hasse ich ihn nicht? Er hat mich verwundet, er hat mir so große Qualen zugefügt. Nichts kann jemals wieder so sein wie vorher. Ich müßte ihn dafür hassen! Warum in aller Welt tue ich es nicht?

Ich spüre plötzlich, wie mir übel wird. Mein Magen krampft sich zusammen, der Speichel sammelt sich in meinem Mund, und hilflos dem Grauen ausgesetzt, das sich seinen Weg aus meinen Eingeweiden sucht, speie ich die übergroße Last meines Magens über den Balkon. Ich starre dem bitteren, ausgekotzten Regen hinterher.

Und plötzlich weiß ich es. Eine einfache, deutliche Erkenntnis.

Er ist ein Wahnsinniger, Elisabeth, höre ich mich sagen. Mir wird kalt bei diesen Worten. Aber mit einem Mal ist es mir vollkommen klar. Raffael ist nicht normal, und er wird im ewigen Strom seiner Verirrungen untergehen. Wenn ich bleibe, werde ich mit ihm zugrunde gehen.

Ich kann ihm nicht in seine Dämonenwelt folgen. Der Film ist aus. Hollywood hat nicht stattgefunden. Ich spucke den Rest der fauligen Brühe in meinem Mund über die Brüstung.

Ein weit entferntes, ununterbrochenes Klingeln läßt mich hochfahren. Ich weiß momentan nicht, wo ich bin. Irritiert schaue ich mich um. Draußen ist es hell, und ich sehe, daß ich auf dem Sofa mit den vielen bunten Kissen liege. In Jerusalem. Im zweiundzwanzigsten Stock. Warum tut mir jeder einzelne Knochen weh und dröhnt es so eigenartig verzerrt in meinem Kopf?

Das gleichtönige Geräusch hält an. Es kommt aus dem Schlafzimmer. Und plötzlich fährt mir ein peinigender Schmerz in den Körper. Natürlich. Die Nacht. Raffael. Ein Zittern geht mir durch und durch, es schüttelt mich, ich schlottere und zucke am ganzen Körper. Die grauenhaften

Bilder der gestrigen Nacht nehmen von mir Besitz. Nein! Nein! Nein! Weg mit euch! Ich klammere mich an der Sofalehne fest. Geht weg! Verschwindet! Ich kann euch nicht ertragen. Ich schlage die Hände vor das Gesicht und versuche, die Erinnerungsfetzen zu verscheuchen.

Jetzt weiß ich auch, was das für ein Klingellaut sein muß. Es ist der Wecker aus dem Schlafzimmer. Ich bin, trotz allem, eingeschlafen. Mein Kopf schaukelt hin und her, ich fahre mir nervös durch die Haare und starre abwesend an die Wand. Gedanken, die ich nicht ordnen kann, durchfluten mich, überspülen mein Bewußtsein. Ich sehe sein verzerrtes Gesicht über mir, höre seine faschistischen Haßtiraden, spüre das heiße Brennen, als er sich mit Gewalt seinen Weg in meinen Unterleib rammt. Und doch muß ich mich jetzt sammeln. Ich weiß es. Ich muß. Ich muß.

Ich werde jetzt ins Schlafzimmer gehen, sage ich mit zittriger Stimme zu mir selbst, wo das blutrünstige Tier liegt und schläft. Ich muß. Ich muß ihn wecken. Bei dem Gedanken, daß er hier, ganz nahe bei mir, ist, fange ich wieder krampfartig zu zucken an. Mein Gott, ich bin hier eingeschlafen, und er war die ganze Zeit in meiner Nähe. Und gleich werde ich ihn sehen, denke ich entsetzt, ich will ihn aber nicht sehen. Ich habe solche Angst vor ihm. Mein Atem geht brüchig und stoßweise, unkontrolliert zitternd stehe ich im Zimmer, ich kann mich nicht ruhig halten, der Schweiß läuft mir die Achseln hinunter.

Ich blicke auf die Uhr. Es ist beinahe halb acht Uhr, unmöglich, noch länger zu warten. In zwei Stunden werden wir im Bus zum Flughafen sitzen. Mein Koffer ist noch nicht gepackt. Jeans, Hemden, Schuhe, Socken, wild verstreut liegen meine billigen Habseligkeiten in dem kostbaren Zimmer. Ängstlich berühre ich die Klinke zum Schlafzimmer. Mein Gott, denke ich in panischem Schrecken, gleich werde ich ihn sehen, wie er in seiner abstoßenden Vierschrötigkeit nackt in meinem Bett liegt, es rücksichtslos belagert und in ihm, dumpf dämmernd, seine gemeinen Ausschweifungen in aller Ruhe ausschläft. Ich will seine Fratze nicht sehen, denke ich bebend. Kalte Angst vor diesem Fremden nagt sich in mir fest.

Es bleibt mir keine Wahl, ich muß ihn wecken, ich muß in das Zimmer, ins Bad. Die Zeit drängt. Ich drücke die Klinke nach unten, halte den Atem an und öffne die Türe.

Das Bett ist leer. Der Abdruck seines schweren Körpers ist in der leinernen Kuhle noch zu ahnen. Blitzschnell lasse ich meinen Blick durchs Zimmer jagen. Ich rase ins Bad. Die lauten Schläge meines stolpernden Herzens begleiten mich. Das Bad ist leer. Er ist nicht da. Raffael hat sich aus meiner Welt davongemacht.

Er ist weggegangen, denke ich, einfach weggegangen, hinausgeschlichen, während ich auf dem Sofa in einen bewußtlosen Schlaf gefallen war. Ich drehe den Strahl der Dusche auf, kalt, und lasse mir das Wasser über das Gesicht prasseln, bis ich die Kälte nicht mehr aushalte. Alles, was du jetzt brauchst, Elisabeth, ist eisige Härte. Dann wirst du die nächsten Stunden überstehen. Im Flugzeug kannst du dann heulen und wimmern, jetzt sei stark. Das ist alles. Das kannst du von dir verlangen!

Während ich mir die Haare föne, betrachte ich den Totenkopf, der mir aus dem Spiegelbild entgegenschaut. Eingefallen und leer liegen meine Augen in tiefen Höhlen, meine Haut ist grau, der Mund ein farbloser Strich. So häßlich werde ich mein Zimmer nicht verlassen, denke ich, und beschließe, das Unglück zu übermalen. Ich massiere mein Gesicht und zwicke so lange in mein Fleisch, bis es rot wird, lege Make-up und Rouge auf, verreibe es vorsichtig, tusche die Wimpern, ziehe die Augenbrauen nach. Langsam sehe ich wieder aus wie ich, fehlt nur noch ein knallroter Lippenstift. Ich

lächle mir zaghaft zu. Jetzt siehst du aus wie ein geschmink-
ter Totenkopf, Elisabeth. Egal. Eigentlich ist von nun an alles
egal.

Schnell werfe ich mein Sammelsurium von Gepäckstücken
in den Koffer, drücke ihn zu und stelle ihn vor die Türe, wo
der Gepäckträger schon wartet. »*Good morning, Madame*«,
sagt er liebenswürdig. Im Gang klingt gedämpfte Walzermu-
sik. *Wiener Blut, das tut gut, ist ein Traum wie ein Schaum.*
Ich spüre, wie die Tränen meine Augen überschwemmen. War
das wirklich erst vor ein paar Tagen?

Ich zupfe an meinem Kragen, atme tief durch und fahre
hinunter in den Frühstücksraum.

»Ach, meine liebe Elisabeth«, begrüßt mich Frau Albertz
mit wackeliger Stimme, »ist das nicht fürchterlich, was passiert ist?«

Im ersten Moment erstarre ich vor Schrecken. Woher weiß
sie denn ... Aber dann kehrt langsam die Erinnerung zurück.
Natürlich. Sie meint die Ermordung von Yitzhak Rabin. Ich
kann nur nicken. Meine Stimme versagt ihren Dienst.

»Nehmen Sie es sich nicht so zu Herzen, meine Gute«, sagt
ihr Mann zu mir und tätschelt meine Schulter.

»Ich setze mich da hinten hin«, antworte ich leise und deute auf den Nebenraum, »ich muß zuerst ein wenig zu mir
kommen und Kaffee trinken.«

»Aber natürlich, gehen Sie nur.« Sie winken mir beide ver-
ständnisvoll nach.

Ich setze mich an einen kleinen Tisch und versuche, mich
auf das Frühstück zu konzentrieren. Die Tasse zittert in meiner Hand. Ich bekomme keinen Bissen herunter. Mich ekelt
vor den frischen Croissants, vor dem Geruch nach warmer
Butter und frischen Omelettes. Ob er wohl überhaupt noch
kommt, denke ich, wahrscheinlich hat er sich aus dem Staub
gemacht. In meinen Augenwinkeln sammelt sich Schleim, ich

reibe meine Augen, kann meine Umgebung nur verschwommen wahrnehmen.

Für einen Augenblick schließe ich die Augen. Als ich sie wieder öffne, sehe ich, wie Raffael plötzlich den Speisesaal betritt. Mein Herz steht für einen langen, einsamen Moment still. Unsere gemeinsamen Gäste umringen ihn, reden auf ihn ein, streichen ihm über die Arme.

»Wie konnte denn nur so etwas passieren?« höre ich. »Lieber Raffael, Sie haben unser volles Mitgefühl. Eine abscheuliche Tat.«

»Wo ist Elisabeth?« fragt er.

»Da hinten sitzt sie. Ganz alleine. Sie ist so durcheinander. Sie liebt doch Ihr Land, als wäre es ihr eigenes«, antwortet Herr Rütimeier mit belegter Stimme.

Raffael kommt langsam auf mich zu. Er setzt sich an den Tisch und nimmt behutsam meine Hand in seine. Sein Haar ist hell und glänzend, seine Augen schimmern wie gesiebtes Gold. Nichts erinnert an das häßliche Tier der vergangenen Nacht.

»Das war nicht gut, Elisabeth«, sagt er mit tiefer Stimme, »es tut mir unendlich leid.« Ich schaue auf seinen Mund, während er spricht. Seine Lippen sind weich, denke ich erstaunt, so weich und voll. »Willst du mir verzeihen?«

Ich kann nichts sagen, nur mit einem vagen Schulterzucken antworten. Er streichelt mir die Hand und führt sie an seine warmen Lippen. Ich spüre seinen Kuß wie ein sanftes Plätschern, das meinen Körper wunderbar erwärmt.

Schnell ziehe ich meine Hand zurück und stehe auf. »Wir müssen uns beeilen«, sage ich heiser.

Khalil wartet schon am Bus. Er begrüßt mich mit traurigem Gesicht. Ich sehe Tränen in seinen Augen schimmern.

»Wir hatten so viel Hoffnung auf diesen Mann gesetzt«, sagt er leise und umarmt mich. »Und jetzt das.« Wortlos verstauen wir das Gepäck in den Bus.

Heute morgen ist die ganze Welt bedrückt, denke ich.

Schweigend verlassen wir Jerusalem, schweigend fahren wir durch das Bab-el-Wad in Richtung Flughafen. Die Straßen sind leer, die wenigen Menschen, die zu sehen sind, gehen vorsichtig, mit hängenden Schultern ihres Weges. Die Trauer um den toten Ministerpräsidenten lastet über dem Land.

Die Herbstsonne scheint das nicht zu kümmern. Sie gießt ihr mildes Licht über die Kalkfelsen und die vielen tausend Pinien auf den Hügeln um die Stadt. Der Blick ist von einer unverletzten Schönheit, von einer träumerischen Harmonie wie die Landschaftsgemälde der Maler aus dem letzten Jahrhundert. Ich habe die Lippen fest zusammengepreßt, mein Herz schlägt müde.

Kurz bevor wir den Flughafen erreichen, sammelt Raffael unsere Pässe und Flugtickets ein.

»Ich erledige alles für Sie«, sagt er. »Sie können sich in der Zwischenzeit zur Sicherheitskontrolle einreihen.«

Am Flughafen herrscht Betriebsamkeit, als sei nichts geschehen. Menschen hasten mit ihren Koffern hektisch hin und her. Einen Moment stehen wir unentschlossen am Eingang. Die Gäste schauen mich erwartungsvoll an. Ach so, denke ich erschrocken, sie wollen, daß ich sie führe. Wie üblich. Nur daß ich überhaupt nicht weiß, wohin. Es ist mir alles so grenzenlos gleichgültig.

»Wo sollen wir denn hingehen, Elisabeth?« fragt Frau Matthäus aufgeregt.

»Einen Moment bitte«, antworte ich abwesend, »ich schaue mal nach.«

Ich gehe in die Abflughalle und suche nach der Anzeigetafel. *Abflug Frankfurt, Linie D*, entziffere ich.

»Wir müssen in die Reihe D«, sage ich mechanisch.

Wir gehen dorthin, und die Gäste stellen sich hinter mich

in die Linie. Ich werde als erste die Kontrolle passieren, denke ich benommen, dann ist alles rasch vorüber.

»Sind Sie die Reiseleiterin?« fragt mich ein Mann in der Uniform der Sicherheitspolizei. Völlig unvermittelt steht er dicht vor mir, seine Stimme ist scharf. Ich zucke zusammen. »Ja«, antworte ich. »Ja, das bin ich.«

»Sie können nicht als erste durchgehen. Zuerst kommt die Gruppe«, sagt er unfreundlich. »Stellen Sie sich hinten an. Vielleicht brauchen wir Sie bei der Befragung zum Übersetzen.« Er packt mich am Arm. »Waren Sie denn noch nie hier?« Er schüttelt verständnislos den Kopf.

Ich drehe mich um und stolpere nach hinten. Den Koffer schiebe ich mit dem Fuß, ich habe keine Kraft, ihn zu tragen. Als ich am Ende angekommen bin, sehe ich, daß Raffael vorne die Pässe und Flugtickets an die Gäste zu verteilen beginnt. Sie umarmen ihn ergriffen. Es ist das letzte Lebewohl. Noch ein Schritt, und unsere Welten trennen sich wieder. »Schön war es, Raffael«, sagen sie. Aber in Gedanken sitzen sie schon im Flugzeug. Hinter der Kontrolle werden wir schnell wieder die Fremden sein, die wir vor der Reise waren. Die Deutschen kehren heim, der Mann aus Israel gehört bereits der Vergangenheit an.

Vor mir steht Dr. Nerwenka. Er greift in seine Fototasche, zieht ein dicht beschriebenes Blatt heraus und hält es mir hin. »Sie wollten sich mal wieder vordrängen, was?« sagt er böse. Laß mich doch in Ruhe, denke ich abwehrend. Aber er wedelt weiter mit dem Papier in der Hand. »So, und das werden Sie mir jetzt abzeichnen«, sagt er. »Ich habe alle Mängel dieser Reise detailliert aufgeführt.«

Er beginnt, seine Notizen vorzulesen. Wie durch einen Schalldämpfer höre ich seine nagende Stimme. »Punkt eins: Die Sitze im Bus zum Katharinen-Kloster waren unzumutbar, da zu eng. Punkt zwo: Statt des angegebenen Hotels in

Amman wurden wir in ein Hotel verfrachtet, das am Stadtrand lag. Punkt drei: Dieses Hotel hatte einen Stern weniger als das von uns im voraus bezahlte und verfügte nicht einmal über einen Safe für die Wertsachen ...«

Ich höre seine Worte, aber in mir regt sich nichts. Vielleicht bin ich schon tot, denke ich. »Punkt sieben: Die Reiseleiterin forderte viel zuviel Trinkgeld für das Begleitpersonal. Es ist nicht Aufgabe des Reisenden, die schlechten Löhne der hiesigen Agenturen aufzubessern. Punkt acht: Der einheimische Reiseleiter saß immer auf dem besten Platz in der ersten Reihe des Busses. Er hätte ihn den zahlendem Gästen aus dem Ausland anbieten müssen. Punkt neun: Die Mittagspausen ...«

»Was?« Plötzlich wache ich aus meiner Trance auf. »Was haben Sie da gesagt?«

Er wiederholt *Punkt acht* seines Mängelkataloges. »Der einheimische Reiseleiter saß immer auf dem besten Platz in der ersten Reihe ...« Ich lasse ihn nicht ausreden, mit sengender Stimme fahre ich ihn an.

»Ja, haben Sie denn überhaupt keinen Anstand, Sie ... Sie!« Einen Moment drängt es mich, ihm all den aufgestauten Verdruß an den Kopf zu werfen, ihn daran zu erinnern, daß in dieser Nacht der Ministerpräsident des Landes ermordet wurde und daß es nicht angebracht ist, jetzt mit einem derartig läppischen Zettelgeschmiere hier anzutreten. Aber ich halte nach dem ersten Satz schon ein. Es ist sinnlos, denke ich resigniert. Ich behalte den Rest meiner Belehrungen für mich. Es fällt mir nicht einmal schwer. Du hast keine Widerstandskraft mehr, denke ich teilnahmslos. Wie eine Blume, der die Wurzeln ausgerissen wurden, wirst du gleich verwelken.

»Ich unterschreibe nichts, Herr Dr. Nerwenka«, sage ich bleiern. »Rücken Sie einfach weiter. Sehen Sie, Sie sind jetzt zur Kontrolle dran.«

Er sieht ein, daß es zwecklos ist, mit mir zu verhandeln, verstaut den Bogen Papier in seiner Tasche und schließt zu den Wartenden auf. »Hatten Sie auf Ihrer Reise Kontakt zu Arabern?« werden die Touristen von jungen Kontrolleurinnen gefragt. »Hat Ihnen irgend jemand ein Päckchen mitgegeben?« Die stark geschminkten Mädchen stellen ihre Fragen leidenschaftslos, Robotern gleich. »Haben Sie Ihren Koffer selbst gepackt? Wer hat den Koffer vom Zimmer zum Bus gebracht?« Das Ritual der stumpfsinnigen Fragerei geht weiter. »In welchen Hotels haben Sie auf Ihrer Reise gewohnt? Waren Sie bei einem Araber eingeladen?«

Ich höre die einzelnen Stimmen, ordne automatisch die gesprochenen Worte, aber ich nehme nichts auf, stehe wie eine Schlafwandlerin einfach nur da, neben meinem Koffer, und rühre mich nicht vom Fleck.

»Ja, schön, also auf Wiedersehen, Raffael.« Mit dürrer Knappheit verabschiedet sich Dr. Nerwenka von Raffael, der ihm die Reiseunterlagen aushändigt. Nerwenka durchschreitet als letzter der Gruppe die Kontrollbarriere.

Jetzt stehe nur noch ich da.

Und Raffael. Langsam kommt er auf mich zu und schaut mich an. Ich spüre den Blick aus seinen grünschillernden Augen durch und durch. Um mich fängt sich alles zu drehen an. Meine Knie werden weich. Ich habe das Gefühl, umzukippen.

»Und ... und meine Papiere?« stottere ich.

»Hier sind sie.« Er hält meinen Paß und das Flugticket in der Hand.

»Gib schon her.« Ich strecke meine Hand aus.

»Nein«, sagt er mit dem vertrauten Lächeln, das ich so liebe. Es erhellt sein ganzes Gesicht. Er steht vor mir, nimmt meinen Kopf in seine warmen Hände. Sein Duft fängt mich ein, raubt mir die Besinnung. Ich spüre, wie mein Widerstand schmilzt. Ich lehne mich ihm entgegen.

»Ich liebe dich, Elisabeth«, flüstert er. »Ich liebe dich so sehr. Bleib hier. Bei mir. Bleib.«

Mein Gott, wie sehr habe ich diese Worte herbeigesehnt. Jetzt hat er sie ausgesprochen. Endlich. Endlich. Eingehüllt in die Wärme seines nahen Körpers, gebe ich mich für eine schöne Sekunde dem Trugbild meiner Träume hin, sehe uns Walzer tanzen und in enger Umarmung Liebesworte flüstern. Es ist zu spät, schreit es in mir auf, wie gerne wäre ich geblieben, mein Geliebter, aber es ist zu spät, zu spät. Raffi. Zu spät. Du hast alles zerstört. Letzte Nacht.

Ich stoße ihn weg.

»Nein«, sage ich und blicke in das tiefgrüne Meer seiner Augen. Und ich weiß, daß es zum letzten Mal ist. »Ich werde dorthin zurückkehren, wo ich hingehöre. Zu meinem Mann und zu meinen Kindern.«

Bevor er reagieren kann, reiße ich ihm die Unterlagen aus der Hand, packe meinen Koffer und laufe durch die Sperre.

»Elisabeth! Elisabeth!« höre ich ihn rufen. Aber ich laufe und laufe, schubse Menschen beiseite und Gepäckwagen, rase die Treppen hinauf zur Wartehalle, laufe atemlos weiter, bis ich sicher bin, daß eine Rückkehr unmöglich ist. Erst dann halte ich an.

Niemand steht mehr am Eingang zum Eincheck-Gate. Ich blicke verwirrt um mich. Was ist los hier? Wo sind denn alle?

»Sind Sie Frau Doktor Tobler?« poltert mich eine Frauenstimme von hinten an. Ich drehe mich um und schaue in das erzürnte Gesicht einer Flughafenangestellten.

»Ja, ja. Tobler. Das bin ich«, stammle ich. Tobler, Tobler, wie fremd das klingt, denke ich entgeistert, wie aus einer anderen Welt.

»Dann beeilen Sie sich mal. Sie sind die letzte. Alle Passagiere sitzen schon im Flugzeug.« Die uniformierte Frau packt mich am Arm und zerrt mich die Treppe hinunter zum Bus.

Er ist leer. Ich bin wirklich die letzte. Ich könnte noch schnell hinausspringen, denke ich. Der Gedanke überwältigt mich. Ich kann über das Rollfeld laufen, übers Gitter klettern und in Raffis Armen landen. Ja. Mein Griff an der Haltestange lockert sich. Ich will nicht zurück in die Schweiz, ich will nicht Frau Tobler sein, ich will nicht, nein, nein, ich will nicht. Nie mehr.

Ich bücke mich, um nach meiner kleinen Tasche zu greifen. In diesem Moment schließt sich die Türe des Busses.

»*Get out, Lady*«, ruft der Fahrer, als wir am Flugzeug angekommen sind und ich bewegungslos im Bus stehenbleibe. Ich wanke hinaus. An der Treppe steht ein Steward.

»Na endlich«, sagt er vorwurfsvoll und nimmt mich beim Arm, um mich die Gangway hinaufzuschieben. Ich merke, daß er mich von der Seite mustert.

»Ist Ihnen nicht gut?« fragt er mich plötzlich besorgt.

»Ja«, antworte ich, »mir ist nicht gut.«

»Das tut mir leid«, sagt der blonde Mann, und ich denke, dir muß nichts leid tun, du hast mir nichts getan. Du nicht.

Behutsam begleitet er mich zu meinem Sitz, steckt mir ein Kissen in den Rücken, zurrt den Sicherheitsgurt fest.

»Nur ein Momentchen«, sagt er freundlich, »ich komme gleich wieder.«

Als er zurückkommt, hält er ein Glas Champagner in der Hand.

»Hier, trinken Sie das zum Abschied.« Er lächelt mir aufmunternd zu. »Das wird Ihnen guttun. Wissen Sie«, sagt er vertraulich, »es ist sicherlich nur die Angst vor dem Abflug.«

Ich starre ihn an. Abflug. Abschied. Langsam begreife ich. Es ist also wahr. Ich sitze im Flugzeug. In vier Stunden werde ich in Frankfurt sein und eine Stunde später in Basel, wo Lucius auf mich wartet.

Lucius.

Ich habe sein Gesicht vergessen. Ach, was macht das schon, denke ich traurig, es ist sowieso alles egal. Ich werde von nun an in jedem Gesicht immer nur Raffael sehen, sein Lächeln, seine goldenen Haare, das tiefe, dunkle Grün seiner schimmernden Augen. Das Bild dieses Mannes wird mich nie wieder loslassen. Das weiß ich. *Jede Minute wird mit ihm anfangen und mit ihm aufhören.* Für immer. Jetzt weiß auch ich, was diese Worte bedeuten können.

Das Flugzeug rollt zur Startbahn. Der Kapitän gibt Gas, wir jagen über die Piste. Ich kralle mich in meinem Sitz fest, stemme meine Füße gegen die Schnelligkeit. Ich will nicht weg von hier, ich will hierbleiben, schreit mein Herz mit tausend Stimmen. Wir heben ab.

Das Flugzeug dreht seine Schleifen über Tel Aviv, die Stadt liegt unter uns. Ich kann einzelne Häuser erkennen. Dann wendet sich das Flugzeug in Richtung Mittelmeer. Ich sehe unter uns den Küstenstreifen auftauchen. Wie mit einem dicken schwarzen Pinselstrich gezeichnet, markiert er die Grenze Israels. Danach kommt nur noch das Blau des Meeres. In mir verstummt alles Leben. Es ist aus. Endgültig. Ich werde nie wieder in dieses Land zurückkehren.